诗词研究书坊

诗韵中的愉悦密码

亦云 著

SHIYUN ZHONG DE YUYUE MIMA

中国书籍出版社

图书在版编目（CIP）数据

诗韵中的愉悦密码 / 亦云著. -- 北京：中国书籍出版社，2024.4
ISBN 978-7-5068-9750-1

Ⅰ.①诗… Ⅱ.①亦… Ⅲ.①诗律—研究—中国 Ⅳ.①I207.21

中国国家版本馆CIP数据核字(2024)第016641号

诗韵中的愉悦密码

亦云　著

责任编辑	宋　然
责任印制	孙马飞　马　芝
封面设计	东方美迪
出版发行	中国书籍出版社
地　　址	北京市丰台区三路居路97号（邮编：100073）
电　　话	（010）52257143（总编室）　　（010）52257140（发行部）
电子邮箱	eo@chinabp.com.cn
经　　销	全国新华书店
印　　刷	北京九州迅驰传媒文化有限公司
开　　本	787毫米×1092毫米　1/16
字　　数	246千字
印　　张	16.5
版　　次	2024年4月第1版　　2024年4月第1次印刷
书　　号	ISBN 978-7-5068-9750-1
定　　价	48.00元

版权所有　翻印必究

前 言

为何《诗经》将《关雎》列为首篇？为何杜甫之"无边落木萧萧下，不尽长江滚滚来"令人百读不厌？为何陶渊明之"采菊东篱下，悠然见南山"令人津津乐道？为何王维之"行到水穷处，坐看云起时"令人感慨万千？为何李白之"朝如青丝暮成雪"用韵不按惯例？为何李白敬重崔颢的《黄鹤楼》，他从这首诗里看到了什么？为何李煜之"恰是一江春水向东流"无一奇字，却令人泪目？为何李清照《声声慢》丝丝入扣，沁人肺腑？为何韩愈回复贾岛，"僧敲月下门"优于"僧推月下门"？为何"山雨欲来风满楼"难出对句？为何"曾经沧海难为水，除却巫山不是云"似有诗病，却难以取舍？

中国古诗有三美，一曰义美，一曰音美，一曰形美。一篇诗中，得一好字已经不易，得一好句当属难上加难，句句皆好更是比登天还难。好字、好句、好篇离不开好诗义，也离不开好音、好形。诗者，虽义为宗旨，但音为烘托，字为铺垫，"义美""音美""形美"三位一体，才是诗之最高境界。今人论诗：论义者多，论音者少，论字者亦少；论音者，论韵者多，论声者少，论声韵交互者尤少；论韵者，论主韵者多，论辅韵者少；论字者，论部首偏旁者多，论笔画架构者少，论文字组合者亦少。

笔者既非诗坛里手，亦非音韵学者，更不是文字行家，充其量古诗业余爱好者而已，其言也是东拼西凑，不成体系，其论也是胡思乱想，不行规矩，抛砖能够引玉已经足矣。

目 录

前言 ·· 1

第一章　律动有序
　　第一节　节奏 ·· 1
　　第二节　格律 ·· 9
　　第三节　诗体 ··· 22

第二章　诗音悠扬 ·· 30
　　第一节　音病 ··· 30
　　第二节　音理 ··· 41
　　第三节　语流 ··· 58
　　第四节　乐感 ··· 68

第三章　潜韵初论 ·· 79
　　第一节　双音 ··· 79
　　第二节　潜韵 ··· 86

第四章　诗形丽辞 ··· 103
　　第一节　诗形 ·· 103
　　第二节　丽辞 ·· 109

第五章　字字珠玑 ·················· 124
第一节　句端 ······················ 124
第二节　音辨 ······················ 141
第三节　音语 ······················ 156

第六章　弦外之音 ·················· 172
第一节　景色 ······················ 172
第二节　典故 ······················ 183
第三节　诗人 ······················ 199

第七章　古为今用 ·················· 206

附表 ······························ 210
参考文献 ·························· 252

第一章 律动有序

第一节 节奏

一、节奏

诗是什么，什么是诗？按照商务印书馆《现代汉语词典》的解释，诗是"文学体裁的一种，通过有节奏、韵律的语言抒发情感"。（以下关于词汇的解释，如果不作专门说明，均源于该文献。）也就是说，作为一种文学体裁，"抒发情感"是诗的作用，"节奏、韵律"是诗的特性。

进一步讲，节奏是什么，韵律又是什么？

节奏有两个定义，其一是"音乐中交替出现的有规律的强弱、长短的现象"，其二是"比喻均匀的有规律的工作进程"。可见，有规律的现象或进程是其本质。举例而言，飞机在空中呼啸而过的声音没有节奏，节日里噼里啪啦散乱的鞭炮声没有节奏，而嘀嗒嘀嗒的钟表声则是有节奏的，悦耳的诗歌也是有节奏的。

朱光潜《诗论》（2016，指引用文献的出版时间，下同）说："节奏是宇宙中自然现象的一个基本原则。自然现象彼此不能全同，亦不能全异。全同全异不能有节奏，节奏生于同异相承续，相错综，相呼应。寒暑昼夜的来往，新陈的代谢，雌雄的匹偶，风波的起伏，山川的交错，数量的乘除消长，以至于玄理方面反正的对称，历史方面兴亡隆替的循环，都有一个节奏的道理在里面。艺术返照自然，节奏是一切艺术的灵魂。在造形艺术则为浓淡、疏密、阴阳、向背相配称，在诗、乐、舞诸时间艺术则为高低、长短、疾徐相呼应。"

节奏是"一切艺术的灵魂"，是诗的必要条件之一。诗的另一个必要条件是韵律，韵律是指"诗词中的平仄格式和押韵规则"。格式和规则是人为设定的秩序，平仄和押韵是语言声音特性。诗是用来读（听觉）而不是看（视觉）的，作诗也好，赏诗也罢，诗音之辨总是不可或缺的。我们可以简单地认为，诗之特性是有节奏的特定声音，或者说，语言声音的节奏感在很大程度上决定了诗词的美感。如果我们把韵理解为音，把律理解为节奏，我们就可以借用音乐上的一个术语"音律"来表示有"节奏、韵律"。

英语诗人奥利弗在《诗歌手册》（2020）里说："当我们阅读一首诗时，很快就会进入一首诗的节奏模式中。只需要两三行诗句就能将节奏及节奏所带来的愉悦感传递给读者。节奏是最有力的愉悦感之一，当我们感受到一种愉悦的节奏时，我们会希望它能延续。当它延续时，美好就会变得更美好。当它值得信赖时，我们就置身于一种身体的天堂。"

朱光潜《诗论》（2016）有一段关于诗音节奏的形象描述："姑举最著名的澳洲土著'考劳伯芮舞'为例。这种舞通常在月夜里举行。舞时诸部落集合在树林中一个空场上，场中烧着一大堆柴火。妇女们裸着体站在火的一边，每人在膝盖上绑着一块袋鼠皮。指挥者站在她们和火堆之间，手里执着两条棍棒。他用棍棒一敲，跳舞的男子们就排成行伍，走到场里去跳。这时指挥者一面敲棍棒指挥节奏，一面歌唱一种曲调，声音高低恰与跳舞节奏快慢相应。妇女们不参加跳舞，只形成一种乐队，一面敲着膝上的袋鼠皮，一面拖着嗓子随着舞的节奏歌唱。她们所唱的歌词字句往往颠倒错乱，不成文法，没有什么意义，她们自己也不能解释。歌词的最大功用在应和跳舞节奏，意义并不重要。有意义可寻的大半也很简单，例如：

那永尼叶人快来了
那永尼叶人快来了
他们一会就来了

> 他们带着袋鼠来
> 踏着大步来
> 那永尼叶人快来了

这是一首庆贺打猎的凯旋歌,我们可以想象到他们欢欣鼓舞的神情。其他舞歌多类此。题材总是原始生活中的一片段,简单而狂热的情绪表现于简单而狂热的节奏。"歌词里重复出现的句子、词汇,形成了声音上的节奏。歌与舞的节奏引领着这些土著居民的情绪,唤醒他们的回忆和期盼,刺激他们的身体和灵魂,让他们激动,亢奋,热血沸腾,如痴如狂。歌词里的"那永尼叶人"或许是盟友,或许是敌人,或许是被征服者,或许是现实中根本就不存在的人,管他是什么人呢,有节奏就可以了。

但是,诗歌的节奏不应该是简单而死板的自我重复。"语言中没有什么东西,包括节奏类型,是完全正确或重复的,即使有真的正确和重复的东西,我们也不会喜欢它……优秀诗歌的诗行倾向于稍稍无规则。流动的节奏是必要的,但变化能提升这种形式的力度。变化用不同的触碰来惊醒我们,正如一个军乐队中鼓点的节奏可以让两件事同时进行:一是严格有规律的敲打,二是一些对位的重音、花式鼓点,乃至沉默。这种生动性使我们保持兴趣,沉浸其中。"(奥利弗,2020)

节奏是诗歌的灵魂,诗歌是声音的艺术,流畅舒适的声音节奏,恰到好处的轻微变化,将塑造出悦耳动听的诗音,乃至提高诗义的档次。

二、音步

音步源于英语单词"foot",也属于诗之节奏的范畴。根据赵金铭等《现代汉语学习指导》(2015)的解释:"从韵律学角度看,人类语言中最小的能自由运用的韵律单位是音步,而通过音步实现的基本语言运用单位就是韵律词。"

既然音步属于外来语,既然我们在讨论古代汉语诗歌,那么我们不禁要问,古代汉语诗歌理论中有音步的概念吗?回答这个问题之前,我们先讨论"音节"的概念。按林鸿《普通话语音与发声》（2005）所言："音节是用声觉可以区分的语音结构的基本单位，它是依据发音时肌肉的松紧划分出来的最小语音片段。在普通话里，一个汉字字音一般就是一个音节。如'播音员'就是三个音节，'你'就是一个音节。有极少的情况例外，'山坡儿'这三个字实际是两个音节，'坡儿'是一个音节，念'por'（加声调）。音节在听感里有头，有尾，有起，有伏，是个整体的声音，是语音中的自然单位。"对于汉语而言，字源于词，词源于音，音源于义。在汉语语言里，字和词是不同的概念：字是用来记录语音的符号，类似于拼音语言里的字母；词是语言里最小的可以独立运用的单位，代表的是意义，可以由单字、双字乃至多字组成。

通过以下英语诗的实际句例，我们可以更加形象地了解英语诗歌中的音节和音步（音步以"｜"划分，下同）。

Shall I ｜ compare ｜ thee to ｜ a sum ｜ mer's day
可否视你为夏日

威廉·莎士比亚，《十四行诗18》

这是一句英语抑扬格五音步格律诗行，共五个音步，每个音步两个音节，读音前轻后重。同一音步中的两个音节可以是两个词，也可以是一个词，一个词也可以分属前后两个音步。这种抑扬格双音节音步，是英语诗歌的主要形式。如同中国诗歌具有众多类型一样，英语诗歌也有不同类型，如：不仅有格律诗，也有非格律诗；不仅有五音步诗行，也有三音步、六音步诗行；不仅有双音节音步，还有三音节音步；不仅有抑扬格，还有扬抑格；等等。

我国古代诗歌理论中没有音步这个词，但是这并不意味古人没有注意到这个问题。根据中国唐代同时期的日本和尚遍照金刚《文镜秘府论》记载，早在南朝时期，文坛领袖沈约从音韵学角度，对当时盛行的五言古诗提出了有关理论："五言之中，分为两句，上二下三。凡至句末，必须要煞。"其实质也是音步的概念。这个理论对中国诗歌的发展起到了重要作用，如果延伸到七言诗，便是：七言之中，分为三句，上二中二下三。

"上二下三"，其本义是为了强调声调互异，但是，既然分句，凡逢句末要煞之处，语流便会停顿，一旦有所停顿，节奏随之形成。音步之末亦被中国文人们称为"顿"，或是基于上述原因。

按照沈约的理论，对以下两首诗进行音步划分。

终南别业　王维（唐）

中岁｜颇好道，晚家｜南山陲。

兴来｜每独往，胜事｜空自知。

行到｜水穷处，坐看｜云起时。

偶然｜值林叟，谈笑｜无还期。

登高　杜甫（唐）

风急｜天高｜猿啸哀，渚清｜沙白｜鸟飞回。

无边｜落木｜萧萧下，不尽｜长江｜滚滚来。

万里｜悲秋｜常作客，百年｜多病｜独登台。

艰难｜苦恨｜繁霜鬓，潦倒｜新停｜浊酒杯。

这两首诗皆为作者佳品，其中王维之"行到水穷处，坐看云起时"、杜甫之"无边落木萧萧下，不尽长江滚滚来"，颇为后人所津津乐道。

从以四言诗为主体的《诗经》中也可以看到，早在约三千多年前，双音节音步已经成为汉语诗歌的主导音步，并以此控制语言节奏。《诗经》第一首诗《关雎》，便是其典型案例。

关雎（选句）　无名氏

关关｜雎鸠，在河｜之洲。

窈窕｜淑女，君子｜好逑。

出现这种结果，或许是由汉语发展趋势所决定的，或许是诗歌乃至自然界本质的必然，如日月升降、潮汐涨落、呼气吸气、双腿走路、农人刨地、箭手放箭、铁匠打铁等大量案例都是"双节奏"的。

五言或七言诗的句末三字，可以是三音节的独立音步，可以划分为二、一音节的两个音步，本书主要按三音节标注句末音步。

在古诗中特别是最常见的五七言诗中，除最后三字外，即便是非双音节的词义，通常也应按双音节音步发音。"似梅花落地，如柳絮因风"，词义是"似梅花｜落地，如柳絮｜因风"，吟诵节奏也应该是"似梅｜花落地，如柳｜絮因风"，否则会感到节奏不佳、诗感不足。陈子昂《登幽州台歌》"前不见古人，后不见来者。念天地之悠悠，独怆然而涕下"，堪称佳作；但如果按词义划分音步，读起来，特别是整首连读起来，感觉更像是文而不是诗。

三、押韵

押韵是指"诗词歌赋中，某些句子的末一字用韵母相同或相近的字，使音调和谐优美。也作压韵"。在古代汉语诗歌中，押韵是表现声音节奏最主要的形式，其作用是不可或缺的，其至高无上的地位似乎也是天经地义的。

然而，不同语言的诗歌具有不同的节奏表现形式，例如英语诗对押韵的依赖性就没有汉语诗那么突出。对于英语多音节词来讲，发音有明显的轻重音之分，如：summer（夏天），重音在前；compare（比作），重音在后。以英语为母语的人说话时，是通过本能区别发音轻重的，就像以汉语为母语的人，从来不用思考什么声调问题。英语的音节轻重是词汇的基本特征，不会轻易变化，可控性强。英语诗歌可以利用语言自身的这种发音特点，将轻重发音与音步配合起来，使每个音步的语言都具有相同的轻重格式，就像音乐有序的节拍一样，自然就会呈现出良好的节奏感，从而降低了对押韵的依赖性，甚至有时会刻意限制押韵的使用。

普通话读音也有轻重之分，重音形式分为词重音和句重音两类，但是，不管是词重音还是句重音，都具有较大的不确定性。也就是说，汉语诗歌依靠读音轻重变化控制节奏不是一条可行之路。关于轻重音对诗歌的影响，我们留在后面进行讨论。

汉字字音包括三个要素：声（亦称纽）、韵、调，按照现代汉语拼音的概念，则是声母、韵母、声调。声调是汉藏语系发音的一大特点，今日之普通话有四个声调：阴平（1），阳平（2），上（3）声，去（4）声，例如：搭达打大（da），或七旗起气（qi），皆为同声同韵不同调。

同样一个汉字，即便是在当代，不同地域不同年代的发音也有不少差异，更何况一千多年前的古语。如明人陈第《毛诗古音考》所言："盖时有古今，地有南北，字有更革，音有转移，亦势所必至。故以今之音读古之作，不免乖剌而不入。"古代汉语中的音调与当代普通话差别很大，在唐代官方语言中，汉字声调分别为"平、上、去、入"四声。与今日普通话相比，入声是古音的一大特点，现仅见于某些方言之中。由于时代变迁、民族融合等原因，到元朝时，古音中的入声已基本退出了北方语言。元朝期间（1324年），为北方戏曲检韵所编的《中原音韵》，就以辽、金以来北方语音的变化发展为依据，废除了入声，又把平声分为阴、阳两类，其音调已经接近于今日之北京音。

古、今声调是不同的，我们可以依照古语四声系统为今日普通话或各方言的声调确定名称，但是，至于古代当时四声调的真正调值，目前知道不多，也就是说，我们现在还很难准确重现真实的古音。

根据汉字音调的升降关系，古代汉语又将四声分为"平""仄"两类，平声单独一类，上、去、入声合称仄声。根据《说文解字》，"仄"，侧倾也。平、仄之分是相对的，平为平直，仄为倾斜。平仄也是听觉上的变化，中国学者们也曾试图找到平仄与诗歌节奏之间的关系，其结果并不理想。朱光潜（2016）指出："拿西方诗的长短、轻重、高低来比拟中国诗的平仄，把'平平仄仄平'看作'长长短短长'，'轻轻重重轻'或'低低高高低'，一定要走入迷路。"所以，"四声对于中国诗的节奏影响甚微"。

诗是听觉的艺术，通过读音轻重、声调变化等与音步配合来主导中国诗歌在听觉上的节奏，效果似乎不佳，但是韵可以实现这个目的。关于中国诗歌用韵的问题，我们直接引用朱光潜（2016）的观点：

"诗应否用韵，与各国语言的个性也很密切相关。比如拿英诗与法诗相较，韵对于法诗比对于英诗较为重要。法诗从头到现在，除散文诗及一部分自由诗外，无韵诗极不易发现……英文诗长篇大著大半用无韵五节格，短诗不用韵者虽较少见，却亦非绝对没有。如果以诗行为单位来统计英诗名著，则无韵的实较有韵的为多。作家想达到所谓'庄严体'者往往不肯用韵，因为韵近于纤巧，不免有伤风格，而且韵在每句末回到一个类似的声音，与大开大合的节奏亦不相容。弥尔顿的《失乐园》全不用韵。莎士比亚在悲剧里尽用'无韵五节格'，他的早年作品中还偶在每幕或每景收场时夹入几句韵语，到晚年就简直不用。法国最著名的悲剧作家高乃依和拉辛的作品中却没有一种不用韵，至于抒情诗作者如雨果、拉玛丁、马拉美诸人一律用韵，更不用说。韵对于英、法诗的分别在这个简单的统计中就可以见出了。"

又："中文诗的平仄相间不是很干脆地等于长短、轻重或高低相间，一句诗全平全仄，仍可以有节奏，所以节奏在平仄相间上所见出的非常轻微。节奏既不易在四声上见出，即须在其他元素上见出……'顿'是一种，韵也是一种。韵是去而复返、奇偶相错、前后相呼应的。韵在一篇声音平直的文章里生出节奏，犹如京戏、鼓书的鼓板在固定的时间段落中敲打，不但点明板眼，还可以加强唱歌的节奏。"

说得极端一点，自《诗经》问世后，到"新诗"出现前，押韵都是所谓"旧诗"最突出乃至不可或缺的实现节奏的形式。然而事情总是具有两面性，汉语诗歌很难借助除押韵以外的其他方式构成强烈突出的节奏，不一定是一件坏事或一种缺陷，反倒可以成为汉语诗歌的一种优势。对韵的高度敏感性，使得汉语诗歌对其他声音节奏具有更强的排他性，诗音节奏更加单纯干净，也更容易得到稳重优雅的诗歌类型，如后面将要谈到的近体诗。

另外，按照上述押韵的传统概念，实现押韵有两个前提，其一是句末之字，其二是韵母相同或相近。按《说文解字》，韵：和也，其本义是"好听的声音"。从广义角度出发，押韵的实质是押音，是声音的"去而复返、奇偶相错、前后相呼应"。原则上讲，声音的其他因素如声纽、声调，乃至口形、语流等，都可以相押，都可以构成去而复返、前后呼应，尽管其所形成节奏强度弱于押韵。

英国诗歌有头韵或头韵诗体诗歌之说，头韵是指两个或多个单词之开始声音（主要为辅音）的重复，通常从诗行的第一个单词开始入韵。与头韵的概念类似，古代汉语诗歌理论中有"隔字双声"的提法，其核心理念也是声母隔字相押。古诗中采用声母相押技法的诗句并不少见，按照普通话发音（古音未必如此），其例句有：孟浩然《春晓》之"春眠不觉晓，处处闻啼鸟"，杜牧《题乌江亭》之"江东弟子多才俊，卷土重来未可知"，杜甫《水槛遣心》之"细雨鱼儿出，微风燕子斜"，李白《望天门山》之"两岸青山相对出，孤帆一片日边来"，等等。

需要指出的是，除了押韵形成的主导节奏外，声母隔字相押等其他节奏在古代汉语诗歌理论中是被控制使用的，体现了古代文人对诗歌节奏的精细化管理（详论见后）。这种对节奏的精细化管理，在近体诗平仄控制中具有更加突出的体现。

第二节　格律

一、格律

"我们说四声对于中国诗的节奏影响甚微，说它比不上希腊拉丁文的长短和英文的轻重，并非说它毫无影响。凡是两个不同的现象有规律地更替起伏，多少都要产生节奏的效果。"（朱光潜，2016）可见，四声影响节奏不大，但毕竟有明显变化，若放任自流，诗品或有起伏，若予以规范，则必有所收获。

南宋严羽《沧浪诗话》有言："夫学诗者以识为主，入门须正，立志须高，以汉魏晋盛唐为诗，不作开元天宝以下人物。"意思是，学诗之人要以见识为主，入门要正，当效法魏、晋、盛唐时代的诗人，不可以唐开元、天宝之后的人物做榜样。《明史·李梦阳传》之"文必秦汉，诗必盛唐"，指的是作文章当以秦汉为法则，论诗歌当以盛唐为法则。以上观点或有偏颇，但都说明了一个问题，那就是盛唐不仅是中国社会的鼎盛时代，也应该是中国诗歌的鼎盛时代。

盛唐诗歌的典型特征是近体诗的兴起。王力《诗词格律概要》（2002）说："唐代以后，诗分为两大类：（1）古体诗；（2）近体诗。古体诗是继承汉魏六朝的诗体，近体诗是唐代新兴的诗体。近体诗在字数、韵脚、声调、对仗各方面都有许多讲究，与古体诗截然不同。我们讲格律，主要是讲近体诗的格律。"近体诗又称今体诗、格律诗，为避免误解，本书在引用称"今体"的文献时皆改称为"近体"。如今，古体诗与近体诗合称为"旧诗"，以示与"新诗"的区别，新诗指"五四运动以来的白话诗"。

近体诗尽管有较严格的规定，但是随着它的普及，很快成为唐宋诗坛上最流行的体裁。唐宋以后的各个时代，近体也一直是文人使用的主要诗体。即便是到了今日，近体诗依然有大批拥戴者。近体诗在字数、韵脚、声调等方面的规则，主要源于古人对音韵美学方面所进行的研究，通过把控语言的音律，寻求朗朗上口、张弛有度的声音效果。对仗等方面的规则，主要源于对意境和字体的美学研究，通过词意的对比和诗句结构的对称，求取高远深邃、引人入胜的文字意境。可见，近体诗格律是古人根据汉字特点，通过总结归纳、探索实践，针对诗之意境、音律以及字体美学方面的研究所取得的辉煌文化成果。一千多年前，正如盛唐社会发展水平傲视世界一样，盛唐时代的诗歌理论和实践水平也应该是傲视世界的。

押韵，把相同或相近音韵的字放在规定的位置上，是中国诗歌的主要特点之一。古人将声调按照平、仄分类并应用于文学创作后，进一步推动了汉语诗歌理论的进步。南朝沈约《宋书》谢灵运篇有言："欲使宫羽相变，低昂互节，若前有浮生，则后须切响。一简之内，音韵尽殊；两句之中，轻重悉异。妙达此旨，始可祺文。"其意是指，要使声调交错有变化，声音高低有节奏，前音若平和悠缓（平声），后音须短促低沉（仄声）。一竹简之内的字（或指一两句内），音韵全然不同，两句诗内，声调尽然有别。妙得其道法的人，方能写出美丽文章。王力《诗词格律概要》（2002）认为："在诗词的写作上，让（平仄）两类声调互相交错，就能使声调多样化，而不至于单调。这就造成了诗词的节奏美。平仄的规则非常重要，可以说，没有平仄就没有诗词格律。"

近体诗的格律规则主要有以下几点：

（1）字数。按照字数分类有四个模式（长律除外，下同），分别是：五言绝句，每句五字，两句一联（下同），前为出句，后为对句（下同），一诗四句两联二十字；五言律诗，每句五字，一诗八句四联四十字；七言绝句，每句七字，一诗四句两联二十八字；七言律诗，每句七字，一诗八句四联五十六字。对于律诗而言，第一、二、三、四联又分别称为首联、颔联、颈联、尾联。

（2）押韵。一联（两句）诗中，前句为出句，句后逗号；后句为对句，句后句号。每联诗对句末字为韵脚，皆押平声韵，整诗不换韵；除首联外，其他联出句末字皆仄声，不押韵。首联出句的末字可入韵，也可不入韵。

（3）对仗。诗之对仗是指，一联诗中出句与对句的对应位置上，平仄相反，词义对称。词义对称，用现代术语来说就是词性相同，如"天"对"地"，名词对名词，"去"对"来"，动词对动词等。对于律诗来讲，颔联及颈联的出、对句形成对仗关系，视为正格，其他对仗形式为变格。初学作诗者，当以正格为主。

（4）平仄。原则上两个字一个节奏，字音按平仄变换，主要为两两交替。除首联出句入韵外，同一联出、对两句相同位置字的平仄为相反关系，称为相对律。上联对句与下联出句，前两字相同位置字的平仄关系相同，称为相粘律。

（5）变通。原则上讲：五言诗句的第二、四、五字平仄不可变通，第一、三字平仄可变通；七言诗句的第二、四、六、七字平仄不可变通，第一、三、五字平仄可变通。诗句不变通可称为正格句型，变通者可称为变格句型，以下不作说明时，皆指正格句型。可变通之字，尚有一些限制，本书不再讨论。

近体诗受相对律和相粘律的限制，一旦首句的平仄句型确定下来，其他句子的平仄句型也相应确定下来。五言诗和七言诗，各有4个共8个平仄句型。每个句型都可以成为首句，也就是说，按首句平仄句型统计，近体诗共有8种诗型。考虑到绝句和律诗的句数不同，近体诗共有16种诗型。一些讨论近体诗平仄体系的文献，会根据首句平仄句型，结合相对律、相粘律以及绝句、律诗等，将16种平仄诗型逐个列出，初学者往往感到太过复杂。

如果用数学模型描述近体诗的平仄句型和诗型，或许更为简洁。

按照数学模式，近体诗只要任取2个基本平仄句型，其他平仄句型均可由基本句型的数学关系来表示，也就是说，只要记住任取的2个基本句型以及基本句型与其他句型的数学关系，就可以描述出全部8个句型以及16种诗型。2个基本句型之间应符合下列关系：2个句型的字数相同，皆五言或皆七言；2个句型尾字声调相同，皆平声或皆仄声。

我们取五言、仄收句为基本句型，分别为：仄仄平平仄，称之为a句型；平平平仄仄，称之为b句型。

以下对五言诗和七言诗分别讨论。

五言诗。按照相对律，与a句型"仄仄平平仄"相对的句型是"平平仄仄平"，称之为A句型，两个句型的数学关系为"A=-a"，"-"代表负号，其逻辑关系是指，两个句型相对位置字的声调均为平仄相反，也就是相对律。同理，与b句型"平平平仄仄"相对应的句型是B句型"仄仄仄平平"，二者数学关系为"B=-b"。按照首句平仄句型分类，近体五言诗的8个平仄诗型见表1-1。

表1-1　近体五言诗平仄类型

首句平仄句型	仄起仄收	平起仄收	平起平收	仄起平收
一联	a，A。	b，B。	A，B。	B，A。
二联（绝句止）	b，B。	a，A。	a，A。	b，B。
三联	a，A。	b，B。	b，B。	a，A。
四联（律诗止）	b，B。	a，A。	a，A。	b，B。

表 1-1 的内容有以下规律（首句押韵除外）：

（1）绝句是律诗的前半部分，前后部分句型相同。

（2）每联出句皆为仄收句型 a 或 b，a 与 b 按联交替变换；每联对句皆为平收句型 A 或 B，A 与 B 按联交替变换。

（3）句与句之间的句型交替变换为，a→A→b→B→a，往复循环。

七言诗。将上述基本句型之 a 句型"仄仄平平仄"，句前加两个与句首平仄相反的字，即"平平+a"="平平仄仄平平仄"，称之为 e 句型；按照相对律，与 e 句型相对应的是"仄仄平平仄仄平"，称之为 E 句型，E=-e。同理，上述基本句型之 b 句型"平平平仄仄"，句前加"仄仄"，则成为"仄仄平平平仄仄"，称之为 d 句型；按照相对律，与 d 句型相对应的是"仄仄平平仄仄平"，称之为 D 句型，D=-d。按照首句平仄句型分类，近体七言诗的 8 个平仄诗体类型，见表 1-2。

表 1-2　近体七言诗平仄类型

首句平仄句型	仄起仄收	平起仄收	平起平收	仄起平收
一联	e，E。	d，D。	E，D。	D，E。
二联（绝句止）	d，D。	e，E。	e，E。	d，D。
三联	e，E。	d，D。	d，D。	e，E。
四联（律诗止）	d，D。	e，E。	e，E。	d，D。

从表 1-2 内容可以看出，除了诗句字数不同外，表 1-2 呈现出与表 1-1 相同的句型变化规律，如果将 a 与 e、A 与 E、b 与 d、B 与 D 两两对换，两个表的表观内容和规律完全相同。为此，我们不再重复讨论。

分别用平、仄、韵、音节"｜"表示的五律、七律平仄模型（首句不入韵），分析近体诗的节奏变化。

五律（模型 1）

仄仄｜平平仄，平平｜仄仄平。

平平｜平仄仄，仄仄｜仄平平。

仄仄｜平平仄，平平｜仄仄平。

平平｜平仄仄，仄仄｜仄平平。

七律（模型2）

平平｜仄仄｜平平仄，仄仄｜平平｜仄仄平。
仄仄｜平平｜平仄仄，平平｜仄仄｜仄平平。
平平｜仄仄｜平平仄，仄仄｜平平｜仄仄平。
仄仄｜平平｜平仄仄，平平｜仄仄｜仄平平。

从以上近体诗（正格）模型中可以看到，从大的结构上来讲：五言诗一联两句十字，五仄五平，七言诗一联两句十四字，七仄七平，数量上皆不偏不倚，形成了沉稳的节奏形式；一联一个韵字，以韵脚为节点，构成主导节奏。

诗歌是由诗句、充满节奏感的活力、循环往复的声音构建起来的。从上述近体诗平仄关系的变化规律可以看出，不管绝句还是律诗，五言还是七言，近体格律诗表现出极好的美学效果。尤其是七言律诗，表现出更好的总体美感。

自此，当汉语古体诗发展或派生出近体诗后，汉语诗歌的最高境界便从音步（或曰节律）、押韵（或曰韵律）的双重节奏升级为节律、韵律、调律（平仄）的三重节奏。原则上讲，相较于单一节奏，当双重节奏或多重节奏产生共鸣时，就会产生饱满悦耳的声音，而且共鸣层次越多声音越好听。

以下为近体诗四个平仄句型的具体案例：

汉江临眺　王维

楚塞三湘接（a句型），荆门九派通（A句型）。

（接，唐音入声）

劳劳亭　李白

春风知别苦（b句型），不遣柳条青（B句型）。

（别，唐音入声）

登高　杜甫

无边落木萧萧下（e句型），不尽长江滚滚来（E句型）。

野望　杜甫
海内风尘诸弟隔（d句型），天涯涕泪一身遥（D句型）。

（一，唐音入声）

对于五（七）言近体诗的平仄格式，诗坛有两句流传甚广的口诀：一三（五）不论，二四（六）分明。分明指不可变通，同时也意味着声调相异，二四（六）分明则意味着，五（七）言诗中第二四（六）字的平仄须间隔使用。但是，按照"五言之中，分为两句，上二下三。凡至句末，必须要煞"的理论，五言诗应该是二五异声，而不是二四异声，最初的情况确实是这样的。

唐代问世的近体诗是由南朝问世的永明体（五言诗）发展而来，何伟棠《永明体到近体》（1994）指出："永明声律强调二五字异声和四声分明，它的律句除了特许的一种二五字同平声句外，就都是二五字平与上去入异声、上与平去入异声、去与平上入异声；对于句中的第四字，它没有提出限制性的用声要求。"对于二四字同平仄格式，"永明体是取全开放态度、一律包容、使用上不加任何限制的"。或许是因为发现五言句末的三音步（三音节音步）可以看作是二一音步，或许是其他原因，"永明体经历了50年左右的发展以后，到梁中、后期，便在刘缓……等人手上转化为过渡体。这一声律结构模式方面的变化转换，集中表现在二四字同平仄格的使用上：过渡体对于二四字同平仄格式已是不再持全面开放的、一概包容的态度了"。最终，近体诗定格后，二四（六）分明便成为它的金规玉律之一。

按照"一三（五）不论，二四（六）分明"之约定，五、七言近体诗不可变通的平仄规律如下。

五律（模型3）

〇仄｜〇平仄，〇平｜〇仄平。

〇平｜〇仄仄，〇仄｜〇平平。

〇仄｜〇平仄，〇平｜〇仄平。

〇平｜〇仄仄，〇仄｜〇平平。

七律（模型4）

○平｜○仄｜○平仄，○仄｜○平｜○仄平。
○仄｜○平｜○仄仄，○平｜○仄｜○平平。
○平｜○仄｜○平仄，○仄｜○平｜○仄平。
○仄｜○平｜○仄仄，○平｜○仄｜○平平。

从模型3、4中可以看到，除了出句末字（白脚）皆仄声、对句末字（韵脚）皆平声外，诗句中需要"分明"的偶数字符合以下规律（首句入韵除外）：（1）同一诗句中，相邻偶数字平仄相异，或曰同句左右异声；（2）上下联之间，相同点位的偶数字平仄相异，或曰邻联上下异声；（3）任何一句之偶数字中的任何一字的平仄确定下来后，本句的平仄句型乃至整诗的平仄诗型也就确定了下来。

如上所述，近体诗看似要求严格，形式和规律却是十分简单。当我们在分析五七言旧诗是否属于近体时，可以按照上述规律进行判断，不需要机械地对照平仄句型。当我们创作近体诗时，按照以下方法，也可以轻松避免在平仄格律上出现差错。

第一步，初品。一联诗中，按照出句末字为仄声（首句入韵除外），对句末字押平声韵，其他字平仄暂时不论，遵循心志作成初诗。

第二步，成品。选取自己最满意的一句诗，在偶数位置上选一个最喜欢的字，按照偶数字"同句左右异声，临联上下异声"以及"同联出对句异声"（相对律）的原则，调整字的平仄。

第三步（可省略），精品。在保证不破坏平仄格律的前提下，对照各类音病（详论见后）进行调整，重病先调，轻病后调，但不可强调，宁为诗义弃好音，不为诗音改好义。

其他语言的诗歌也有所谓的格律诗，如英语的十四行诗。王佐良《英国诗史》（1997）写道："十四行体的输入与应用给了英国诗的一大好处是：纪律。以前的英国诗虽有众多优点，确有一个相当普遍的毛病，即散漫，无章法。现在来了十四行诗，作者就必须考虑如何在短小的篇幅内组织好各个部分，调动各种手段来突出一个中心意思，但又要有引申和发展，音韵也要节奏分明。这一诗体对作者的要求很多，主要是：

注意形式，讲究艺术。这就是诗歌文明化的一端……这情况，有似中国的七言律诗那样强烈地吸引着所有有为的诗人。"英语格律诗，起源于西方文艺复兴后期的 16 世纪，比中国格律诗晚了接近一千年。

在英语格律诗中，"诗歌的每一行都被分解成音步，每个音步又可分解成轻、重音节，以呈现整个节奏形式。抑扬格音步，则是一个'轻音节'后面跟着一个'重音节'。五个抑扬格音步连在一起，组成了一句抑扬五步格诗行，如：

Upon │ those boughs │ which shake │ against │ the cold
严寒中摇曳的枝条之上

（威廉·莎士比亚，《十四行诗 73》）

在英语格律诗中，这种抑扬五步格诗行是应用最广泛的诗行"。（奥利弗，2020）

这种十四行五音步诗，与我们的七言律诗似乎有些相像。如十四行诗，每行五音步十音节，音节在音步内按固定的轻重模式形成节奏；七律诗，每句三音步七音节，音节两两（原则上）按平仄交替形成节奏。但是，英诗读音的轻重模式是为了创造节奏，所以诗行内格式不变，中诗的平仄交换是为了管理节奏，以防其喧宾夺主，所以格式不断变化。

英语格律诗与我们的近体格律诗比较，形式虽然不一样，但是其内涵却如出一辙，这应该不是巧合。说明各民族诗歌的节奏之美应该是相通或相近的，至少是可以相互借鉴的，这是诗歌的共性。

但是，英语不是我们的母语，我们难以品味英语诗歌中细腻的意境美，难以从莎士比亚的诗歌里获取英国人所能感受到的沁人肺腑的愉悦感。同理，汉语也不是他们的母语，他们无法深层次地欣赏到汉语诗歌的意境美，也不能从李白、杜甫的诗歌里真正获取到中国人所能感受到的愉悦感，尽管今人的感受已远不及唐人。关于这一点，日本学者青木正儿《中国文学概述》（1982）在论及汉语诗歌平仄问题时说："可惜当日本人朗读汉诗时，因为不能分别四声，遂于享受韵律之美的这一点上，不无遗憾。在中国四声固然也有古今之变，方言之别，但于诗有教养者，在朗读的时候，总能分别四声，微妙地感受出韵律来。因此中国的学者，往往对于日本的汉诗，指摘其韵律之不谐，而这却是无论如何也没有法子的事情。"这一句"无论如何也没有法子的事情"，道出了诗音的微妙和神秘，这是诗歌的个性，我们甚至可以说，诗歌是最具民族性、时代性、地域性的艺术形式（至少是之一）。

　　古诗之中，与近体诗相对应的是古体诗，近体诗是从古体诗分化或成长出来的诗体。古体诗用韵较宽：可以押平声韵，也可以押上、去、入声韵，还可以上、去声通押；可以一韵到底，也可以中间换韵，乃至多次换韵；可以两句一韵，也可以句句用韵。古体诗句子长短要求较松，除五、七言外，还有三、四、六、八、九、十言，诗内还可以变换句子长度。

　　近体诗字数固定，平仄分明，押韵严格，反之，古体诗在字数、平仄、押韵等方面要求较少。近体诗规矩较多，业余爱好者通常难以准确把握，形式更加自由宽松的古体诗则颇受不少人喜爱，特别是形式与近体诗（排律除外）相仿的五、七言古体诗。

　　古体诗虽貌似形式宽松，但依然需要诗作者精益求精，例如：

望岳　杜甫

岱宗夫如何？齐鲁青未了。
造化钟神秀，阴阳割昏晓。
荡胸生曾云，决眦入归鸟。
会当凌绝顶，一览众山小。

　　从整体上来讲，除了平仄关系外，该诗与近体诗很有些相似的地方，韵、调皆十分讲究。例如：出句不押韵，对句押韵（上声韵），一韵到底；中间两联采用对仗句法；同一联中，一六字、二七字声调（平上去入）皆不同；相邻两联之间，出句白脚声调（平去入）皆不同。以上字音用法绝非巧合且难度不小，为的是符合有关诗歌理论。从某种角度分析，将此诗勉强地归类于格律诗也未尝不可。杜甫的分寸感极强，是一位绝顶的音韵大师，其诗经典、严谨、工整，兼有义、音、字之美，习学杜诗不应忽略杜诗之音。

二、韵书

汉语古代诗歌对韵的依赖性很强，否则会使人感到枯燥死板，甚至不能被称作诗。解读和习学汉语古代诗歌，离不开平仄声调，亦离不开音韵，当然，最好是原汁原味的诗音。没有古韵配合，今人用普通话吟诵古诗，难以深切体会古诗之美，即便是用所谓被"破解"的古韵吟诵古诗，也难以尽享其美，因为它毕竟不是今人母语或乡音，不是从幼年到少年时期自然学到的第一语言。今人习学古音，虽然难解往日之美，但是我们可以从中得到启发，发现其奥妙，吸取其精华，用以提高自己的欣赏水平以及诗歌创作水平。

下笔好字，起手好文，开口好诗，是古代文人追求的目标之一，也是辨别其文化素养的标志之一。唐人之所以能写出好诗，非常重要的一个原因是"唐人以诗取仕"（严羽《沧浪诗话》）。唐代相当一段时期，写诗甚至成为学子们科举考试的必考科目，可谓登峰造极。学子们聚会赛诗，求典论韵，当是常事，一部由官方编制的规范韵字的"韵书"则是不可缺少的。正如当今小学生离不开字典一样，求取功名的古代学子们应该也是离不开韵书的。即便是诗作不属科举必考科目的时代，诗也常作为科举的参考或加试科目。官府遴选人才时，诗也是重要参考依据。除了诗词以外，骈文、戏词、八股文等很多文学体裁，也都重视声韵和谐。对于需要写文章的古代文人们来讲，韵书当属最重要的工具书之一。

所谓韵书，是我国古代一种按照音韵编排的字书，用于诗词等韵文的写作或检索字的音韵。汉代之前没有韵书，韵书是魏晋以后才产生的。韵书的编写者们将同韵（母）且同声调的字收集在一起，组成不同的韵部，每个韵部选取其中一字为代表，韵部内同音字用同一个"反切"注明字音。相同韵部的字可以互押，不同韵部的字是否可以互押，视诗词体裁而定。

反切是"我国传统的一种注音方式，用两个字来注另一个字的音，例如'塑，桑故切（或桑故反）'。被切字的声母跟反切上字相同（'塑'字声母与'桑'字声母相同，都是 s），被切字的韵母和声调跟反切下字相同（'塑'字的韵母和字调跟'故'字相同，都是u韵母，都是去声）"。

　　同样一个汉字，古韵与今韵往往有不小差别，而且时代越是久远，差别越大。唐人读《诗经》与今人读唐诗的感觉类似，也发现不少似乎本该押韵的字却没有押韵，也会觉得有些别扭。不同时代的音韵，可以从古人在不同时代编撰的各类韵书中找到一些答案。唐诗特别是唐代律诗是汉语古代诗歌的最高境界，因此，欲解古诗不能不解古音，欲解古音不能不解古韵，欲解古韵不能不解唐韵。

　　很多已知名称的韵书早已失传，现存最早的一部韵书是隋朝陆法言等编制的《切韵》，成书于隋文帝仁寿元年（601年），但目前可以看到的只是若干残卷。《唐韵》为孙愐刊定，成书于唐玄宗天宝年间（751年），现也只存有残卷。目前，只有宋真宗大中祥符元年（1008年）由陈彭年等编制的《广韵》尚完整保存着。《广韵》的全名叫《大宋重修广韵》，意思是说它是根据《切韵》加以增定而成，所以又称《广切韵》。唐作藩《汉语音韵学常识》（2018）指出："如果我们把《切韵》残卷拼凑起来同《广韵》比较一下，可以发现它们相同的地方很多。特别是两部书里所用的'反切'，基本上是一致的。所以我们根据《广韵》也可以大致考证出《切韵》时代的语音系统来。后代一般所谓《切韵》系统实际上就是指《广韵》系统。"

　　《广韵》共有206个韵部，《唐韵》《切韵》也应该是206韵部。韵分得太细，写诗就很受拘束，唐初宰相许敬宗等曾奏议，把临近的韵合并来用，《广韵》中亦有相关描述。南宋淳佑年间（1241年—1252年），江北平水（今山西临汾）人士刘渊著《壬子新刊礼部韵略》，又称平水韵，合并韵部为107韵部，原本已佚失。明太祖洪武八年（1375年），乐韶凤等奉诏编成《洪武正韵》，共80韵部。清代改平水韵为《佩文诗韵》，合并成106韵部，平、上、去、入四音调各占30、29、30、17个韵部。《佩文诗韵》是当前"平水韵"的流行版本。王力《汉语诗律学》（2021）指出："因为平水韵是根据唐初许敬宗奏议合并的韵，所以，唐人用韵实际上用的是平水韵。"本书所论音韵实例，不加说明者皆指平水韵。

叶嘉莹《唐诗应该这样读》（2019）指出："在诗、词、曲中，诗的押韵要求最严，原则上要押同一个韵部的字，不可以出韵，也不可以四声通押。"

又："为什么诗歌不能通押？这个问题郭绍虞先生作过解答，他在《永明声病说》一文中说：'四声之应用于文词韵脚的方面，实在另有其特殊的需要。这特殊的需要，即是由于吟诵的关系。'又说'歌的韵可随曲谐适，故无方易转'，而'吟的韵须分析得严，故一定难移'。他说因为歌要配合音乐来唱，故此可以随着音乐转变字的声调，所以在韵字声调的要求上也就不那么死板。可是诗是吟诵的，韵字及其声调就显得更为重要，所以四声不能混用，诗歌是从体式的形成上就受到了吟诵之影响的。"

清代道光元年（1821年）出了一部《词林正韵》，就反映了这种倾向。此书为清人作词而编，诗作仍然要依据平水韵。《词林正韵》将平水韵中音韵相近以及同韵不同声（平、上、去三声）的字合并为同一韵部，共十四韵，外加入声五部，共十九韵部。除五个入声部外，凡音韵相近的字，乃至入声演变为平、上、去声的字，皆归于同一韵部。作词时，同一韵部，同一声调的字可以互押；至于同一韵部，不同声调的字是否可以互押，视词谱不同而不同。词林正韵、广韵、平水韵，三者之间的对照关系，参见附表1、附表2。

"韵书的制定和应用，在很大程度上与科举制度有关。19世纪80年代后，随着西学的传播和洋务运动的发展，科举制度发生了巨大变化。1905年9月，袁世凯、张之洞奏请立停科举，以便推广学堂，咸趋实学。清廷诏准自1906年开始，所有乡会试一律停止，各省岁科考试亦立即停止，并令学务大臣迅速颁布各种教科书，责成各督抚实力统筹，严饬府厅州县速于乡城各处遍设蒙小学堂。"（人民网，2016）至此，在中国历史上延续了1300多年的科举制度最终被废除，科举取士与学校教育实现了彻底分离，诗词写作以及韵书也失去了更多的功利性作用。

如今，古诗词虽然不再是求取功名的工具，但依然有不少专业追随者和众多业余爱好者。对于广大的古诗词业余爱好者来说，即便是用古韵欣赏和解读古诗都是难上加难的事情，更不用说用古韵作词赋诗了。因此，从语言发展现状出发，制定一个以官方语言为基础、有助于诗词（包括旧体诗）创作和交流、获得最大诗词效果的统一"韵书"势在必行。

明清以来北方说唱文学中押韵广泛运用的是"十三辙"。十三辙就是十三韵。五四运动以后，白话文得到推广，旧的韵书显然不能适应现代诗词和歌曲创作的需要，为此中华民国教育部于1941年颁布了《中华新韵（十八韵）》。几十年来，十八韵为现代诗歌的繁荣作出了重要贡献。其后，中华诗词学会又在十三辙和十八韵的基础上对韵部进行了修订，并于2004年编辑发表了新版《中华新韵（十四韵）》。

古代韵书如《广韵》、《壬子新刊礼部韵略》（平水韵）、《洪武正韵》、《佩文诗韵》，乃至民国版《中华新韵（十八韵）》都是官方颁布的韵书，可以作为甄别诗韵对错的标准，在当时具有很高的权威性和一定的规范效力。2019年，国家教育部、国家话委联合颁布了由中华诗词学会负责起草的《中华通韵（十五韵）》（GF0022-2019）。新韵书的颁布，对于诗歌爱好者特别是古诗词爱好者，乃至发扬中国传统文化来讲，想必都应该是一件值得欢欣鼓舞的事情。

第三节　诗体

一、诗体

南宋严羽《沧浪诗话》诗体篇曰："风雅颂既亡，一变而为离骚，再变而为西汉五言，三变而为歌行杂体，四变而为沈宋律诗……有古诗，有近体，有绝句，有杂言，有三五七言，有半五六言，有一字至七字，有三句之歌，有两句之歌，有一句之歌……有口号，有歌行，有乐府，有楚词，有琴操，有谣，曰吟，曰词，曰引，曰咏，曰曲，曰篇，曰唱，曰弄，曰长调，曰短调……有拟古，有连句，有集句，有分题，有分韵，有用韵，有和韵，有借韵，有协韵，有今韵，有古韵，有古律，有今律。"可谓琳琅满目，令人眼花缭乱。

各类诗体，区别何在，节奏韵律不同而已，如朱光潜《诗论》（2016）所言："从前中国诗人用韵的方法分为古诗、律诗与词曲三种。"诗体的分类不重要，形式才最为重要。从某种意义上讲，诗有古、近之分，亦有诗、歌之分。汉《诗大序》谓《诗经》曰："诗者，志之所之也，在心为志，发言为诗。情动于中而形于言，言之不足故嗟叹之，嗟叹之不足故咏歌之，咏歌之不足，不知手之舞之，足之蹈之也。"意思是，诗者，情感志向之依托，怀抱在心时为情感志向，语言表达出来后便是诗。情感激荡心中就用语言表现出来，如果语言表达不足，用感叹的声息去提升它，如果感叹不足，为之放声歌唱，如歌唱仍感不足，不知不觉便会手舞足蹈起来。

"在心为志，发言为诗"说的是诗的本质，而"形于言""嗟叹""咏歌""手舞足蹈"说的是诗的四种表达方式。此说告诉我们，不同的诗有不同的表达方式，有言，有嗟叹，有咏歌，有配之歌舞而表达。可见，对于当时的古人来讲，诗和歌在本质上没有区别，歌只是诗的一种形式。

王秀梅《诗经译注》（2016）前言中说："《诗经》是我国最早的一部诗歌总集，是我国诗歌的生命起点。它收集和保存了古代诗歌305首……这些诗当初都是配乐而歌的歌词，保留着古代诗歌、音乐、舞蹈相结合的形式，但在长期流传中，乐谱和舞蹈失传，就只剩下了诗歌……《诗经》是按《风》《雅》《颂》三类编辑的。《风》大多为周代各地的民间歌谣……《雅》是周人所谓的正声雅乐……《颂》是朝廷和贵族宗庙祭祀的乐歌。"通过以下《诗经》片段，感觉一下其风格特点。

小雅·采薇

昔我往矣，杨柳依依。今我来思，雨雪霏霏。

行道迟迟，载渴载饥。我心伤悲，莫知我哀。

《诗经》多为四字诗，皆可入乐为歌，所以在欣赏这些诗歌的时候，当"咏歌"之，进而可"手舞足蹈"，退而可"嗟叹"，"言"之或韵味不足。

清人刘熙载《诗概》曰:"赋不歌而诵,乐府歌而不诵,诗兼歌诵,而以时出之……诵显而歌微。故长篇诵,短篇歌;叙事诵,抒情歌。诗以意法胜者宜诵,以声情胜者宜歌。古人之诗,疑若千支万派,然曾有出於歌诵外者乎?"此论与汉《诗大序》相比,尽管分类有所不同,但说的是同样的道理,何为赋,何为诗,何为歌,表达方式不同而已。所谓"诗兼歌诵",可以理解为诗可歌可诵,也可以理解为诗非歌非诵,或曰吟,或曰嗟叹。

从某种意义上讲,诗是一种风格上介于赋、歌之间的文体,其节奏和韵律或许更难把握。《滕王阁序》(赋)之"落霞与孤鹜齐飞,秋水共长天一色"改为"落霞孤鹜与齐飞,秋水长天共一色"就有了诗的感觉,因为加强了节奏。《江南》(乐府)之"江南可采莲,莲叶何田田"改为"江东可采莲,青叶何田田",就少了歌的味道,因为规范了韵律。

朱光潜(2016)说:"就人类诗歌的起源而论,历史与考古学的证据远不如人类学与社会学的证据之重要,因为前者以远古诗歌为对象,渺茫难稽;后者以现代歌谣为对象,确凿可凭。我们应该以后者为主,前者为辅。从这两方面的证据看,我们可以得到一个极重要的结论,就是:诗歌与音乐、舞蹈是同源的,而且在最初是一种三位一体的混合艺术。"

可见,我国古代甚至是当代,诗、歌是不分家的。我们甚至可以说,歌是一种诗体,是能唱的诗,诗入乐为歌;也可以说,诗是一种歌体,是作吟的歌,歌不入乐为诗。除了《诗经》以外,今人熟悉的歌行诗、乐府诗、词等也属于歌。尽管诗、歌不分家,但是诗与歌还是有不少差别的,在言辞上有,在节奏韵律上更有。节奏是一切艺术的灵魂,也是不同艺术形式的区分点,至少是不同诗体的区分点。关于这一点,作诗要注意,品诗也要注意,正如我们不能用粤菜的嘴巴品尝鲁菜,也不能用鲁菜的嘴巴品尝川菜,尽管它们的本质是一样的。

诗有高低,类无优劣,受众不同而已。任何诗体都能创作出好作品,关键看是否源于本心,是否表以真情,是否出神入化,优游不迫,沉着痛快。

二、句长

句子长度也是一种节奏，句子长度会影响诗句的意境，或者说，为了表达不同的意境，需要配合不同的句长。

奥利弗《诗歌手册》（2020）说："虽然五音步诗行和四音步诗行在长度上只相差了一个音步，它们却是完全不同的诗行。在四音步诗行中，有一种迅捷和欠缺感，甚至是有一点点兴奋，五音步诗行则不会激发这种感觉（五音步是圆满的，却又不过分圆满，在任何方向都没有压力）……

"五音步诗行是英国诗人使用的主要诗行……五音步诗行摆脱了任何特殊效果。它恰如其分，不作强调，创造了一个完整的句子，结尾几乎不留空隙，因此，它不会传达特别的信息，你可以说，它是规范。

"然而对规范的每一次偏离，都会发送信息。各种刺激，以及它所伴随的身体和心理的紧张，'令我们无法呼吸'。比五音步更短的诗行总是呈现这种效果。读者会被更短的诗行带入一种非比寻常的专注，这种专注朝向日常之外的某种处境。四音步诗行比五音步诗行更轻松自然地释放了一种被感知到的激动、不安或者快乐等。

"这是因为当我们充满自信，悠闲自在时，我们会在长度和广度上花时间，关注细节、微小的差别，乃至轶事……较长的诗行（比五音步更长的诗行）暗示了一种比人更强大的力量。它仿佛能借助简单的忍耐力——超出一般的肺功能——变得宏大，未卜先知。它也能表达充足、丰富和愉悦感。无论它携载的是哪一种语言的货物，它都传达了一种势不可挡的机械的力量。"

汉语诗歌句子长短与意境的关系，也应该具有类似的规律，而七言诗似乎就属于"规范"，"恰如其分，不作强调"，"圆满，而又不过分圆满"。相较于七言，更短的诗句如五言或四言，则会表现出"激动和敏捷"；更长的诗句如十言，则"暗示了一种比人更强大的力量"。

案例1，李白《将进酒》（歌行）：

  君不见黄河之水天上来，奔流到海不复回。
  君不见高堂明镜悲白发，朝如青丝暮成雪。
  人生得意须尽欢，莫使金樽空对月。
  天生我材必有用，千金散尽还复来。
  烹羊宰牛且为乐，会须一饮三百杯。
  岑夫子，丹丘生，将进酒，杯莫停。
  ……

  周啸天等《唐诗鉴赏辞典》（2012）认为，李白曾二入长安，该诗创作时间当在一入长安之后。"李白一入长安虽没有找到政治出路，但对政治仍抱有很大幻想，因此，在一入长安之后、二入之前，牢骚与希望并存。"求仕途未果，李白离开长安，数年之后，与友人登高饮宴，借酒放歌，写下此诗，用于自我解脱，诗句中明显表露出了矛盾的情绪。该诗基本句是七言，配以其他句长，通过跳动或停顿控制节奏。

  首联。较长的十言出句"君不见黄河之水天上来"营造出广阔高远、比人更强大的自然力量，七言对句"奔流到海不复回"予以解脱。出句入韵，自成系统。

  次联。换韵，再来一个起伏，十言出句"君不见高堂明镜悲白发"烘托出凝重悲壮、比人更强大的岁月力量"，七言对句"朝如青丝暮成雪"予以解脱。该联诗句起到了承前启后的作用，承接前一联的长度，启动后一联的音韵。但是，联末"雪"字用韵不合惯例，原因何在，我们放在后边讨论。

  三联。皆七字句，同样有承前启后的作用，承接前一联的音韵，启动后续的句长模式。

  四、五联。皆七言，韵脚"来""杯"重回首联灰韵部。前四联之中，"来"字用了两次，或许为了呼应诗音，或许有意无意表露出等待皇帝"来"之唤的真实心声，尽管诗义表现得随意潇洒。

  六联。换韵，喘息，从前五联所营造的气氛中跳出。然后，半醉半醒，踏歌而行。

吟诵该歌行十字长句时，在节奏上不应把长句中的"君不见"与后续诗句断开，否则，气氛和感觉截然不同。正如杜甫是绝顶的音韵大师，李白则是绝顶的节奏大师。诗论者们常说：七言学杜甫，五言学王维，李白常人难学。杜甫、王维之精妙或许还有谱可查，而李白之精妙常常是"羚羊挂角，无迹可寻"，或许是因为诗歌的节奏更需要靠本能来感觉吧。

案例2，李清照《声声慢》（词）：

　　寻寻觅觅，冷冷清清，凄凄惨惨戚戚。
　　乍暖还寒时候，最难将息。
　　三杯两盏淡酒，怎敌他、晚来风急。
　　雁过也，正伤心，却是旧时相识。
　　……

该词，以四六言为主，穿插三言。首联"寻寻觅觅，冷冷清清，凄凄惨惨戚戚"，连续七对重字，在听觉上缩短了句长（相对于视觉句长），"释放了一种被感知到的"的不安。次联"乍暖还寒时候，最难将息"，直白地道出了作者孤单凄凉的心境。三四联中穿插的三言短句，可造成节奏的破碎化，用于表现出无所适从的忐忑情绪。

相对于长句，较短的句子，提供的是激动明快的节奏感，具体是躁动不安还是欢动快乐则由诗义引导，如：《声声慢》是不安，"鹅，鹅，鹅，曲项向天歌"则是欢快。

案例3，苏轼改诗。

韩愈诗《听颖师弹琴》的内容曾被苏轼改为词《水调歌头》，针对古人诗改词的做法，瞿蜕园《学诗浅说》（2016）以此为例说："诗是直说的，词必须装点陪衬。诗的字句要沉重，词的字句要轻清。特别是'浮云柳絮无根蒂，天地阔远随飞扬'，在诗中确是雄深雅健之作，而变作'回首暮云飞，飞絮搅青冥'，立即成为潇洒俊秀的词了。"

描述同样的景色，七言是"雄深雅健"，五言则是"潇洒俊秀"，除了使字用词之外，句子的长度也应该是原因之一。正如奥利弗（2020）所言：较长的诗行会表现出宏大、充足，较短的诗行则是激动、敏捷。

在这一点上，其他语言的诗歌至少英语诗歌与汉语诗歌的规律是相通的。从另外一个层面讲，为什么唐朝七言诗特别是近体诗能够兴起，为何宋朝盛行"细碎"的词句，则可能跟当时的社会环境和气氛有关。

三、奇数

诗论者经常讨论的一个问题是，汉语古诗发展到后期，特别是近体诗，为什么以奇数音节即五言和七言为主体诗句。

汉语古诗以双音步为主导音步，奇数音节的句长，势必会出现单音步或三音步。朱光潜（2016）以"似梅花落地"等诗句为例，指出："这些实例，语言节奏与音乐节奏的冲突太显然，顾到音就顾不到义，顾到义就顾不到音。在中文诗习惯，两字成一音组，这两字就应该同时是一义组。如果有三字成义组，无论在五言中还是在七言中，它最好是摆在句末，才可以免去头重脚轻的毛病。例如：

五言：

　　　　涉江｜采芙蓉

　　　　似梅花｜落地

七言：

　　　　暗香｜浮动｜月黄昏

　　　　独寻春｜偶过｜溪桥

前后两句相较，后句显然是头重脚轻，与语言先抑后扬的普通倾向相违背。"

如果诗句是偶数音节，两两双音节的二音步之后的顿断，其末字本身会有被强调的倾向，但还不足于形成强烈的节奏。如果中文诗歌语言的重音，能像英文诗歌一样容易把控，或许情况会有所好转。但是，汉语的重音很难把握，依靠重音构建中文诗歌节奏，似乎是一件不可能的事情。

正如南朝沈约所言："五言之中，分为两句，上二下三。"二音步在上，三音步在下，这便体现了"语言先抑后扬的普通倾向"，因为三音步明显是"重"于二音步的。七言之中，分为三句，上二中二下三，同样道理。

关于句后三音节音步，冯胜利《汉语的韵律、词法和句法》（2009）以五言诗"离离原上草""野火烧不尽"为例，指出："诗的最后三个字可能有［2＋1］式的组合（如'原上草'），也可能有［1＋2］式的组合（如'烧不尽'）。这是两种语法结构上的不同组合，因而无论是［2＋1］还是［1＋2］，都不影响诗律的平仄和节律。当然［2＋1］和［1＋2］之间可以有轻微的停歇，但这不是全句的主要停顿。因为最后三个音节属于同一个单位（即超音步）。"

可见，汉语古诗选择奇数音节的句长，主要是为了在二音步为主导音步的诗句中，构造一个句末的重音步（三音步），以确保诗句节奏符合先抑后扬的普通规律。显然，这是偶数音节诗句如四言、六言所难以达到的效果，这或许也是四言、六言诗句更需要入乐的原因，因为乐谱是自带节奏的。今人作词，无乐谱可依，虽然也可词义满满，但由于节奏感不够强，读起来似乎更像是"文"而不是"诗"。

第二章　诗音悠扬

第一节　音病

一、八病

汉语诗歌，义、形、音三位一体，《顾随讲坛实录》（2014）认为："以上三者，莫要于义，莫易于形，莫艰于音。无义则无以为文矣，故曰要。形则显而易见，识字多则能择之，故曰易。若夫音，则后来学人每昧于其理，间有论者，亦在恍兮惚兮、若有若无之间，故曰艰。"评诗论句，诗义有迹可循，诗形有谱可查，诗音最难把控。

作诗如做饭菜，品诗如品美食。食有觉，曰味觉，曰嗅觉，曰视觉，曰听觉，曰触觉，虽千变不可离其宗：无异味。诗有音，曰韵律，曰平仄，曰四呼，曰双声，曰叠韵，虽万化不可离其本：无杂音。食之异味虽难彻除，过者难称美食；诗之音病虽难全免，过者难称好诗。有人说，好诗瑕不掩瑜，缺憾有美，更何况世间绝无近善之文、尽美之诗。此话虽然有理，但仅就妙心高手而言，对于初涉诗坛或是久涉不得其道法者，音病特别是音之重病，当是不可掉以轻心的。

魏晋以来，中国声韵学受印度梵音学影响，有了进一步发展。自南齐开始，以南朝文坛领袖沈约为代表的一批文人，经常交流诗作，探讨诗艺。沈约与周颙等提出了"四声八病"之学说，要求以互换平、上、去、入四声来调节诗文，避免有关诗音之病。从此，比较自由的古体诗逐步走向格律严整的近体诗。"八病"虽指五言，七言同样适用。"八病"虽为近体扼要，古体亦不可等闲视之。"八病"是格律诗形成的理论前提，需要细心体会，新入诗坛者恐感苦涩乏味，建议暂时跳过此处，回头再来。

论及音病，当然不止八种，"八病"传播更广，作用更大而已。八病之说可见于古今多种文献，虽大同小异，但毕竟说法不一。本书内容皆引用遍照金刚《文镜秘府论》，该书摘录诸多沈约诗论，成书早，转载次数少，可信度当属更高。

讨论八病之前，先解释"双声""叠韵"两词。"两个字或几个字的声母相同叫双声，例如'公告''方法'。""两个字或几个字的韵母相同叫叠韵，例如'祷告''前天'。"

八病之一，平头。《文镜秘府论》载曰："平头诗者，五言诗第一字不得与第六字同声，第二字不得与第七字同声。同声者，不得同平上去入四声，犯者名为犯平头。平头诗曰：'㊣时淑气清，㊣壶台上倾。'"（字符㊣记为笔者所加，下同）五言诗，一句五字，一联两句十字，出句前两个字均不得跟对句所对应前两字同声调，如出对句一、二字"芳→提"与"时→壶"，皆为平声对平声。在正格近体诗中，一联两句诗，已是平仄全然不同，平头病已经规避而且更加严格。又："第一、第二字不与第六、第七字同声。或能参差用之，则可矣。谓第一与第七、第二与第六同声，如'秋月''白云'之类，即《高宴》诗云：'秋月照绿波，白云隐星汉。'此即与理无嫌也。"按平水韵，"秋""云"同为平声，"月""白"同为入声，参差相对，不犯平头。

八病之二，上尾。"上尾诗者，五言诗中，第五字不得与第十字同声，名为上尾。诗曰：'西北有高㊣，上与浮云㊣。'"诗内，第五字"楼"和第十字"齐"，同为平声。所谓上尾，第五字实指出句末字，第十字实指对句末字，若论七言，则是第七字不得与第十四字同声。在近体诗中，一联出对两句，末字平仄声调不同，上尾病已经规避而且更加严格。又："若第五与第十故为同韵者，不拘此限。即古人云：'四座且莫㊣，愿听歌一㊣。'此常也。"此论是指，一联两句之中，出句入韵不犯上尾。近体诗中，只有首联出句可以入韵，古体各联皆可。又："此上尾，齐梁已前，时有犯者。齐梁已来，无有犯者。此为巨病。若犯者，文人以为未涉文途者也。"齐梁时代以来，"上尾"已经被文人所忌惮，犯者被贬为外行，可见其在诗歌音韵学方面的重要性。今人作诗，无论诗体，"上尾"谨防为妙。

八病之三，蜂腰。"蜂腰诗者，五言诗一句之中，第二字不得与第五字同声。言两头粗，中央细，似蜂腰也。诗曰：'青⃝轩明月⃝时，紫癜秋风日。'又曰：'问⃝君爱我⃝甘，窃⃝独自雕⃝饰。'"如前所述，初期永明体提倡二五字（声调）相异的原则，随着永明体向近体诗过渡，二五字相异也最终被二四（六）字分明所替代。所谓蜂腰，实际上是触犯了二五相异的原则，随着近体诗格律的定型，蜂腰也不应该再算作音病了。

八病之四，鹤膝。"鹤膝诗者，五言诗第五字不得与第十五字同声。言两头细，中央粗，似鹤膝也，以其诗中央有病。诗曰：'拨棹金陵⃝渚，遵流背城阙。浪蹙飞船⃝影，山挂垂轮月。'若上句第五字'渚'是上声，则第三句末'影'字不得复用上声，此即犯鹤膝。"鹤膝或轻于上尾，但不是小病，仍需急避之。近体诗中，第一、三、五、七句末，皆为仄声，当以上、去、入声交换用之，以避鹤膝。古语仄声有上、去、入三声调可选，规避鹤膝不是很难。今人用普通话作近体诗特别是律诗，出句末字仄声实难处理。因入声不在，只存上、去二声：若不交换使用，必犯鹤膝；若交换使用，又是定式，依然不妥。笔者认为，用普通话作律诗，最好首句入韵，以缓其难。南宋论诗高手魏庆之《诗人玉屑》曰："八种（病）惟上尾、鹤膝最忌，余病亦皆通。"因为近体格律已避上尾，所以今人作近体诗者，鹤膝之病当念念不忘，时时注意。

八病之五，大韵。"大韵诗者，五言诗若以'新'为韵，上九字中不得安'人''津''邻''身''陈'等字，既同其类，名犯大韵。诗曰：'紫翻拂花树，黄鹂闲绿枝'……今就十字内论大韵，若前韵第十字是'枝'字，则上第七字不得用'鹂'字，此为同类，大须避之……除非故作叠韵，此即不论。"以上所举字例，"新、人、津、邻、身、陈"皆平声真部韵，"鹂、枝"皆平声支部韵。又："此病不足累文，如能避者弥佳。若立字要切，于文调畅，不须避之。"大韵轻重，古人观点有异，前者言"大须避之"，后者言"不足累文"。笔者认为，此病不是太轻，近体诗当避之。

　　八病之六，小韵。"小韵诗，除韵以外，而有迭相犯者，名为犯小韵病也。诗曰：'搴帘出户望，霜花朝漾日'……就前九字中而论小韵，若第九字是'漾'字，则上第五字不得复用'望'字等音，为同是韵之病。"又："此病轻于大韵，近代咸不以为累文。或云：凡小韵，居五字内急，九字内少缓。然此病虽非巨害，避为美。"又："若故为叠韵，两字一处，于理得通，如'飘飘''窈窕''徘徊''周流'之等，不是病限。"南朝刘勰《文心雕龙》曰"叠韵离句而必睽"，指叠韵分离，必然别扭。小韵虽苛刻，幸而不足累文，五字之远或本句之外，更是如此。今人若用普通话作旧诗，韵部较少，避小韵实在艰苦，或可不避。

　　八病之七，旁纽。"旁纽诗者，五言一句诗中有'月'字，更不得安'鱼''阮''愿'等之字，此即双声，双声即犯旁纽。亦曰，五字中犯最急，十字中犯稍宽。如此之类是其病。诗曰：'鱼游见风月，兽走畏伤蹄。'释曰：'鱼''月'是双声，'兽''伤'并双声。"又："此病更轻于小韵，文人无以为意者。又若不隔字而是双声，非病也。如'清切''从就'之类是也。"古音中，"从""就"同纽，特注之。后人著《文心雕龙》曰"双声隔字而每舛"，指双声被其他字隔开，往往不够协调。但是，两字若相隔较远，可"无以为意"。小韵病轻，旁纽更轻，五字之近或本句之内，节奏明显，当酌情避之；五字之远或本句之外，节奏柔和，巧妙用之或可求到佳音。

　　八病之八，正纽。"正纽者，五言诗'壬''衽''任''入'，四字为一纽（或源于《韵镜》，特注）。一句（亦有十字之说，笔者注）之中，已有'壬'字，更不得安'衽''任''入'等字。如此之类，名为犯正纽之病也。……除非故作双声，下句复双声对，方得免正纽之病也……如云：'我本汉家子，来嫁单于庭。''家''嫁'是一纽之内，名正双声，名犯正纽者也。"正纽，用汉语拼音解释便是，两字声母、韵母皆同，但声调不同时，构成正纽。又："凡诸文笔，皆须避之。若犯此声，即龃龉不可读耳。"正纽轻重，当与大韵相当。

八病之中，何重何轻，排序如何，虽是众说纷纭，但也有据可考。笔者认为："上尾""鹤膝"为重病，"平头""正纽""大韵"为中病，"小韵""旁纽"为轻病，"蜂腰"不为病；上尾最重，旁纽最轻。四声八病学说是近体诗形成的理论基础，近体诗在定律时，应该充分考虑了规避八病的问题。在写作近体诗时，只要有心为之，避免八病并不是一件难事。如在近体诗中：平头、上尾已完全规避；蜂腰不再为病；大韵、正纽极易规避；小韵、旁纽属轻病，可斟酌避之；唯有鹤膝，须急避之，但难度也不是很大。

必须强调的是，音病好除，好音难得。好诗仅仅避开音病是远远不够的，如何让诗朗朗上口，如何将意境和音韵充分融合在一起，是一件更加困难的事情。如王志彬《文心雕龙译注》（2017）所言，"文章声韵美丑好坏，寄托在吟诵之中；而吟诵的韵味，则从字句间流露出来，在字句方面所用的气力，归根结蒂是为了使文章有和谐的韵律。不同的音调配合恰当就是和谐，同一声音前后应和就是有韵。声韵一旦确定，那么收声相同的音就易于安排；声调的和谐要讲究高低抑扬，所以音响的搭配就难以契合。提笔作文容易工巧，但选定和谐的声调却非常困难。"

二、风格

周啸天《诗词写作十谈》（2019）有言，唐代诗体"五花八门，种类繁多。然而偶尔一用的诗体和长盛不衰的诗体，到底不可同日而语"。又："律诗堪称中国诗体的代表，七律尤其如此……中唐以后，诗人皆求工于七律，而古体不甚精诣，历宋元明清及近代，多有以七律为能事者，可谓薪火相传，一体独大。"律诗是中国诗体的代表，为什么能够"薪火相传，一体独大"，音律如何，风格如何，所追求的意境又当如何？

江弱水《诗的八堂课》（2017）有言："我们平常说一首诗好，怎么好？有味道。"这是把好诗比作美食，把味道比作音律，所以"我们讲诗，动不动就用滋味、品味、趣味、意味、韵味、情味等词语"。这味那味，依然是雾里看花，不知落到细处该如何定夺。"古人品诗，最排斥甜腻的风格，提倡宁生毋熟，宁涩毋滑，宁苦毋甜。"这或许指的就是近体之律诗，因为不同诗体，不同诗境，味道即音律必是大有不同。"江南可采莲，莲叶何田田"有滑甜的味道，"万里悲愁常作客，百年多病独登台"有苦涩的味道。

品味道不如直接品音律，音律决定了风格和境界，笔者认为，近体诗特别是七律诗，音律是"纯正"，风格是"平和"，其追求的境界是引人入胜。虽然引人入胜是所有诗体乃至所有艺术所追求的境界，但是，相对于其他汉语诗体而言，近体诗或许是实现这个目标的最佳载体。

于古代诗歌而言，论音律需要先论八病，如果说没有四声八病就没有近体，应该不算过分。但也有观点认为，四声八病的要求过于精密烦琐，给诗歌创作带来不少困难。八病看似复杂，实际上讲的都是一个道理，维护主韵而已。如《文心雕龙》"同声相应谓之韵"所言，当两个相同乃至相近的声音元素（以下简称音素）出现在诗句中，特别是出现在诗句的重要部位时，就会形成自己的音律，从而加强吟诵者或倾听者对该音素的感知度，相同的字音可以形成节奏，相同的声母、韵母、声调同样可以形成节奏。再如《文心雕龙》"双声隔字而每舛，叠韵离句而必睽"所言，如果韵脚之外的韵律过于明显，就会干扰韵脚处的主导韵律（主韵），甚至喧宾夺主，构成乱律或噪音。

近体诗押平声韵，唐音（平水韵）中，平声有三十个韵部，除韵脚外，只要一句诗中不见同韵（部）字，一联诗中不取主韵（部）字，就可避免韵病。中国传统音韵学上有三十六个声母（称字母），"这三十六个字母大约就代表了唐宋间的汉语语音的三十六个声母。每个声母有一个代表字"（唐作藩，2018）。近体诗中，只要一句诗中不见同纽，一联诗中不取纽、韵（母）皆同，就可避免纽病。可见，八病之中，规避韵病和纽病，并不是一件很难的事情。八病之中，规避纽、韵之病的实质是：除韵脚外，一联诗内的其他字的纽、韵不得成律（形成节奏）。

八病之中，调病有四，韵、纽病各二，但是在近体诗格律中，我们只能看到为了规避调病而制定的规则,却看不到韵病和纽病对此的影响。

古音中声调只有四个,五言诗一联十字,七言诗一联十四字,声调必然成律,除非全取平、上、去、入。既然不能规避,放任自流不如疏导整理。一联诗内不能完全规避,一些重要点位还是可以规避的,四种调病所针对的都是重要点位。不少人认为,近体诗的平仄格律是为了形成节奏,虽言之有理但言而未尽,言其然而未言其所以然。近体平仄格律确实形成了节奏,但其宗旨不是为了节奏而达成节奏,更不是为了突出平仄节奏,而是为了在必然形成节奏的前提下,弱化声调所形成的节奏,避免尖声杂律,减少调律对韵脚主律的干扰。我们可以从近体诗规则的不同层面分析这个论点。

其一,将平上去入四声二分为平仄两声,化繁为简,行之有效,为提高近体诗格律的稳定性打下了极其良好的基础。其二,无论五言还是七言,每联诗以及每首诗中的平声字跟仄声字的数量都是相等的,不偏不倚,中庸平衡,起到了均化节奏的作用。其三,参见模型1、2,如果把五言看成"2|2|1"音步,七言看成"2|2|2|1",不计算单音步末字,其他音步的声调主要由双连调(平平或仄仄)构成,其在五、七言诗中的比重,分别是75%、83%;不同两连调(平平或仄仄)音步,本句内交替互换,出对句及上下联之间皆对位互换;本句互换构成基本节奏,出对句互换减缓了两句之间的节奏,上下联互换减缓了两联之间的节奏,从而达到了既有节奏又不够凸显的效果,而这种隐隐约约的次级节奏是提高诗音美感的有效途径(详论见后)。

"同声相应谓之韵",相应之声(纽、韵、调)的间隔可以影响音律的强弱,间隔近则音律强,反之亦反,所谓"五字内急,十字内缓"便是个中道理。同声没有间隔不为音病,所以"故作叠韵"不为韵病,"故作双声"不为纽病。同理,相隔之同声的点位也可以影响音律的强弱,点位重要则音律强,反之亦反。规避声调之病,可行点位之道,规避纽韵之病,可行间隔之道。

于诗而言,一句诗内,句末字最为重要;一联两句诗内,联末字(韵脚)最为重要。八病之中,上尾病最重,指的是出、对句之末字声调相同（首联入韵除外，下同）。近体格律中，除了对句末字押平声韵外，最重要的一条音律法则就是规避上尾，即出、对句末字不得平仄相同。因联末韵脚为平声，所以出句末字必须仄声，而且需用上去入声间而隔之（含古体），违者犯病鹤膝。

综上所述，按照近体诗格律，所有两两相应的重要点位之间，除韵脚本律外，其他皆平仄相异，不成音律，显然可以起到降低调律以防止干扰本律的作用，与八病原则也是一脉相承的。

近体诗，五言十字一韵，七言十四字一韵，堪称定海神针。由于韵字准确出现在最重要的位置上，一首诗又分成了均匀的两个（绝句）或四个（律诗）段落，节奏稳定且舒缓。对于聆听者而言，韵字位置如此重要而又弥足珍贵，当一个韵字落音之后，我们会期待下一个韵音的到来，它是何字、何义、何音。由于两韵间隔时间较长，我们会更加关注语言进程，唯恐漏掉下一个韵音。当我们对一个事情给予足够关注的时候，便会进入一种忘我的状态，或愉悦，或半醒半睡，甚至会暂时忘记疼痛和苦恼。

古音有四声，平上去入，为什么近体诗规定或者说习惯于用平声韵？

目前，我们还不能准确地再现古人的四个声调，也不能将其直接对照今日之普通话的四个声调，只能根据各种文献和今人声调进行推测。根据有关文献，学者们至少从发音难度、声调平直度、声音的长度、声调高低，以及字数等方面，讨论了近体诗押平声韵的原因。

瞿蜕国《学诗浅说》（2016）有言："从前有四句歌诀，描写四声的声调，是很扼要的，读者可以从这里得到些启发：

平声平调莫低昂，上声高呼猛烈强，

平声分明哀远道，入声短促急收藏。

这个歌诀告诉我们：凡是一个字，不需要费力，只要平平读去的，就是平声。如果将舌头用力转一转，仿佛向上提起，就是上声。如果将这字向远方送，声调拉得长些变得尖些，就是去声。如果将这字用力截住，不拖长，不提高，就是入声。"

如作者所言无误，在其他条件相同的前提下，仅仅因为发音不需费力,平声都有足够大的力量吸引诗人,自然而然地把它们选为韵字。这是一种节约机制,是自然界的普遍法则,正如达尔文《物种起源》(2011)所言:"自然选择不断地试图来节约体制的每一部分。"从后面的论述还可以看到,节约机制会体现在诗歌乃至语言的很多方面,而且也是诗歌产生的初始动力之一。

赵元任《汉语口语语法》(2010)认为,汉语"在没有中间停顿的一连串的带正常重音的音节中,不论是一个短语还是复合词,其实际轻重程度不是完全相同的,其中最末一个音节最重,其次是第一个音节"。最末一个音节最重,说的是发音规律,而不是字本身的特性,因为每个字都可能成为"最末一个音节"。可见,汉语语言当然也包括诗歌的声音倾向于前轻后重,特别是"最末一个音节",诗音如果头重脚轻,就会与"语言的先抑后扬的普通倾向相违背"。或许,声调高的字,应该具有成为韵脚字优势。

古音之中,平声字的音调是否高于仄声,似乎无法断定,但是我们可以从普通话里找到一些依据,因为今音毕竟是从古音发展而来。按照赵元任的观点:"如果用五个点把说话人的音域分成四个相等的间隔,即1低、2半低、3中、4半高、5高,那么实际上,任何方言中的任何声调的起讫点都会毫不含糊地表示出来,遇到曲折调,也能把它的转折点表示出来。"作者给出量化值见表2-1。

表2-1 普通话声调值(赵元任)

声调	汉语名称	调性	起讫点
第一声	阴平	高平	55
第二声	阳平	高升	35
第三声	上声	低降升	214
第四声	去声	高降	51

如果普通话中的平声字(阴平和阳平)主要源于古音平声字,其他字主要源于仄声字,只要各声调的相对值符合表中起讫点的数值关系,我们就能大概认定,平声调在古音中是高于其他声调的。在其他条件相

同的前提下，选择声调更高或曰更重的平声字作为诗末韵字，会获得更好的平衡感，效率更高。

王力《汉语诗律学》（2021）认为："依我们的设想，平声是长的，不升不降的；上去入三声是短的，或升或降的。这样，自然分为平仄两类了。'平'字指的是不升不降，'仄'字指的是不平：'上'字应该指的是升，'去'字应该指的是降，'入'字应该指的是短促。"又："近体诗喜欢用平声做韵脚，因为平声是一个长音，便于曼声歌唱的缘故。这恰像英诗里的轻重律多于重轻律，希腊拉丁诗里短长律多于长短律。"平声字，声音平稳，字音较长，都能够提高声音的"重量"，作为句末韵字，更容易表现语言先抑后扬的普通倾向，也"便于曼声歌唱"。

周啸天《诗词写作十谈》（2019）认为："平声的发音特点是平稳，在字数和使用频率上在四声中是强势的声调。其余三声，虽然互有区别，相对于平声，共同的特点是不平（仄），合起来才与平声势均力敌。同时，平仄两大类，在汉字字数的配置上，比值约为2：3。由于平声的强势，这个比例最为相当。"四声之中，平声有一，仄声有三，平、仄字数配置比值2：3，相当于平声字数量是仄声字平均数量的2倍。一首近体（长律除外），最少两个，最多五个韵字，平声字数量是上去入声字平均数量的2倍，即便是随机选择，其入韵的可能性明显大于上去入各声。

平声韵，声音平、长、重，意味着平衡、稳重；发音简单，占据字数优势，意味着中规中矩、优游不迫。从音律方面来讲，平声作为承上启下的韵脚节点，更容易实现上下联声音的平稳过渡。尤为关键也是顺理成章的是，近体韵脚规则与其他规则也是和谐统一的，都试图追求音律纯正以及风格平和，都强调主韵的权威性。

近体诗特别是七言律诗，有平稳流畅且适度变化的节奏，有平和舒缓准确到来的韵字，有规整有序的句型，有均匀切分的段落，需要给予足够关注度的精神要求。古人或者说唐人为何倾心于这种诗体，什么样心态下才会钟情于这种诗体，什么样的社会氛围才能诞生这样的诗歌呢？

李近朱《交响音乐史话》（1998）讨论了西方艺术与社会人文背景

的关系。在古希腊精美艺术产生的时代,古希腊人有一种"平和闲适的心态与心境"。古罗马产生了"壮大宏厚的乐器合奏",是因为"一个蓬勃奋发的民族和威武强大的帝国,无疑也要把他们的音乐塑造成如此伟烈博大的风格,尽管避免不了粗糙与单调"。

周啸天等《唐诗鉴赏辞典》(2012)认为:"盛唐诗人生当盛世,心理倾向是外向、发散的,心灵是宏大的,作品也是宏大的。而到国步维艰的大历时代,由于对外部世界的失望,缺乏积极参与的信心和精神,诗人的心灵渐由征服转向了逃避,由外向转为内省。"对于诗人来讲,出生在盛唐是最幸福的,那是一个四海承平、万邦来朝、心平气和的社会。盛唐人不仅有古希腊人的"平和闲适",还兼有古罗马人的"蓬勃奋发"。他们自信,自由,自足,乃至自我陶醉,心理倾向不仅发散,而且稳健,作品不仅宏大,而且细腻。作为诗人,如果没有自由安定的氛围和发散之心,很难写出宏大的作品。如果思想受到禁锢,即便是技艺顶绝,其诗也难免或华而不实或苦涩隐晦。除非像周啸天(2019)所言现代优秀诗人聂绀弩一样,"痛苦到了极致,看透一切,反过来发现人世与自我的可笑,产生一种超越苦难的讽世与自嘲"。然而,即便是超越了苦难,其言也咽,其音也暗,其调也沉,其律也缓。

在心为志,出言为诗,时代不同则人性不同,志向亦不同,诗歌风格也一定不同。《沧浪诗话》评诗之风格曰:"大历以前分明别是一幅语言,晚唐分明别是一幅语言,本朝诸公分明别是一幅语言。"推而广之,于现代诗歌而言,民国时期、新中国成立初期、改革开放初期、如今,等等亦都"分明别是"一幅语言,它们也必与盛唐语言相差甚远。我们期盼着中国的文艺复兴乃至中华民族的伟大复兴,到了那个时候,中国的诗人们或许也能创作出大量近乎于盛唐风格的诗歌了。

第二节　音理

一、音色

（一）共鸣

今日习学古诗之人，常有这样的感觉：一些诗句，文字描述看上去精工细作，耐人寻味，而一旦上口，却感到有些别扭，不够顺畅。还有一些诗句，文字描述似乎平淡直白，但却朗朗上口，越品越有滋味，似有魔力藏匿其中。义美、音美、形美，三位一体，当是诗之最高境界。贾岛"两句三年得，一吟双泪流"，卢延让"吟安一个字，捻断数茎须"，古人作诗，讲究精益求精，一句诗、一个词、一个音节，需反复推敲，不断锤炼，所谓炼字或炼句。只有天赋异禀者，才能出口成章，且离不开日积月累。古人炼字或炼句绝不仅仅是炼义，还应该包括诗音和诗形的锤炼。朱光潜《诗论》（2016）曰："诗咏叹情趣，大体上单靠文字意义不够，必须从声音节奏上表现出来。诗要尽量利用音乐性来弥补文字意义的不足。"

北宋僧人惠洪《冷斋夜话》曰："白乐天每作诗，令一老妪解之，问曰：'解否？'妪曰解，则录之；不解，则易之。"对于一个没有受过教育的老太婆来讲，自然不懂平仄对仗，更不懂什么意境高远，她对"音"应该比对"义"更容易判断优劣，与其说她听懂了一首诗，不如说她觉得这首诗听起来顺耳好听，高雅点说，具有音韵之美。从某种意义上讲，古人作诗是吟出来的，而不是写出来的，"吟诗作画"之说，足见音对诗的重要作用。

有人说阳音最亮，有人说愁字最柔，有人说秋字最美；有人说，东、真韵宽平，支、先韵细腻，鱼、歌韵缠绵，萧、尤韵感慨。林林总总，众说纷纭，如果没有量化数据的支撑，应该不能令人十分信服。诗人作诗，音美最难把控。"一首诗中，每一个字音色和音量之强弱、高低、宽窄、粗细以及其安排的搭配问题，顾随说，'这只有声可寻，却无谱可查'。有声可寻，即是常态，可以有意为之；无谱可查，即非定律，只能无心得之。"（江弱水，2017）"有声可寻，无谱可查"或源于《文心雕龙》"可以数求，难以辞逐"，顾随一个"谱"字，说出万般道理。

音之无谱可查，或许是因为无法量化。古人没有测量声音的手段，只能依靠主观感觉来讨论音韵。今非昔比，现代汉语拼音的问世，为我们提供了更为便捷的标音方法。现代声学研究的进步，让我们提高了量化声音的能力，恰是应验了"工欲善其事，必先利其器"这句话。

声音通常由物体循环运动发出。人类肺部空气通过声带时，喉部声带间隙产生了时而缩小时而放大的循环运动，这个运动向周围介质如空气的传播过程便形成了声音。

对于声音本质的描述，徐恒《播音发声学》（1985）解释说，声音"在几个基本方面有所差异，也就是在声波的几种物理性质方面有所不同。声波的物理性质包括频率、强度、谐波含量与时值。这四种性质对于人耳的效应分别称为音高（音调）、音量（响度）、音色（音品、音质）和音长"。参见表2-2。

表2-2 声音的特性

声音性质	高度	强度	音色	音长
表观性质	音高	响度	音色（音品）	长短
主观性质	频率	声强（振幅）	谐波含量（声谱）	时值

"（1）音高。指声音的高低。主要取决于发声体的振动频率，也就是每秒钟振动的次数。单位时间内振动次数多，频率高，声音就高；振动次数少，频率低，声音就低。频率的单位叫赫兹，指每秒发声体振动的次数，通常写作hz……

"人耳对于各种频率声音的敏感度是不同的，对低频不敏感，随着频率的增高，耳朵逐渐敏感起来，在1000~6000赫兹的范围内较为敏感，而对从2000到4000赫兹的声音则最为敏感，这是由于人们的耳朵和大脑的构造决定的……

"（2）音强或音量。指声音的强弱（声音的强度是指单位时间内通过垂直于传播方向上单位面积的声音的能量）。一定频率的声波的强度依赖于它的振幅，振幅越大，声音越强；振幅越小，声音越弱。而振幅的大小是由使发音体振动的外力大小决定的。比如敲鼓，用力大，振幅大，声音强；用力小，振幅小，声音弱。声波强度随着它离开声源的距离而逐渐减小，即离振源越远，声波越弱，声音越小，这在日常生活中是人所共知的。

"需要注意的是：音强与响度是两个不同的概念。音强是指声音本身客观具有的物理特点，可以用仪器测量；而响度是指声音强度这一物理特点在我们听觉中的主观感受，不是可用仪器直接测量的。响度随强度的增加而增加，它们之间并不是简单的比例关系，而是接近于对数关系。"

如上所述，音高主要由发声体自身特性所决定，表现出来的物理参数是振动频率，音强主要由外力决定，表现出来的物理参数是振动幅度，两者都可以通过仪器测量。举例而言，一根琴弦如钢琴琴弦，当受到外力撞击时就会发出声音，其频率（音高）大小由其长度、材料、张力等参数决定（与外力强弱无关），其振幅（音强）大小由外力的强弱决定。

"（3）音色。是人在听觉上区别具有同样音高、音强的两个声音之所以不同的特性，也就是声音的独特品质、声音的个性。音色决定于声波的谐波含量，即所含的泛音数目和它们的相对强度，即声谱。

"一根绷紧的琴弦，如果在中间拨一下，琴弦作整体振动产生的频率最低，这就是这根弦的基本频率，发出的声音就是它的基音。当你在靠近琴弦的一端拨动时，琴弦可以分成几段振动。假如琴弦分两段振动，它的振动频率必定两倍于基音的频率，音高也提高一个倍频程（一个八度音）。这种具有基音整数倍频率的声音叫作谐音或泛音。

"人声及一般乐器发出的声音，是由许多频率不同的声波合成的复音，不但有基音，也会有不少泛音。复音的音高由基音的频率决定，而它的音色则由这个复音中包含的泛音数目及它们的相对强度来决定。"

在声音的四个基本要素之中，唯有音色是没有物理参数的，但它又是决定声音悦耳与否的重要因素。音色由泛音即"所含的泛音数目和它们的相对强度"所决定，泛音指"具有基音整数倍频率的声音"，这不就是前面所述诗歌的多重节奏吗？尽管两者的量化关系有所不同，但其实质是相同的，至少是相近的。所谓没有物理参数，不一定是件坏事，音乐、诗歌等声音艺术反倒会因为"没有物理参数"而显得格外神秘。

"频率为100赫兹的钢琴音调，除基音外，还有与其频率成整数倍的15个泛音；而同样频率的黑管，只有9个泛音。它们有不同的合成波形，不同的合成波形形成了不同的音色……丰富的泛音使声音动听。高泛音使人感到愉快明朗，低泛音给人以深沉有力的感觉。"钢琴之所以被广泛称为乐器之王，应该跟泛音数量多有重要关系，同理，近体诗特别是律诗之所以能够"一体独大"，或许与其平仄、对仗句等具有"泛音"特征的音律有关。

共鸣现象是由不同发声体而产生，其机理也是如泛音之"整数倍频率"的组合。"人能发出响亮悦耳的声音，就是共鸣的作用。单纯的喉原音是单薄无力的，经过由喉至口唇的声道共鸣，声音变得又响又好听了。"男女声二重唱，女部音高比男部高八度时，会得到悦耳的和声。其实质是，女声音高的频率恰好是男声的两倍，男、女之声形成了共鸣。跟世界万物的基本道理一样，好听的声音往往源于同一个道理，其中很重要的一点就是共鸣，音乐如此，诗歌亦如此。

"（4）音长。即声音的时值。它取决于发音体振动的持续时间。在言语发声中，音长通常指音节的长短。音长的变化直接影响言语的速度，并是组成言语节奏的重要因素。现代汉语普通话每个音节的音长一般为0.2~0.4秒。从声音特性角度看，音色与音长、音强等特性的组合，在听觉上形成辅音和元音；音高与音长、音强等特性的组合，在听觉上形成声调（字调）和语调；而音色、音高、音长、音强的组合，在听觉上则形成语气与节奏。"

人类"说话时声带振动，产生基音的频率叫基频，用F0表示，同时也产生范围很宽的许多附带的频率成分。这些频率成分大部分被声道共鸣腔所抑制吸收，有一些则得到共鸣而加强，其中有的频率成分还得到特别强化，形成若干共振高峰。其中频率最低的最接近基音的共振峰叫第一共振峰，用F1表示。随着共振频率的升高还有F2、F3等一系列共振峰。声道的各个共鸣腔体可以有种种形状，被强化的频率成分也不一样，有不同的共振峰值，因而形成不同的元音。在共振峰的频率中，最重要的是F1、F2，它们各代表以它们为中心的一小批频率成分……

"实验证明，F1与口腔的开度有关，口腔的开度越大，F1越高。而F2与舌位的前后有所联系：舌位越靠前F2越高，舌位越靠后F2越低，这个降落是很明显的，甚至用耳朵都能察觉到。"

普通话元音共振峰平均数据参见表2-3。

表2-3　普通话元音共振平均数据

单位：赫兹

元素		F0	F1	F2	F3
i	男	210	290	2360	3570
	女	320	320	2890	3780
ü	男	210	290	2160	3460
	女	320	320	2580	3700
a	男	210	1000	1160	3120
	女	320	1280	1350	2830
e	男	200	540	1040	3170
	女	310	750	1220	3030
o	男	210	530	670	3310
	女	320	720	930	2970
u	男	210	380	440	3660
	女	320	420	650	3120

表2-3的数据有如下规律：（1）女性元音基音的音频F0大于男性；（2）除了"e"略有差别外，其他元音基音的音频F0是相同的；（3）不同元音具有不同的共振峰F1、F2、F3的音频；（4）F1音频从大到小的排序分别皆为a＞e≈o＞u＞ü=i；F2音频从大到小的排序为i＞ü＞a

> e > o > u。

元音是韵母的主要构成部分，押韵（母）又是汉语诗歌最重要的音律，所以这个实验结果为我们提供了重要信息。从以上规律可以看出，人类发出的元音中，其基音的音频（F0）是固定的，决定音色的主要参数是共振峰F1、F2。我们说诗音如何、韵味这般，从根本上讲就是音频如何、音色这般。当然我们不能用音频、音色等声学术语来讨论诗音，必须把它们转换回我们熟悉的语言。

如上所述，F1音频从大到小的排序，正是发音口形从大到小的排序。中国古代有一种四呼理论，就是根据发音时的口形分类的，在诗歌理论中也有应用。从理论上讲，F1对音色的影响最大，其音频从高到低意味着音色中的某种元素也应该是有规律地上下变化的。

（二）亮度

顾随（2014）讲："好的诗句除平仄谐调外，每字皆有其音色。'芳洲之树何青青'句，是否好在'芳''青青'三字？三个阳声字，显得颜色特别鲜明。"广义上讲，阳声字指韵尾为鼻音的字，阴声字则指非鼻音字。根据当代音韵学研究结论，顾随的推测是正确的，鼻音字确实鲜明，因为它们比较响亮。

从本质上讲，响亮也属于音色范畴。响亮悦耳的声音，源于共振形成的共鸣，在共振频率中，与基音音频最接近的F1最为重要，其次是F2。对于声音而言，"响"和"亮"是两个概念，虽然都很难量化，但两者相比，音响跟外因音强的关系更大，音亮跟内因即音色的关系更大。对于元音而言，对音色影响最大共振峰F1的音频的大小排序结果是：a > e > o > u > i > ü，声音"亮"度可以这样排序吗？

王希杰《汉语修辞学》（2004）中，对十三辙、十八韵的音韵响亮度（实质是亮度）进行了分级，见表2-4。从表中可以看出：（1）音韵响亮度分为三大类，洪亮级、柔和级、细微级；（2）韵母韵尾有鼻音的比没有鼻音的响亮，后鼻音比前鼻音响亮；（3）有鼻音的，韵腹"a"比其他韵腹响亮；（4）韵尾没有鼻音的，响亮度的排序分别为 a > e=o

＞u＞i=ü；（5）元音的响亮度排序与表2-3中通过仪器测量的第一共振频谱的响应值是一致的。

表2-4 韵辙响亮度一览表

响亮程度	韵辙名称		韵母
	十三辙	十八韵	
洪亮级	12 江阳辙（宽辙）	十六唐	ang, iang, uang
	13 中东辙（宽辙）	十七庚，十八东	eng, ing, ueng, ong, iong
	10 言前辙（宽辙）	十四寒	an, ian, uan, üan
	11 人辰辙（宽辙）	十五痕	en, in, uen（un），ün
	1 发花辙（宽辙）	一麻	a, ia, ua
柔和级	8 遥条辙（宽辙）	十二豪	ao, iao
	6 怀来辙（宽辙）	九开	ai, uai
	2 梭坡辙（宽辙）	二波，三歌	o, uo, e
	9 油求辙（窄辙）	十二候	ou, iou（iu）
细微级	7 灰堆辙（窄辙）	八微	ei, uei（ui）
	3 乜斜辙（窄辙）	四皆	ê, ie, u, üe
	4 姑苏辙（窄辙）	十模	u
	5 一七辙（宽辙）	五日，六儿，七齐，十一鱼	-i, er, i, ü

声音的每一个因素都会影响诗歌意境，响亮度自然也不应该例外，按照朱光潜（2016）的观点："声音与情绪的关系是很原始普遍的……高而促的声音易引起筋肉及相关器官的激昂，低而缓的音易引起它们的弛解安适。联想也有影响，有些声音响亮清脆，容易使人联想起快乐的情绪；有些声音是重浊阴暗的，容易使人联想起忧郁的情绪。"

响亮的声音，代表了响、高、远、亮丽、鲜明等，大概是不会错的。至少我们可以这样说，在描述同一性质的事物时，最高响亮级别的声韵如"ang"和最低响亮级别的声韵如"ü"，代表了趋势相反的两极，而其他声韵则介于两极之间。如果"ang"代表高或快,那么"ü"就代表了低或慢;如果"ang"代表快乐或释放,那么"ü"就代表了阴郁和压制。

难怪早有人指出,阳韵最为响亮,大概不仅与韵腹"a"有关,而且还与韵尾"ng"(后鼻音)有关。所谓"秋"字最美,"愁"最柔和,其原因不仅与字意有关,或许还与韵母"iu""ou"有关,二字韵音响亮程度均属于"柔和级"。音韵之所以亮、柔、美,以及宽平、细腻、缠绵、感慨,不仅具有文化属性,而且还具有物理属性。我们甚至可以猜想,人类最早为语言定音或者为事物定名时,声音的物理属性起到了很大的引导作用。在一些貌似原汁原味的地名中,"a""i"或许是应用频率最高的两个元音,如马丘比丘(古城)、纳斯卡(地画)、拉帕努伊(复活节)岛、蒂亚瓦纳科(遗址)等,其原因或许是因为"a"韵声音响亮,"i"韵发声容易。

现在,有上述数据和理论支持,我们就可以对古诗句进行半定量的案例分析了。为了简化分析,把十三个响亮级(以下简称亮级)合并为七个等级,亮级最高的"江阳"辙为7,其他按排序依次每两辙合并成一个等级,如"中东""言前"辙合并亮级为6,依次类推。为了更形象而不是更准确地说明问题,按普通话汉语拼音韵母进行音韵分类。具体分类,见表2-5。

表 2-5 音韵亮度值

亮级	韵母	亮值
洪亮级	ang, iang, uang	7
	eng, ing, ueng, ong, iong	6
	an, ian, uan, üan	6
	en, in, uen(un), ün	5
	a, ia, ua	5
柔和级	ao, iao	4
	ai, uai	4
	o, uo, e	3

续表

亮级	韵母	亮值
柔和级	ou, iou（iu）	3
细微级	ei, uei（ui）	2
细微级	ê, ie, u, üe	2
细微级	u	1
细微级	-i, er, i, ü	1

案例1，"问君能有几多愁，恰似一江春水向东流"。

此联句子，出自南唐后主李煜的《虞美人·春花秋月何时了》（词），当属千古名句，反映了作者亡国后被宋太祖赵匡胤软禁时的无奈惆怅之思绪，后句中"一江春水向东流"曾被一部民国时期的电影选作片名。其拼音和亮度值别如下：

  Wèn jūn ｜ néng yǒu ｜ jǐ duō chóu，
   5 5 ｜ 6 3 ｜ 1 3 3，
 qià sì ｜ yī jiāng ｜ chūn shuǐ ｜ xiàng dōng liú。
  5 1 ｜ 1 7 ｜ 5 2 ｜ 7 6 3。

"问君能有几多愁"。用疑问句提出问题，前三字音韵亮值较高，后四字亮值较低，前高后低，似乎是站在岸边看江水从天边流到脚下。

"恰似一江春水向东流"。"恰"，亮值5（较低的洪亮级），掀起"江水"的首个波峰；然后"似一"，皆为最低亮值1，跌入波谷；"江"，最高亮值7，波峰再次突起；从"春"（5）再到"水"（2），还是一个波谷；"向"，亮值7，再一个波峰；最后以"东"（5）、"流"（3）结束。

一个七字中长句接一个九字长句，以音写水，波浪起伏滚滚流淌，表现了作者辗转反侧的忧伤心情。作者不忘把握诗词优雅的本质，用"春水"表示水势，愁而不怒，尺寸拿捏到位。用"流"作为结束字，较为舒缓，视角渐渐远去，起伏缓缓消失。

另外，前后句的末字"愁""流"是押韵的，自然是音亮相当。其精巧之处在于，前后句首字"问""恰"音亮值也是相当的，进一步提高了句子的音乐感，用音十分讲究，出神入化。

案例2，"昵昵儿女语，恩怨相尔汝。划然变轩昂，猛士赴敌场"。此为韩愈《听颖师弹琴歌》的头四句，前两句指琴声展现出儿女私语的情致，后两句指琴声突然转为猛士高昂的情操。

朱光潜（2016）点评其诗音认为，前两句"读起来非常和谐，各字音都很圆滑轻柔，字音没有夹杂一个硬音、摩擦音或爆破音……所以头两句恰能传出儿女私语的情志。后二句情景转变，声韵也就随之转变。第一个'划'字音来得非常突兀斩截，恰能传出一幕温柔戏转到一幕猛烈戏的突变。韵脚转到开口阳平声，与首二句闭口上声韵成一强烈的反衬，也恰能传出'猛士赴敌场'的豪情胜概"。

显然，上述讨论是对字音的定性描述，如果用半定量的亮值来描述，也可以得到大概相同的结论。其拼音及亮值如下：

Ní ní ｜ ér nǚ yǔ, ēn yuàn ｜ xiàng ěr rǔ。

11 ｜ 111, 56 ｜ 711,

Huá rán ｜ biàn xuān áng, měng shì ｜ fù dí chǎng。

56 ｜ 667, 61 ｜ 117。

第一联："昵昵儿女语"，卿卿我我，诗音（喻琴声，下同）低软（11111）；"恩怨相尔汝"，撒娇嗔怪，诗音起伏（56711）。

第二联："划然变轩昂"，男儿自强，诗音响亮（56667）；"猛士赴敌场"，一骑绝尘，诗音悠远（61117）。诗音的抑扬顿挫与诗义相得益彰，令古今文人玩味无穷。

绝佳的意境，离不开音韵的烘托，绝佳的音韵能够造就绝佳的意境。用平淡无奇的字词组成沁人肺腑的诗句，往往需要音韵相伴左右。《沧浪诗话》曰："诗之极致有一，曰'入神'。诗而入神，至矣！尽矣！"不露痕迹，是音韵烘托意境的一种技巧，听起来悦耳动听，却难以道出悦从何来，往往给人带来神秘感。神秘感会触发带入感，有了带入感，就离入神不远了。

二、炼音

写诗讲究洗练,南宋魏庆之《诗人玉屑》曰:诗有四炼,一曰炼句,二曰炼字,三曰炼意,四曰炼格。然而,诗乃义、音、形三位一体,不洗练诗音,终究难称好句、好字、好意、好格。

贾岛的"推敲"是诗坛一则生动的典故。唐代苦吟派诗人贾岛,作诗惯于洗练。某日,贾岛骑驴走在长安城的路上,心里揣摩着昨夜写成的一首诗,"鸟宿池边树,僧×月下门"中的×,不知"推""敲"二字哪个更好。贾岛口中反复吟诵,双手不停比画,沉浸在"推、敲"的反复斟酌中,不觉冲撞了京兆尹(相当于首都市长)韩愈的仪仗队。经过责问,韩愈知道贾岛因诗所为。韩愈惜才,听闻贾岛为"推、敲"所困,建议取"敲",贾岛欣然接受。于是,两人因诗成友。

"敲"优于"推",通常的解释是:诗景为月夜,门户关闭,固需敲而开之;敲声惊动鸟群,方知其宿池边之树。然而,作诗品句不必过分拘泥于合情合理,合音合韵才是不可或缺,因为诗歌是声音的艺术。当时社会祥和,夜不闭户也不是没有可能。此联诗中,"敲"与"鸟"声调不同,但韵(母)相同,前后二字可成节奏。如果出句换成"鹂宿池边树",是"推"是"敲"或许就另当别论了。

有重复就有节奏,诗中每个字的每个音节,每个音节的每个音素,都会波及到音律,都会影响诗音,或干扰或促进,程度也是有大有小。汉诗炼音最看重押韵之法,然而若想觅得好音,仅仅炼韵还是远远不够的。

(一)四呼

"曰音者,借字音以辅义是也。故写壮美之姿,不可施以纤柔之音;而宏大之声,不可用于精微之致。如少陵赋樱桃曰'数回细写',曰'万颗匀圆'。细写齐呼,樱桃之纤小也;匀圆撮呼,樱桃之圆润也。"(顾随,2014)

所谓齐呼、撮呼,源于四呼,大约起始于明末清初。后人论及诗音,常以此为依据，如论及杜甫"数回细写愁仍破，万颗匀圆讶许同"、韩愈之"昵昵儿女语，恩怨相尔汝"、周邦彦之"人如风后入江云，情似雨余黏地絮"等诗句时，常有人以四呼作为理论依据。

林鸿《普通话语音与发声》（2005）说："我国音韵学家根据韵母开头元音的口形特点，将韵母分为四类，也叫'四呼'。开口呼，指没有韵头，韵腹又不是 i、u、ü 的韵母……齐齿呼，指韵头或韵腹是 i 的韵母……合口呼，指韵头或韵腹是 u 的韵母……撮口呼，指韵头或韵腹是 ü 的韵母。"

四呼口形也可以形成节奏或韵律，甚至是更高级的韵律。王维"大漠孤烟直，长河落日圆"出对二句：首字"大""长"韵母开头元音皆 a，开口最大的开口呼；次字"漠""河"韵母开头元音分别为 o、e，虽仍为开口呼，但开口程度皆小于首字；尾字"直""圆"，分别为口形更小的合口呼、撮口呼。出对句口形皆表现出从大变小的趋势，形成对位变化的节奏，堪称出神入化。又如王维"行到水穷处，坐看云起时"，"到→看"二字，对位开口呼，跟其他字的口形（齐齿或合口）形成对比，起到了画龙点睛的作用（其他分析见后），不愧为千年名句。

四呼主要指发音时口形的初始状态，韵母开头元音不同则口形不同，其中开口呼口形较大，其他口形较小，不同发音口形及其变化会有不同的感觉。需要指出的是，四呼和声音亮度没有必然的关系，特别是韵尾为 n、ng 的前、后鼻音韵母。将表 2-4 中数据按四呼分类，可得表 2-6。

表 2-6　四呼与响亮级关系对照表

响亮级别	洪亮级	柔和级	细微级
开口呼	ang、eng、an、en、a	ao、ai、o、e、ou	ei、ê、er
齐齿呼	iang、ing、ian、in、ia	iao、iu	ie、i
合口呼	uang、ueng、ong、uan、un、ua	uai、uo	uei、u
撮口呼	üan、iong、ün		ü、üe

可见，四呼只能区分发音初期时的口形，而难以区分字音洪亮与否，除非单元音韵母。例如，根据表 2-6 数据，齐齿呼 iang、合口呼 un、撮

口呼 üan 等鼻音韵母者皆属于洪亮级，而且音亮值均高于开口呼 o、e。从以往的诗论中也可以看出，那些依据四呼归入纤柔字音的字，其韵母均不含辅音 n、ng。

四呼发音口形变化会影响诗音的流畅性，也与音亮有一定关系。但是，区分诗音属于细微纤柔还是洪亮高昂，不仅要依据四呼，还要依据声音的响亮程度。若表现"昵昵儿女语"等纤柔之音，开口呼不宜用，口形变化不宜大，字音亮度也不宜高。反之，若表现"划然变轩昂"等高昂之音，口形可有变化，当选高亮度字音。

（二）四声

近体诗对声调的要求很高，并以平仄两两互换为基本节奏。古音四声调，一平三仄（上去入），当连用仄声时，应该用同一声调，还是间而用之呢？清人谢远怀《填词浅说》有载："上去字须间用，不得连用两上两去，两上字连用，尤为棘喉。"

杜甫对音韵处理有独到之处，我们看看他如何处理仄声连用。

案例1：无边｜落木｜萧萧下，不尽｜长江｜滚滚来。

案例2：两个｜黄鹂｜鸣翠柳，一行｜白鹭｜上青天。

案例3：映阶｜碧草｜自春色，隔叶｜黄鹂｜空好音。

案例4：五更｜鼓角｜声悲壮，三峡｜星河｜影动摇。

案例5：数回｜细写｜愁仍破，万颗｜圆匀｜讶许同。

案例6：留连｜戏蝶｜时时舞，自在｜娇莺｜恰恰啼。

案例7：穿花｜蛱蝶｜深深见，点水｜蜻蜓｜款款飞。

案例8：繁枝｜容易｜纷纷落，嫩蕊｜商量｜细细开。

案例9：出师｜未捷｜身先死，长使｜英雄｜泪满襟。

案例所标的一些仄声字，如今可能在普通话里转成了平声字，特此说明。

上述随机选取的19对双仄声中：一例上声连用，"点水"；一例去声连用，"自在"；两例入声连用，"落木""蛱蝶"；多数不是同声连用，如"不尽"（入上）、"碧草"（入上）、"鼓角"（上入）、

"翠柳"（去上）、"讶许"（去上）、"戏蝶"（去入）、"未捷"（去入）等。可见，杜甫对于上去连用乃至入声连用，还是比较回避的。

如此而言，上去连用乃至入声连用，是否属于音病呢？当属，也未必。言其当属，有大量案例以及《填词浅说》为证。言其未必，有"自在娇莺恰恰啼""点水蜻蜓款款飞"可论。且不论古人感觉如何，今人作诗，去声连用当属可取，上声连用（滚滚、款款等双音除外）或为音病。连用上声，音声强波动变化较大，确实略感"棘喉"（实质是音变）。

然而，事情总有变化，诗音也不可一概而论。按《填词浅说》"两上字连用，尤为棘喉"，杜甫"点水蜻蜓款款飞"中，"点水"上声连用，却是神来之笔。蜻蜓不就是上下"点水""款款"而飞吗，若用其他声调搭配，未必效果更好。

节奏或者说诗音是为诗义服务的，在双仄声乃至其他声调搭配时，当因义择音，因地制宜。按平水韵，杜甫晚期绝句"两个黄鹂鸣翠柳"中，"两个"为"上去"，"翠柳"则为"去上"，中间三字皆平声。七个字的声调依次为"上去平平平去上"，形成很好的对称性，一四七位"两""鹂""柳"三字又呈对称隔字双声，进一步加强了对称性。且不说颜色、量词、物类、声音、动作、对偶、空间感觉等方面的意境和技巧，仅仅从声音上讲，该诗就具有神奇的吸引力。全诗四句，皆为平铺直述描写画景，如果寄希望于从该诗中找到诗义的深奥之处，除非深挖细查，翻箱倒柜，否则将是无功而返或者牵强附会。该诗为绝句，可供入乐所用，本就该用平实简洁的语言，也无须回避轻微音病，如果诗义之中没有什么其他暗示，我们只能从画面和声音中感受愉悦。不少初涉诗坛的新手乃至一些所谓的老手，也许会质疑这首诗的技艺水平，岂不知，仅凭诗音，有几个人能够写得出"两个黄鹂鸣翠柳"？

一个有意思的现象是，与诗歌爱好者相比，不善诗歌之人似乎对该诗的评价更高，或许因为前者更注重义而忽略了音，而后者则无此倾向。古音中"黄""鹂""鸣"三字皆为平声，今音普通话三字皆为阳平。杜甫的年代，平声尚未阴阳分化，后来这三个字皆归入阳平，或纯属巧合，或杜甫已经感觉到平声有"阴阳"之分。

（三）纽律

古代诗音，韵母有远近之分，如平水韵之"东""冬"，虽属不同韵部，但因韵音相近，被称为邻韵。随着时代的发展，韵部也逐渐合并，到了清代，文人作诗大都东、冬不分了。今人作诗更是合并许多，如在平水韵中，平声共30个韵部，新韵里已经不足其三分之二了。

音"韵"有近远之分，音"纽"是否也有类似倾向呢？中国传统音韵学上有36个声母，每个声母（纽）选一个字作为代表，如"明"母，"心"母等，与韵书类似。"普通话有声母21个，韵母39个，声韵相拼形成四百多个音节。声调有四个，阴、阳、上、去加上儿化韵的变化也不过一千多个。音节中双音节词占多数，没有特别难发的音节，和古代汉语及某些方言比较简单得多，是较容易掌握的。"（林鸿，2005）可见，官方汉语字音的声母也具有逐步合并简化的趋势。

清人周春《杜诗双声叠韵谱扩略》论及双声时有言："如'疑娘''澄床''知照''彻穿''禅日'之类，虽属各母，而音实逼近，亦可通用，然须取最逼近者用之。倘神理稍远仍不得通用也。"显然，声母也有远近之分。古韵学中，声母有清浊之分，周春所举案例，皆属清浊同类，如"疑娘"皆次浊，"知照"皆全清。

表2-7为赵元任《汉语口语语法》（2010）对汉语拼音声母的分类方案（零声母除外），从表中可以看出，声母可按发音方法和发音部位进行分类，同类者必有相通之处，也都可以作为达成"节奏"的元素。国家颁布的《汉语拼音方案》之声母表，是按发音部位分类的，即"b、p、m、f""d、t、n、l""g、k、h""j、q、x""zh、ch、sh、r""z、c、s"各为一组。可见，按照汉语拼音声母发音规律，发音部位对声音的影响大于发音方法。

表 2-7　汉语拼音声母方案

发音部位	发音方法				
	不送气塞音	送气塞音	鼻音	摩擦音	浊持续音
唇音	b	p	m	f	
齿音	d	t	n		l
带擦齿音	z	c		s	
卷舌音	zh	ch		sh	r
硬腭音	j	q		x	
软腭音	g	k		h	

《诗人玉屑》论及"两句纯好难得"时举例指出,谢灵运之"园柳变鸣禽"不及其出句"池塘生春草",但未注明原因。笔者认为,或与诗音有关,"池塘生春草"中,池、生、春、草四字,可能"虽属各母,但音实逼近",从而调高了音律。如今用普通话发音,四个声纽也有相近之处。对于古诗特别是近体诗而言,用声母暗调音律,是一个行之有效的方法。

（四）音义

清人王念孙《广雅疏证》有言:"圣人之制字,有义而后有音,有音而后有形。学者之考字,因形以得其音,因音以得其义。治经莫重于得义,得义莫切于得音。"其大意是:古人造字,先有义,再有音,然后才是有形状的字;后人考究字,通过形知其音,通过音知其义;解读经典,得其义最重要,欲得其义,解其音最重要。也就是说,考究字义应该按照文字的形成过程逆流而上,造字从义到音再到形,考字从形到音再到义。此书之前,学者们都是通过字形来解释古文字义,此书开辟了"以音求义"的新途径。

古人把单纯的双音词（不能再分解为两个词素者）叫作联绵词,联绵词当中,十之八九是双声或叠韵词。王力《汉语史稿》（2015）认为:"在人类创造语言的原始时代,词义和语音是没有必然的联系的。但是,等到语言的词汇初步形成以后，旧词与新词之间决不是没有联系的。有些词的声音相似（双声叠韵），因而意义相似。这种现象并非处处都是偶然的。相反地，声音相近而意义又相近的词往往是同源词。至于声音完全相同而意义又非常接近（例如'獲''穫'），简直可以认为同一个词的两种写法（上述两字在简化字中已合并，笔者注），至少也可以认为同一个词的引申。从语音的联系去看词义的联系，这是研究汉语词汇的一条非常宽广的道路。"

尽管很有道理也很有意义，但是践行起来实属不易。从数量分析，字形与字义的数量要远远大于字音，一音多字是普遍现象，如"zhì"音，所对应的常见字形有智、制、治、至、志等，如果只知道字音，是很难"得其义"的。从质量上分析，古音与今音的差别较大，没有记录，这便很容易产生曲解；虽然字形也在改变，但毕竟有谱可查。

"以音求义"虽属不易，但毕竟符合逻辑。《广雅疏证》认为，"燕"原为"乙"音，"乙"音或许源于燕子的叫声。鸡、鸭、鹅、猫等音，亦或源于叫声。江河湖海，除"江"以外皆同纽，或许与喝（河）有关？双声"黄河"、叠韵"长江"，应该也不是随机事件。参差（双声），二字皆星名，蜻蜓（叠韵）二字皆虫名。双声之参差、山水、花卉、沼泽、云雨等，叠韵之金银、父母、泛滥、缥缈、响亮、蹒跚等，前后字义相近。王力（2015）以明母（m）为例指出："有一系列的明母字表示黑暗或有关黑暗的概念。例如：暮、墓、幕、霾、灭、幔、茂、密、茫、冥、蒙、梦、盲、眇。当然还有一个'明'字作为反义词存在，但是……在上古时代，反义词也是有语音上的联系的。"又："单音词与单音词之间也有语音联系，那就是反义词，或被古人理解为反义或有某种联系。"王力给出的案例有：夫妇、加减、男女、生死、文武、新陈等。

李商隐"春蚕到死丝方尽，蜡炬成灰泪始干"，人们根据"丝"音联想到儿女之情"思"，平添了许多意境；"剪不断，理还乱"，"思"比"丝"还麻烦。刘禹锡"东边日出西边雨，道是无晴却有晴"之"晴"，结合上句"杨柳青青江水平，闻郎江上唱歌声"，这"晴"分明便是情了。

古人造字，由义得音，纽、韵皆可依托。今人考字，由音求义，纽、韵皆为线索。在我们固有的概念里,"音""义"本就应该是两回事,除非经过训练,没有人会想到"以音求义"。但是,当你听到一个音的时候,或许会联想到类同的音,起码在潜意识里是这样。

总而言之,诗人作诗,"有时不仅要声音和谐,还要它与意义调协。在诗中每个字的音和义如果都互相调协,那是最高的理想。音律的研究就是对于这最高理想的追求,至于能做到什么地步,则全凭作者的天资高低和修养深浅。"(朱光潜,2016)

第三节 语流

一、语阻

组字成词,组词成句,组句成章,对于特别讲究声音美的诗歌来讲,仅仅注重单个字的音韵是远远不够的,因为"语流"或者说是前后字的纽韵衔接也是声音美至关重要的因素。

闭月羞花是一句成语,闭月与羞花是并列词,词义相当。如果将闭月羞花改为羞花闭月,会有什么问题吗?或者说,这句成语为什么将闭月放在羞花前边,而不是反过来呢?你可以说,此乃顺其自然或纯属偶然,因为最早的出处就是这样排序。然而,凡事都有正当原因,如此排序,亦是如此。从语义上分析,二者没有多少区别,如果上口朗读,便会发现个中区别:读闭月羞花,口形变化感觉不大;读羞花闭月,口形在二三字间有明显开合,"花"后需开,"闭"前需合。相比羞花闭月而言,闭月羞花读音更为顺畅。可以用现代汉语拼音来解释这个现象。

汉字不但是书写单位,也是语言单位,一个汉字对应一个音节,一个音节表达一个汉字。汉字发音时,音节由声母和韵母拼合而成(单韵母字除外)。汉语拼音由字母组成,一个字母代表一个音素,音素可以分为辅音和元音两大类。辅音与元音的最大区别是：语音是呼气造成的，发辅音时，肺部呼出的气流经过口腔或鼻腔时，会受到某种阻碍，如b，气流首先要受到双唇闭合的阻碍，才能呼出来；发元音时，呼出来的气流不会受到阻碍。

根据阻气部位不同，辅音可分为不同的发音部位。按照表2-7分类方法，共有6种发音部位：唇音、齿音、带擦齿音、卷舌音、硬腭音、软腭音。唇音（b、p、m、f）发音时，在唇与唇（b、p、m）或唇与齿（f）之间成阻，口形闭合度最大，语流阻力最大。齿音（d、t、n、l）发音时，在齿间成阻力，口形闭合次大，语流阻力次大。其他发音部位，对口形闭合度要求不高，语流阻力较小。

韵母发音口形大小也不一样，6个常用单元音韵母发音口形由大到小分别为：a、o、e、i、u、ü。对于双元音韵母而言，后元音对语流的影响更大。韵母发音口形的大小与声音的响亮呈正相关关系（参见表2-4），口形越大，声音越响亮。

汉字发音，从声母初始口形开始到韵母结束口形为止，完成一个发音过程，口形随之变化。当发出一连串连贯的字音时，前后两个字音之间，也需要口形变化，即前字韵母（后元音）结束口形→后字声母（或无声母字的前元音）预备口形，可称之为"前韵后纽"。前后两字之间的口形变化，会影响语言的流动性。当前后两个字处于同一音步时，影响程度更大。

古诗特别是近体诗讲究分寸感，要行而不流，止而不滞，或行而欲止，止而将行，意境如此，音律如此，韵纽配合亦如此。口形配合诗意，形成适度的律动变化，有助于诗义诗音之美。口形变化，过弱则泻，过强则滞，均可能有损诗文，尤其不能形成绕口。闭月羞花不宜改为羞花闭月就是一个例子，"花"字（韵母后元音a）发音后口形较大，"闭"字（唇音b）发音前需要闭上嘴唇，如果是羞花闭月，"花→闭"需要较大的口形变化，语流出现阻塞绕口。

汉语绕口令发音难点之"前韵后纽"多是a韵或o韵→唇纽。如"吃葡萄→不吐葡萄→皮""扁担长→板凳宽→扁担→没有""八→百炮→

兵奔北坡""红→凤凰→粉凤凰红→粉凤凰→粉红→凤凰"等等。

表2-8半定量描述了"前韵后纽"的语阻关系，数值越大，语阻越大，反之亦反。表内语阻值的大小仅仅是排序关系，相互之间的比值不代表语阻的实际比值。按照表2-8中的数据：a韵→唇纽，阻力（5）最大，务必当心；a韵→齿纽，或o韵→唇纽，阻力（4）次大，小心为妙；其他，或可忽略。

表2-8 语流"前韵后纽"语阻值矩阵

	a韵（后）	o韵（后）	其他韵
唇纽b、p、m、f	5	4	3
齿纽d、t、n、l	4	3	2
其他纽	3	2	1

前字韵母和后字声母的配合，会有各种不同组合，对语流连贯性的影响也是各有不同，语流的连贯性必须与诗的意境相匹配，过于阻断固然不好，过于追求流畅同样不好。

两字"前韵后纽"口形开闭过大，会形成较大的语阻，带给语流跳跃感，从而影响节奏的流畅性，但是，这并不意味着作诗时必须避免这种事情出现，灵活运用该特点，因难见巧，音随意变，反而起到更佳效果。

杜甫"一行｜白鹭｜上青天"，"行→白"，口形变化较大（语阻值5），但是它们分属两个音步，削弱了因口形变化过大而产生的阻断效果，反而因为留下稍许一点阻断，增加了跳动性，使得画面更加生动和广阔，"白鹭上青天"，上得更快，更加灵动。如果把诗句改为"一行苍鹭上青天"，就会感到鸟儿缓缓飞上青天，至少比白鹭飞得缓和一些。现代歌词《送别》"长亭｜外，古道｜边，芳草｜碧连天"，利用的也是这个技巧，通过跨音步的"道→边""草→碧"前后发音口形的跳动性，配合诗意，将视线从脚下快而稳地推向天边，增加了惆怅之感。

原则上讲，在同一个音步中口形变化较大时，可以暗示跳动或不安的意境。"山雨｜欲来｜风满楼"之所以难出对句，语流阻力或许是其中的一个重要原因。"山→雨"（语阻值3），略有阻力。"雨→欲"

（语阻1），两音接近且皆为撮口呼，两个音步之间的顿断被压缩，配合"欲→来"（语阻2），加快了诗句的节奏，感觉到山雨即将扑面而来。"来→风"正常语阻（3），但是分属不同音步，带有自然的语流停顿。最值得回味的是"风→满→楼"（语阻3、4）三字，同属一个音步，语阻值较大，因此，跳动、不安的情绪油然而生。前"山"后"满"二字用得也很巧妙：二字为隔字变格叠韵，从诗音上有稳住语流的作用，从诗义上有一定的压迫感。诗音配合诗义，让人感觉山风四处飘荡，不断从窗外挤入室内，不安之中带些好奇，神秘甚至有点诡异，大有此处无声胜有声的感觉。诗中"满"字是关键，如果换个义同音不同的字，如改成"山雨欲来风溢楼"，感觉便大不一样了。

顾随（2014）曰："字形、字音皆可代表字义，字音应响亮。黄山谷诗与老杜争胜一字一句之间，而不懂字音、字形与意义关系之大。如其'雨足郊原草木柔'。说的是柔，而字字硬。"其他字暂且不论，"草→木"搭配确实不柔。笔者认为，作诗字音未必响亮，与诗义搭配和谐、形成共鸣才是根本。

如果你在读诗时，感觉语流不够舒服，有可能是"前韵→后纽"出现了问题。如果你在作诗时，感到前后字音过于阻塞，可以试着把前字换一个韵母结束口形更小的字，或者把后字换一个声母初始口形更大的字。同理，作诗时感觉前后字音太过平滑，可以试着把前字换一个韵母结束口形更大的字，或者把后字换一个声母初始口形较小的字。但是，当你为了试图控制音韵流动性，通过换字改变发音口形时，字音的"亮度"乃至诗的意境也会随之发生变化。牵一发而动全身，换一字而动全句，是古诗特别是近体诗的特点之一，平衡得失、通盘考虑才是永远不变的法则。

二、音变

"音变，就是指语音的变化。普通话语音的每一个音节都有一定的声、韵、调，当人们单发一个音节时，声、韵、调都是固定不变的。但在说话和朗读中，不是孤立地发出一个个音节，而是许多音节连续发出，形成语流。在语流中，音节与音节，音素与音素之间往往会相互影响，产生语音上的一些变异现象，这种现象就叫作音变……

"音变现象在各种语言和方言中普遍存在。一般地说，说话的速度越快，音变现象越明显……音节不是一个个静止的、孤立的语音单位。在很多情况下，几个音节组合成词语或句子，就会引起语音的变化。这种变化从整体来看，有的比较细微，不至于影响语义的表达，人们往往对这种客观存在的音变现象也很少注意；但有的却与词汇、语法有密切联系。"（赵金铭等，2015）

常见的语流音变有同化、异化、弱化、脱落、增音几种。普通话中的变调是典型的异化现象，异化是指"两个相同或相近的音位，其中一个受另一个的影响变得跟它不同或不相近"（林鸿，2005）。

异化音变有两个常见的情况：其一是，两个上声连在一起时，前一个上声变成近似于阳平；其二是，"不"在去声前念阳平，如不作、不动、不尽等，在其他声调前念本音。

如果不明就里，声调的变化会产生神秘感。当你捧起诗卷，看到一首诗歌，首先会用"眼睛"读诗，本能会告诉你这个字是什么声调。但是，当你用"嘴巴"读诗时，隐约之中你会感到有点别扭或疑问，或许还会加深对诗句的印象。你马上就会忘记这个"别扭"，但加深的影响依然存在。

杜甫之"无边落木萧萧下，不尽长江滚滚来"，对句"不尽"有音变，"滚滚"有音变，一句七字两处语流音变。音变造成的感性与理性之间的错位，会增强诗句画面的动感，神秘感又会带来遥远感。阳平的"不"又与出句中的"无"形成隔句音变正格叠韵，增强了诗的音律。凭高远望，"不尽长江"从"无边落木萧萧下"之广袤安静的空间穿过，奔腾但不狂放且日夜不停地流淌着……

三、重音

普通话发音也有轻重之分,重音又分为词重音和句重音。从普通话的发音特点出发,轻重音对诗句节奏应该有不小的影响。有时,我们会本能地感觉到某个诗句的节奏不够舒服,却又很难理性地去识别它们,此时,有可能是轻重音的节奏出了问题。

(一)词重音

对于词重音而言,重音一定出现在多音节词里,单音节词无所谓重音。"在汉语多音节词汇中,绝大多数是双音节词汇,双音节词的轻重格式只有两种:一种是'重轻型',例如'蚊子、玻璃、芝麻、老实、试试、报酬'等,前重后轻,对比鲜明,很容易辨别出来,是大家一致公认的;另一种是'中重型',例如'文字、绿茶、剑麻、高尚、报仇'等,后一个音节较重,但前一个音节既不是轻音,也不是跟后一个音节等重的重音,而是一个次重音,称为中重音或中音。"(赵金铭等,2015)

节约原则,或者说用更小的代价获得更大的效益,是生物进化当然也是人类语言交流所遵循的基本原则之一。汉语词汇最早以单音节为主,后来发展成以双音节为主,《诗经》出现的年代,双音节词汇已经大量使用。

"语音简化增加了大量同音字,客观上促成众多双音、多音词的产生。吕叔湘指出,双音节化有两种主要方式:(1)前后加一个不增加多少意义的字;(2)把两个意义相同或相近的字合起来用。这样,附加的那个没有增加多少意义的字,很可能由于是'多余的成分'而轻读。"(李静,2008)

如上所述,双音节词的轻重音现象,在一定程度上是按照节约性原则对某个音节弱化而形成的,是一种本能选择,从词汇被创造初期便是如此,也就是说,古语发音也应该有轻重之分。从物理学角度,与轻音相比,重音具有更完整的发音过程和更长的音长,音强是次要的。

汉语发音的轻重之分,给汉语诗歌创作带来不少挑战。对于中国古代诗歌特别是近体诗而言，双音节音步是主导音步，双音节词汇自然也成为了诗歌中的常用词汇。双音节词的重音有两种模式，一个是前重后轻，一个是前中后重。对于单独词汇发音或是正常讲话以及散文而言，词重音模式几乎没有影响。诗歌就不一样了，诗歌需要韵律，需要有规律的变化。如果把两个重音模式相同的词汇放在一起，如"玻璃（前重）→芝麻（前重）""文字（后重）→报仇（后重）"，节奏感较强；如果把两个重音模式不同的词汇放在一起，如"玻璃（前重）→文字（后重）""芝麻（前重）→报仇（后重）"，节奏感就差一些。同理，把两个重音模式相同的词汇，对位放在一联诗的前后句里，应该会取得更好的效果。

实际上，对于汉诗音律而言，词汇的重音模式并不重要，重要的是我们不太容易凭本能区别它们，难以把控。对于诗作者而言，把控轻重音的音律，当是一种比较高级的技法。

（二）句重音

词重音难以把控，一是因为轻重音对比不够明显，二是因为它们会受到句重音的干扰。句重音可分为语法重音和逻辑重音，它们不涉及词的意义，只和全句的意义有关。

语法重音是指在具体的语句中，根据语法结构的要求，某些句法成分经常需要读重音。《现代口语语法》指出："在没有中间停顿的一连串的正常重音的音节中，不论是一个短语还是复合词，其实际轻重程度不是完全相同的，其中最末一个音节最重，其次是第一个音节，中间的音节最轻。"

李静《现代汉语的轻重音研究》（2008）写到："从信息的角度讲，交际双方要实现有效的传播，话语内容必然要包含一定量的旧信息，以这些旧信息为媒介，将新信息传递出去。一般说来，发话人传递信息倾向于由已知、稳定的旧信息到未知、多变的新信息。表现在语句中就是越靠近句末，信息内容就越新，信息内容越新就越容易引起人们的重视，也就越容易成为句子的焦点。因此，结构焦点通常出现在句子的末尾并和新信息的重点部分相匹配。例如：

"（1）a. 他在马路上飞快地**跑**；b. 他在马路上跑得**飞快**。

"（2）a. 屡战屡**败**；b. 屡败屡**战**。

"a、b两句话表述的内容是相同的，但由于说话者的主观态度不同，信息安排的策略也就不同。说话者最想突出、强调的部分，往往放在句末，使之占据结构焦的位置。例（1）b把'飞快'放在句末焦点的位置，做动词'跑'的补语，和做状语的'飞快'相比较，更加强调了'飞快'的意思。例（2）b把'战'放在焦点的位置上，突出了'战'，意思是不怕失败，失败了还要再战，表现了继续战斗的坚强意志。"

关于语法重音，得到普遍认可的规律有：主谓句，谓语重读；主谓宾句，宾语重读；无主句，宾语重读；主谓补句，补语重读；主谓补宾句，宾语重读；定语和状语一般都重读。

逻辑重音是指进入句法结构后，由于轻重音不同而表示不同语义的词，具有区别意义的功能。"在没有语境的句子中，作为承载焦点信息的重音，常常是位于语句的最后，是语法重音标示结构焦点。有时为了突出强调一些重要的信息，就需要调整重音的位置，使重音转移到旧信息上，从而实现话语信息聚焦，以增加信息的强度，这时的重音就变成了强调重音。"（李静，2008）

语句焦点或逻辑的变化，会在重音的移动上表现出来。如：

a. 小明打碎了**花盆**；b. 小明**打碎了**花盆；c. **小明**打碎了花盆。

句a，没有语境，属于句重音；句b，强调的是小明把花盆"怎么样了"，属于逻辑重音；句c，强调的是"谁"打碎了花盆，也属于逻辑重音。从某种意义上讲，语法重音也属于逻辑重音，所以逻辑重音优先于语法重音。

逻辑重音还会影响词重音的模式，如：在词重音里，"绿茶"属于后重模式（前中后重），但是带入语境就会发生变化。

a. 可乐、绿**茶**、乌梅汁，您要哪种饮料？绿**茶**；b. 红茶、**绿**茶、乌龙茶，您要哪种茶？**绿**茶。

句a，没有语境，属于词重音，强调的是茶；句b，强调的是品种，转变了重音模式。从本质上讲，语法重音也可以归类为逻辑重音，某些双音节词的重音也带有逻辑的性质。

又是词重音，又是句重音，前者又分为重轻模式和中重模式，后者又分为语法重音和逻辑重音，如此复杂多变的系统，诗人们如何作诗，聆听者如何赏诗呢？笔者不知，或许只能凭直觉，凭本能，凭对声音的敏感，而优秀诗人或许天生就具备这种能力。

瞿蜕园（2016）曰："晏殊有两句传颂千古的词：'无可奈何花落去，似曾相识燕归来。'他也曾将这两句装入一首七律诗里，然而大家评论这两句词确是词中名句，而作为一联诗看，就嫌过于纤巧了。正如汤显祖的《牡丹亭》中两句：'良辰美景奈何天，赏心乐事谁家院。'也确是曲而不是词，一样道理。"晏殊两句之中，"无可奈何"是一个成语，出自汉《史记》；"似曾相识"如今也是一个成语，正是源于晏殊本句。成语有固定的结构形式，表示一定的意义，在语句中是作为一个整体来应用的。大多数成语的重音，落在最后一个字上。成语入诗后，不管是诗义还是诗音，都有可能被感知到这是一个独立的四音步，其节奏更像词而不是诗。

杜甫《望岳》首联"岱宗夫如何，齐鲁青未了"，如按 2｜3 音步发音，似乎有些别扭，如按 2｜2｜1 音步发音，听起来则更为通顺一些，或许与出对句后三字的重音模式有关。李商隐《来是空言去绝踪》尾联"刘郎已恨蓬山远，更隔蓬山一万重"，读起来也感觉有些别扭，似乎也与出对句对应音节的重音模式有关。如果不考虑平仄关系，把出句"刘朗""已恨"对调一下，或者把对句"更隔""蓬山"对调一下，都会感到更流畅一些。但调换次序后，就会违背作者初衷，节奏过于流畅，就跟愁苦的诗义不相通了。

近体诗中，对仗句法为何能让诗人们欲罢不能，让聆听者沉浸其中呢？前后句对应音节重音匹配应该是其中的一个原因。如：

　　　　白日依山尽，黄河入海流。

　　　两个黄鹂鸣翠柳，一行白鹭上青天。

对照前句和后句，都是一种词类，都是一种语法，都是一种逻辑，当然，也都是同样的轻重音模式。不用对仗句法，前后两句重音形成匹配，并不是一件容易办到的事情。但是，李白可以做到，他是天生的节奏大师，可以用散句写出别人写不出来的流畅诗句。而李白的诗句，只能去欣赏玩味，却难以解析模仿。

瞿蜕园（2016）言："李白的律诗多数是不正规的，以他的奇气不可一世，当然不受故常，所以往往可读不可学。但其一气灌注、飘然不群的精神总是值得取法的，例如《夜泊牛渚怀古》一首：

牛渚西江夜，青天无片云。登舟望秋月，空忆谢将军。

余亦能高咏，斯人不可闻。明朝挂帆席，枫叶落纷纷。

"四联中无一对句，而又无一句不协平仄，的确是一五律无疑。可见律诗的定义，第一是声调谐婉，中间有无对仗，还不是必要条件。这诗妙处在于一气吐出，毫无停滞，而结局意思更能推宕得远阔，不着迹象，真所谓神来之笔。

"李白诗中美不胜收的，还是七绝。他的七绝完全以飘逸而自然见长，别人要含蓄，而他只直说，别人讲修饰，而他只随意。即如《永王东巡歌》中之一：

三川北虏乱如麻，四海南奔似永嘉。

但用东山谢安石，为君谈笑静胡沙。

"在这种诗里表现诗人的关心民族存亡，怀着忠爱的热忱，诗也带着奔放的感情，不求好而自然可贵。"

李白诗，自然，直说，随意，这不就是正常语言的特点吗？对于正常语言来说，节奏重音等都是不会有问题的，如果感到别扭，那一定不是正常语言的语法和逻辑。然而，诗歌语言和正常语言一定是有区别的，用诗歌语言表现出正常语言的节奏，或许只有诗仙李白可以做到。

第四节　乐感

一、乐音

　　人类为什么要创造诗歌，人类为什么会沉醉于诗歌之中，仅仅是因为它们悦耳动听吗？达尔文《物种起源》指出"花之所以美丽，果实之所以鲜美，并不是为了迎合人的审美。长颈鹿为了能够吃到更高的枝叶，获得了最初的长颈、长足、高前腿……生物最初的结构，完全是有利于自身的生存而被选择。"当然，人类语言最初进化出诗歌的主观意识，也不是为了让自己感到愉悦，而是因为它具有实实在在的实用价值。

　　英国文艺复兴时期的杰出诗人锡德尼《为诗辩护》（1964）里说："诗，在一切人所共知的高贵民族的语言里，曾经是'无知'的最初的光明给予者，是其最初的保姆，是它的奶逐渐喂得无知的人们以后能够食用较硬的知识……让博学的希腊在其多种多样的科学中拿出一本写在穆赛俄斯、荷马、赫西俄德之前的书来吧，而这三个人都不是什么别的人物而是诗人……在意大利语言中，首先使意大利语言上升为学术宝库的是诗人但丁、薄伽丘和彼特拉克；在我们的英文里，古阿和乔叟也是如此……

　　"诗是一切人类学问中的最古老、最原始的；因为从它，别的学问曾经获得它们的开端；因为它是如此普遍，以致没有一个有学问的民族鄙弃它，也没有一个野蛮民族没有它。"

　　与其说诗是最古老、最原始的学问，不如说诗是早期人类传播和记录学问时所使用的最古老、最原始的工具，而这个工具则起始于音乐和舞蹈。

　　"就音与义的关系说，诗歌的进化可分为四个时期：

　　"（1）有音无义时期。这是诗的最原始时期。诗歌与音乐、舞蹈同源，共同的生命在节奏。歌声除应和乐、舞节奏之外，不必含有任何意义。原始民歌大半如此，现代儿童和野蛮民族的歌谣也可以做证。

"（2）音重于义时期。在历史上诗的音都是先于义，音乐的成分是原始的，语言的成分是后加的……较进化的民俗歌谣大半属于此类。在这个时期里，诗歌想融化音乐和语言。词皆可歌，在歌唱时语言弃去它的固有节奏和音调，而迁就音乐的节奏和音调。

"（3）音义分化时期。这就是'民间诗'演化为'艺术诗'的时期。诗歌的作者由全民众变为一种特殊阶级的文人……文人诗起初大半仍可歌唱，但是着重点既渐由歌调而转到歌词，到后来就不免专讲歌词而不复注意歌调……到这个时期，诗就不可歌唱了。

"（4）音义合一时期。词与调既分离，诗就不复有文字以外的音乐。但是诗本出于音乐，无论变到怎样程度，总不能与音乐完全绝缘。文人诗虽不可歌，却仍须可诵。歌与诵所不同的就在歌依音乐（曲调）的节奏音调，不必依语言的节奏音调；诵则偏重语言的节奏音调，使语言的节奏音调之中仍含有若干形式化的音乐的节奏和音调。音乐的节奏音调可离歌词而独立；语言的节奏音调则必于歌词的文字本身上见出。文人诗既然离开乐调，而却仍有节奏音调的需要，所以不得不在歌词的文字本身上做音乐的功夫。"（朱光潜，2016）

《物种起源》认为："任何变异，不管出现在生命的哪个时期，在后代身上重现时，都与初期出现的时期大致相同。比如，牛总是在快成熟时长出角、蚕总是在第四眠后吐丝等。"这种生物学上的遗传和变异，同样适用于诗。诗，本出于音乐，虽然出现了变异，但必然还携带着音乐的基因，与其说诗"不能与音乐完全绝缘"，不如说诗根本离不开音乐，甚至可以说诗与音乐从本质上讲就是一回事，表达手段不同而已。

让我们回顾一下诗的定义："文学体裁的一种，通过有节奏、韵律的语言抒发情感。"对照一下音乐的定义："用有组织的乐音来表达人们思想感情、反映现实生活的一种艺术。它的最基本的要素是节奏和旋律。"诗属于文学，音乐属于声音（乐音）的艺术，难道诗不是声音的艺术吗？诗之"抒发感情"，乐之"表达"思想感情，毫无疑问还是一回事。节奏，诗与乐皆必备；诗之韵律，乐之旋律，说到底都是律，还是一回事，表现手法不同而已。

诗与乐虽一脉相承，前者似无谱可查，后者已有谱可查。随着科学的进步，人类已经可以在很大程度上通过物理参数来量化音乐的节奏和旋律了，而诗则相差甚远。在现代音乐理论里，乐音的高低取决于音高（基音，下同）即振动频率，而且，每一首曲子中的每一个音高跟其他音高的关系，都可以用相应的数学模型来表示，这也是音乐之所以悦耳的科学理论基础。

讨论量化的乐音，首先需要确定一个基本音高，以C表示，然后以C为基点确定其他音高，国际通用的基本音高C的振动频率为C=261.63hz。把C到2C（2×261.63=523.26hz）的音频段落做12等分，即C、(1+1/12)C、(1+2/12)C、(1+3/12)C……(1+10/12)C、(1+11/12)C、2C，共12个音阶（13个音频），称为十二切分。显然，这12个音阶的音频值是一个等差数列，公差为C/12；取其第1（C）、3、5、6、8、10、12等七个音频，组成基本音级，再加上2C（上一音段的第一个音频），用声音表示就是我们所熟悉的"Do（C）、Re、Mi、Fa、Sol、La、Si、Do（2C）"，在简谱中用数字"1、2、3、4、5、6、7、$\dot{1}$"等音名符号表示出来。

对于1、2、3、4、5、6、7、$\dot{1}$八个音频而言，1→2→3以及4→5→6→7之间的频率差（音程）是2个切分（全音），3→4以及7→$\dot{1}$之间的频率差是1个切分（半音），即1全2全3半4全5全6全7半$\dot{1}$之分布，这就是所谓的C大调，也是最常见的调式。当然还有其他调式，如C小调、D大调等，不再赘述。

C→2C音段上行是更高的音段，如2C→4C，音名用$\dot{1}$（2C）、$\dot{2}$、$\dot{3}$、$\dot{4}$、$\dot{5}$、$\dot{6}$、$\dot{7}$、$\ddot{1}$（4C）表示，同样进行十二切分，音频之间的相对数学关系同前（下同）。音频下行是更低的音区，如C→C/2，音名用1（C）、$\underset{.}{7}$、$\underset{.}{6}$、$\underset{.}{5}$、$\underset{.}{4}$、$\underset{.}{3}$、$\underset{.}{2}$、$\underset{.}{1}$（C/2）表示。依次类推，还可以继续上行或下行，从而便形成了C大调音频系列。其音频系列（其他调式亦如此）有如下数学逻辑关系：

（1）相同音段如C到2C音区内，"1→2→3"以及"4→5→6→7"的音频数为等差数列，公差为C/6（全音），"3→4"以及"7→$\dot{1}$"，音频差为 C/12（半音）；上行一个音区即 2C 到 4C 音段内，"$\dot{1} \rightarrow \dot{2} \rightarrow \dot{3}$"以及"$\dot{4} \rightarrow \dot{5} \rightarrow \dot{6} \rightarrow \dot{7}$"的音频数也是等差数列，公差为 2C/6（全音），"$\dot{3} \rightarrow \dot{4}$"及"$\dot{7} \rightarrow \dot{\dot{1}}$"，音频差为 2C/12（半音）；其他音区，以此类推。

（2）不同音区中所有相同音名的音频数皆为等比数列，公比为 2；相邻音区，如"$\dot{1}:1$""$\dot{2}:2$""$\dot{5}:5$""$\dot{7}:7$"等，音频数皆为 2 倍关系，即 8 度共鸣；相隔一个音区，如"$\dot{\dot{1}}:1$""$\dot{\dot{2}}:2$""$\dot{\dot{5}}:5$""$\dot{\dot{7}}:7$"，音频数皆为 4 倍关系，即 16 度共鸣；其他音区，以此类推。

有了音高，然后需要有音长。与音高之基准音高一样，首先需要确定基准音长（时长），称为全音。全音是一个相对概念，具体音长根据需要可以调整。全音符（四拍）用"X———"表示（X 代表独立数字音符），二分之一音符即二分音符（两拍）用"X—"表示，四分音符（一拍）用"X"表示，"X·"表示一拍半，等等。音长小于四分音时，在音符下方加横线表示，如 X̲ 表示八分音符（1/2 拍），下方再加一条横线，表示十六分音符（1/4 拍）；连续两个半拍连在一起表示一拍，如 X̲+Y̲ → X̲Y̲，等等。

乐音的音强有强弱（振幅大小）之分，在音乐进行中，从一个强拍到下一个强拍之间的部分称为一小节，小节之间用短竖线"｜"分开。一小节里有 4 个四分音，用 4/4（拍）表示；一小节里有 2、3 个四分音，分别用 2/4、3/4（拍）表示。拍号固定下来，强弱之音也就固定下来，乐曲的音强按照小节递进呈规律性变化，即所谓的自带节奏。

可见，音乐实质上是声音之音高、音长、音强等有规律的变化，不同的组合造就不同的乐感。音乐的音色，除了与以上三类有谱可查的音素（音高、音长、音强）有关外，对于声乐而言，还应该（但不限于）与歌手的先天条件以及歌手后天掌握的技巧有关；对于器乐而言，还应该（但不限于）与乐器本身的种类、质量以及演奏者的技巧有关。

我们以歌曲的实际案例讨论问题。

Twinkle Twinkle Little Star（歌词取第一段）

1　 1　 5　 5 ｜ 6　 6　 5 — ｜ 4　 4　 3　 3 ｜ 2　 2　 1 — ｜
Twinkle twinkle　little　star,　　How I wonder　what you are

```
5  5  4  4 | 3   3  2 —  | 5   5  4    4 | 3  3   2 — |
Up above the  world so high,  Like a diamond  in the sky
1   1  5  5 | 6  6  5 —   | 4   4  3    3 | 2   2  1 — ‖
Twinkle twinkle  little star,   How I wonder  what you are
```

这是一首著名的英国儿歌,深受世界儿童的欢迎,由音乐家莫扎特谱曲,英国女诗人简·泰勒填词,已在全球广泛流传两个多世纪,汉语翻译版本为《小星星》。曲谱为4/4拍,4拍强度分别是:强、弱、次强、弱。

即便不看歌词,我们也会感到该歌曲似乎非常适合汉语七言诗,常见汉语翻译版本也都如此。曲谱共12个小节,每两个小节即第"1、2""3、4"……"9、10""11、12"小节,均包含7个音符,其中6个四分音符,1个二分音符(位于偶数小节尾部)。偶数节尾的二分音符,恰如汉语诗歌中的顿断或平声韵脚,属于"要煞"之音。同样是两拍,"X—"的感觉跟"XX"相差很大,"X—"更长,更平,更稳,放在尾部更符合语言先抑后扬的普通倾向。如果把两个小节看成一句诗,四个小节就是一联诗(乐理上的乐句),该曲谱就相当于一首三联六句的七言诗,其中第三联是第一联的重复。

诗歌的要素是节奏和韵律,音乐的要素是节奏和旋律,"韵"跟"旋"则是诗歌和音乐的分水岭,如果两者是两回事的话。旋律"指声音经过艺术构思而形成的有组织、有节奏的和谐运动。旋律是乐曲的基础,乐曲的思想感情都是通过旋律来表现的。"借用《文心雕龙》之"同声相应谓之韵",对于乐曲来讲就是,同音相应谓之旋。诗与乐,一脉相承,如果不能说没有本质区别,至少可以说大有相似之处。音乐的相应之音,可以是一个音,也可以是一组音,所以它是有组织的。

从上述曲谱还可以看出:第一联与最后一联旋律相同,属于常用技法;第一个跟最后一个数字音符都是"1",首(奇数节首)尾(偶数节尾)音符,"1"占1/3,是全曲的主音;"4 4 3 3 | 2 2 1—"跟"5 5 4 4 | 3 3 2—",属音组相应,是另一种形式的节奏,称为模进,也是音乐旋律的惯用手法。显然,从形式上来讲,诗之韵律与乐之旋律的基本道理是一致的。另外,从后面一个案例中也可以看到,一首歌曲内,

不管是重复还是模进,乐句之间的旋律是协调呼应的。对于诗歌而言,也应该遵循这个原则:稳定的韵律,即律而有主;有控制的变化,即变而不乱。

王力《龙虫并雕斋文集》(1980)(《略论语言形式美》一文)中讲到:"语言的形式之所以是美的,因为它有整齐的美,抑扬的美,回环的美。这些美都是音乐所具备的,所以语言的形式美也可以说是语言的音乐美。音乐和语言都是靠声音来表现的,声音和谐了就美,不和谐就不美。整齐、抑扬、回环,都是为了达到和谐的美。"

关于整齐的美,"在音乐上,两个乐句构成一个乐段。最整齐匀称的乐段是由长短相等的两个乐句配合而成,当乐段成为平行结构的时候,两个乐句的旋律基本上相同,只是以不同的终止来结束"。于诗而言,格律诗不就是"长短相等",对偶或对仗句不就是"旋律基本相同"吗?关于抑扬的美,"在音乐中,节奏是强音和弱音的周期性交替,而拍子则是衡量节奏的手段……诗人常常运用语言中的节奏来造成诗中的抑扬的美……从传统的汉语诗律上说,平仄的格式就是汉语诗的节奏"。当然,汉语诗的节奏并不仅限于平仄的周期性交替。关于回环的美,"大致说来就是重复或再现。在音乐上,再现是很重要的作曲手段。再现可以是重复,也可以是模进……所得的效果就是回环的美……韵在诗歌中的效果,也是一种回环的美"。

诗是语言形式美的集中表现,诗从音乐中分化或者说变异而来,诗的形式美则从音乐里遗传而来。

以歌曲《送别》为例继续讨论(其他符号略)。

5 35 1 — | 6 i 5 — | 5 1 2 3 1 2 | 2 — — — |
长 亭 外 ,古 道 边 ,芳 草 碧 连 天

5 35 i 7 | 6 i 5 — | 5 2 3 4·7 | 1 — — — |
晚 风 拂 柳 笛 声 残 ,夕 阳 山 外 山

6 i i — | 7 67 i — | 67 16 64 31 | 2 — — — |
天 之 涯 ,地 之 角 ,知 交 半 零 落

5 35 1̇ 7̇ | 6 1̇ 5— | 5 23 4·7 | 1——— ‖
一 壶 浊 酒 尽 余 欢 ，今 宵 别 梦 寒

本曲由美国作曲家J.P.奥德威创作，原名为《梦见家和母亲》，后来日本作家犬童球溪将其填词为《旅愁》，并由当时在日本留学的李叔同译成中文。七年后，李叔同又将其重新填词为《送别》。此歌深受国人喜爱，1982年被选为电影《城南旧事》的插曲。

该曲谱与《小星星》有很多相似之处，这里不再细论。

从上述两个案例的曲谱旋律可以看出，倒数第二乐句（对应歌词倒数第二联）旋律与其他乐句有明显的不同（依然是前后和谐的），这种旋律的变化与汉语近体律诗所谓的"起、承、转、合"十分相似。《小星星》第一乐句的前半部分是"起"，后半部分是"承"，第二乐句是"转"，第四乐句是"合"。《送别》第一、二、三、四乐句，恰好对应起、承、转、合。当然，不是所有乐曲都符合这种递进关系，正如不是所有诗歌也都符合这种递进关系。

需要特别指出的是，《送别》之所以深受国人喜爱，不仅歌谱旋律优美，而且歌词韵律委婉。进一步讲，是因为歌词之音契合歌谱之音，二者珠联璧合，相得益彰。例如，为了契合第三乐句旋律的变化，歌词韵律也与众不同；其他三联六句，句句入韵且韵韵相同，本处二句，皆不入韵；为了保持诗音的流畅性，该联首字选用了韵字"天"，前后句则以并蒂双音"之角""知交"相接，堪称精彩。

音乐和诗歌都是用来表达思想情感的，对于音乐来讲，需要用声音表达意义，不能表达意义的乐音是不成功的；对于诗歌来讲，需要用声音配合诗义，没有声音配合的诗义是单调枯燥的。

二、快感

针对有些诗文和小说会让人百读不厌，朱自清《论雅俗共赏》（2002）认为："诗文主要是靠了声调，小说主要是靠了情节。过去一般读者大概都会吟诵，他们吟诵诗文，从那吟诵的声调或吟诵的音乐里得到趣味

或快感，意义的关系很少；只要懂得字面儿，全篇的意义弄不清楚也不要紧的。梁启超先生说过李义山的一些诗，虽然不懂得究竟是什么意思，可是读起来还是很有趣味（大意）。这种趣味大概一部分在那些字面儿的影象上，一部分就在那七言律诗的音乐上。字面儿的影象引起人们奇丽的感觉；这种影象所表示的往往是珍奇、华丽的景物，平常人不容易接触到的……民间流行的小调以音乐为主，而不注重词句，欣赏也偏重在音乐上，跟吟诵诗文也正相同。感觉的享受似乎是直接的，本能的，即使是字面儿的影象所引起的感觉，也还多少有这种情形，至于小调和吟诵，更显然直接诉诸听觉，难怪容易唤起普遍的趣味和快感。至于意义的欣赏，得靠综合诸感觉的想象力，这个得有长期的教养才成。然而就像教养很深的梁启超先生，有时也还让感觉领着走，足见感觉的力量之大。"

趣味、快感，感觉、本能，既然快感源于感觉和本能，在我们吟诵和聆听美妙的诗歌时，身体内部就应该有生物学意义上的诱发因素，而产生诱发因素的最初动力往往具有实际意义上的好处。美食因为"好吃"而带给我们愉悦，而"好吃"的生物学基础源于美食在人类生物进化过程中对生存的积极作用。水果之所以甜美，是因为糖分能够快速补充能量；烤熟的淀粉和肉类香味更浓，是因为它们更容易消化和保存等诸多好处；人类感觉有苦味的植物，往往对自己具有毒性。

美国学者库赫在《为什么我们会上瘾》（2017）之"感觉美妙：大脑自身的奖赏系统"章节中写到："如果你的一个行为立即产生回报或带来良好的感觉，你就会一次又一次地想重复这个行为。"我们之所以感到愉悦、快感，是因为大脑启动了奖赏机制，并分泌出能够带给我们愉悦或快感的物质如多巴胺等，其目的就是鼓励我们继续这样的行为。当我们进行谈情说爱，品尝美食、美酒，欣赏音乐、诗歌等各种能够获得快感的行为时，大脑分泌的都是类似的物质，只不过强度数量不同而已。

能够产生快感的诗歌，具有什么实际功效呢？最直接的答案是：容易记忆。诗歌能够在投入相同精力的前提下，获得更多、更久的记忆内容；或者在获得同样多、同样久的记忆内容前提下，投入更少的精力。与散文相比，诗歌对记忆具有更好的投入产出比。容易记忆，对人类从事的生活和生产活动具有不言而喻的实惠。

美国诗歌评论家伯特《别去读诗》（2020）认为："如果你想表现某人复杂而坚定的内心生活的话，诗歌可能是你的首选……但是，如果你想要得到智慧，或关于人应当如何生活的话，你可以去找你的朋友、看小说、看回忆录、听布道，甚至去看高质量的电视节目，为何要在诗歌里寻找？如果你是创作者，为何要把它写进诗里？

"答案之一是可记忆性：诗歌技巧使得语言更容易被牢记在心。口头文化（不依靠文字的文化）需要这种特性，因为从定义上来讲，它们只保留人们所记得的语言。在有文字系统的文化中，同样的特质使得诗歌更令人难忘，因为听觉使它更容易被记录和重读。"又："诗歌语言，或者说可记忆语言的这些功能，可追溯到现存最古老的书面文本中，追溯到苏美尔人的赞美诗和俗语中，如'老狗不在家，狐狸称大王'。这类能够引发共鸣、带有比喻色彩的只言片语，往往出自古代留存下来的长篇典籍，这些典籍由短小精悍的句子组成。"

朱光潜（2016）指出："从历史与考古学的证据看，诗歌在各国都比散文起来较早。原始人类凡遇值得留传的人物事迹或学问经验，都用诗的形式记载出来。这中间有些只是应用文，取诗的形式为便于记忆，并非内容必须诗的形式，例如医方脉诀，以及儿童字课书之类。至于带有艺术性的文字，则诗的形式为表现节奏的必需条件，例如原始歌谣。中国最古的书大半都掺杂韵文，《书经》《易经》《老子》《庄子》都是著例。"

诗歌易于记忆，主要源于其节奏和韵律。感官刺激、建立联系都是增强记忆的技巧或方式，流畅的节奏、定时出现的韵音，都会刺激我们的听觉器官，都会与诗歌内容建立相关联系，从而提高我们的记忆效率。

德国心理学大师艾宾浩斯在《记忆力心理学》（2017）中列举了一些能够帮助记忆的方法，其中之一是："将内容转化成口诀或歌谣。就像先贤们将乘法做成朗朗上口的歌诀一样，记住这个歌诀比记忆单纯的公式、定理要快得多，因为这些经过加工的内容不光押韵，而且都是相互联系的、有规律地出现的。就像工厂的工人抱怨工作时间长而进行罢工运动的时候，经常将自己面临的困境或要求用歌谣的形式传唱，这样更容易增加影响力和感染力。"秦末农民起义之"大楚兴，陈胜王"、元末农民起义之"石人一只眼，挑动黄河天下反"等歌谣，也是同样的例子。

对比联想也是提高记忆效率的技巧之一，"许多诗集、对联大多按对仗的规律写出来的。如杭州岳飞庙有这样一副楹联，写的是'青山有幸埋忠骨，白铁无辜铸佞臣'……只要记住这副对联的上句，下句也就不难凭对比联想回忆起来了。我们背律诗，往往感到中间两联好背，原因就是律诗的常规是中间两联对仗"（黄玉强，2019）。律诗的对仗句，不仅有诗义上的对比，还有诗音上的对比，其前后句都是平仄相对的，可以起到对比联想的作用。

英国著名诗人华兹华斯在其著名的《抒情歌谣集》（1979）序言中写道："我认为很容易向读者证明，不仅每首好诗的很大部分，甚至那种最高贵的诗的很大部分，除了韵律之外，它们与好散文的语言是没有区别的，而且最好的诗中最有趣味的部分的语言也完全是那写得很好的散文的语言……我们可以毫无错误地说，散文的语言和韵文的语言并没有也不能有任何本质上的区别。"又："诗人作诗只有一个限制，即是，他必须直接给人以愉快……很少有人否认，用诗和散文描写热情、习俗或性格，假使两者都描写得同样好，结果人们读诗的描写会读一百次，而读散文的描写只读一次。"

如果华兹华斯的结论是确认无误的，我们就可以做出以下逻辑推演，好诗，"给人以愉快"，"会读一百次"，"除了韵律之外，它们与好散文没有也不能有任何本质上的区别"；读一百次是因为给人以愉快，给人以愉快是因为更容易记忆，容易记忆是因为有好的韵律。尽管我们从诗义中也可以得到愉快，但是，"这个得有长期的教养才成"（朱自清，2002）。反之，如果一首诗没有好的韵律，就不容易被记忆，也难以给人愉快，当然也不应该算作真正意义上的好诗。

诸多今人作诗赏诗，往往会绞尽脑汁在诗义上苦下功夫，岂知脱离艺术本质的感觉艺术，应该是很难体会到快感的。朱自清（2002）说："在这动乱时代（指民国时期，笔者注），人们着急要说话，因为要说的话实在太多。小说也不注重故事或情节了，它的使命比诗更见分明……文艺作品的读者变了质了，作品本身也变了质了，意义和使命压下了趣味，认识和行动压下了快感。这也许就是所谓'硬'的解释。'硬性'的作品得一本正经地读，自然就不容易让人'爱不释手''百读不厌'。于是'百读不厌'就不成其为评价的标准了，至少不成其为主要的标准了。"

如今，七十多年过去了，或许因为人心浮躁，或许因为生活节奏太快，上述现象似乎依然没有多少改变，诗歌被赋予了太多的社会责任。诗歌是声音的艺术，它在哲理讨论、历史解读、理想教育、人格培养等方面，并不比其他文学体裁或教育方法效果更好。

第三章 潜韵初论

第一节 双音

一、双音功过

汉字语音有"纽、韵、调"三要素,本书所言双音,是指相连两字具有相同语音要素,特别是双音节词或词组。两字同纽者谓之双声,两字同韵者谓之叠韵,两字相重者谓之重字,双声、叠韵、重字皆为汉语修辞方法,常见于古诗之中。

早在周代,我们的先人们就已经注意到了纽和韵的问题。《国风·关雎》是中国最早的诗歌总集《诗经》中的第一首诗,历来受到人们重视,在中国诗歌史上具有划时代的意义。古人之所以把该诗作为《诗经》的开篇之作,除了生动的诗义外,双声、叠韵的应用也是重要原因之一。例句如下:

国风·关雎

关关雎鸠,在河之洲。窈窕淑女,君子好逑。
参差荇菜,左右流之。窈窕淑女,寤寐求之。
……

诗中双音、双声者有"雎鸠""参差",叠韵者有"窈窕",重字者有"关关"。对偶者有"参差"对"左右","窈窕"对"寤寐"。
日本学者大岛正二《唐人如何吟诗》(2020)在分析了《关雎》中

的双声和叠韵后指出:"这清楚地表明,正因为《诗经》的作者们已经认识到他们自己的语言的音节可以分成'声''韵'两部分,所以才创造了双声和叠韵这样的造词法。在比日本绳文文明早许多,也比古埃及文明、印度河文明和爱琴海文明的诞生早得多的时期里,中国人就已经懂得把音一分为二了。因此,中国人关于语言语音的认识,时间相当早且已经十分成熟。"在进一步列举了黄河(双声)、长江(叠韵)等案例后,大岛正二不无感慨地说到,中国"不愧是诗歌的国度,令人佩服"。

中国古今论诗者,无人敢对双声叠韵掉以轻心,然而有人指为诗病,有人推崇备至,有人言之慎用,但详细论述者为数不多。迄今为止,似乎只有清人周春《杜诗双声叠韵谱扩略》有详细论述,而且至今寡有附和之声。

周春认为,双声跟叠韵是两个概念,《诗经》三百篇中已经早有,一直到两汉魏晋时期皆是如此。当时音韵学尚未兴起,因此就没有这种说法。虽然零星见于各处,但却没有命名。自沈约创建四声、切韵开始,方有"前浮声,后切响"之学说,双声、叠韵的说法才开始流行。它们用于对仗时,或者自我相对,或者相互成对,用于调高韵律,最为精细。初唐时期,近体诗盛行,该法越来越严密,但唯有杜甫能够深谙其神奇变化,堪称使用双声叠韵之极致。到了宋代初期,此法已经衰败。北宋如梅尧臣、黄庭坚,南宋如范成大、陆游,皆不知双声叠韵为何物,旧时之法也从此丧失殆尽。周春言杜诗"日读而愈新,其义日出而无尽",可谓推崇至极。

按照周春的观点,作为一种修辞方法,双声叠韵有助于调高韵律,显然他是推崇其法的。《文镜秘府论》对双声叠韵也持有褒义,如:作为韵脚,叠韵为美;作为对仗之法,有双声对,有叠韵对,皆为正统。王国维《人间词话》(2015)也推崇双声、叠韵之法,并给出了具体用法建议:"《杜诗双声叠韵谱扩略》,正千余年之误,可谓有功文苑者矣……余谓苟于词之荡漾处多用叠韵,促节处用双声,则其铿锵可诵,必有过于前人者。"其中,"荡漾处多用叠韵,促节处多用双声"成为经典,常被后人引用。双声跟叠韵皆可调高韵律,相比荡漾而言,促节或许只是形式不同或程度更低而已。

古人用双声叠韵并不拘泥于声调相同，不少今人却耿耿于怀，希望讨个说法。使用双声叠韵是为了调和音律，突出意境，不必有一定之规。周春谓双声叠韵曰："两字同母谓之双声，若依等字母三十有六，取同纽者用之丝毫不爽，此双声正格也……两字同韵谓之叠韵，若就广韵二百六部，或通用或独用。如今，平水本此为叠韵正格。倘字音逼近，则虽律诗不通，而古诗可通之，韵亦合叠韵正格也。"既然有正格，就会有变格，双声纽近为变格，叠韵平上去通用乃至邻韵通用或为变格。显然，依照周春观点，双声叠韵是不拘泥于声调相同。正格、变格无非文人语言，只要有利于调和音律，抒发志向，一切皆有变通。对于诗音而言，两音相押，不依理数，但求感觉，叠韵双声皆如此。用今音解读古音也是这个道理，今音来自古音，绝非无中生有，古今两音定有千丝万缕之联系。

以下杜诗之双声叠韵诗句，皆摘录于周春之作。

　　蹉跎暮容色，怅望好林泉。（《重过何氏》）
　　美名人不及，佳句法如何。（《寄高书记》）
　　汉使黄河远，凉州白麦枯。（《宋蔡都尉》）
　　元帅归龙种，司空握豹韬。（《喜闻官军》）
　数回细写愁仍破，万颗圆匀讶许同。（《野人送朱樱》）
　　繁枝容易纷纷落，嫩蕊商量细细开。（《独步寻花》）

两字相连，可称重字、双字、叠字。《诗人玉屑》曰："诗下双字极难，须使七言、五言之间除去五字、三字外，精神兴致全见于两言方为工妙。"也就是说，重字不用则罢，若用当为点睛之笔。

杜甫善用双字，《诗人玉屑》曰："老杜'无边落木萧萧下，不尽长江滚滚来''江天漠漠鸟双去，风雨时时龙一吟'等，乃为超绝。近世王荆公'新霜浦溆绵绵白，薄晚林峦往往青'与苏子瞻'泥泥炉香初泛夜，离离花影欲摇春'，此可以追配前作也。"

另有杜甫双字诗句：

　　江市戎戎暗、山云淰淰寒。（《放船》）

蔼蔼花蕊乱，飞飞蜂蝶多。（《绝句》）

渐渐风生砌，团团日隐墙。（《薄游》）

野日荒荒白，春流泯泯清。（《漫成二首》）

风含翠篠娟娟净，雨裛红蕖冉冉香。（《狂夫》）

《沧浪诗话》曰："《古诗十九首》：'青青河畔草，郁郁园中柳。盈盈楼上女，皎皎当窗牖。娥娥红粉粧，纤纤出素手。'一连六句，皆用叠字，今人必以为句法重复之甚。古诗正不当以此论之也。"可见，文人对重字（叠字）也有不同看法。

与双声叠韵一样，诗中是否当用重字，也无一定之规，只要音可调律，文可言志，便是当用。用重字者，当顾音律，当求新意，善用重字可有画龙点睛之工妙。重字不可滥用，滥用或可乱律。重字不宜盗用，盗用光彩不再。

二、巧用双音

巧用双音，具有催眠作用。江弱水（2017）在谈及有些诗人试图假借诗歌的催眠力量建立一种声音秘教时说："罗兰·巴特（法国诗人，笔者注）七十年代访问中国……他要是细听'上山下乡'就更好了：shàng shān xià xiāng，两对双声，正适合催眠。语音确实有法国象征派诗人所醉心的神秘的暗示和吸引。八十年代我听麦当娜唱歌，physical attraction, chemical reaction，叠句的复合韵听上去特别带劲，真有身体的吸引，能起化学的反应呢。"

中国类似的口号还有不少，如精兵简政，大鸣大放，工业学大庆/农业学大寨，等等，连口号都具备诗歌的力量，也难怪日本学者大岛正二感慨中国是"诗歌的国度"。中国语言天生具备诗歌特性，在上述口号中，上山下乡、精兵简政无疑是成功口号的典型案例，对韵（母）更加敏感的国人来讲，更是如此。上山｜下乡，连续两个双声，首尾二字"上→乡"隔字叠韵，形成前后呼应，有一种听觉上对称的美感。精兵｜简政，精兵为叠韵，"精→简"为隔字双声，"兵→政"为隔字叠韵，精兵（平平）跟简政（仄仄）成对仗模式，作为口号，简直是登峰造极。

张继《枫桥夜泊》中"姑苏城外寒山寺"也是巧用双音的典范："姑苏"，叠韵；"寒山"，叠韵；"山寺"，变格双声；"苏""寺"，隔字双声。寒山寺之"山"字，一字两用，前与"寒"成叠韵，后与"寺"成双声，可遇不可求。一句七字，两个叠韵，两个双声，用汉语拼音表述则更加清晰："gū sū ｜ chéng wài ｜ hán shān sì"。据说日、韩两国人比较喜欢《枫桥夜泊》，"姑苏城外寒山寺"应该起到了一定作用。

钱起"曲终人不见，江上数峰青"大受无数文人热捧，其双音用法与张继"寒山寺"有异曲同工之妙。"曲→青"首尾双声，"见→江"临句双声，已是美不胜收，而且还有"江→上"叠韵，"上→数"双声，"峰→清"叠韵，更是令人耳不暇闻。"江"一字两用，前成双声，后成叠韵；"上"亦为一字两用，前成叠韵，后成双声。双音交互出现，诗律川流不息，实在是催人入睡，妙不可言。

寒山诗，无疑是一个极具魔力的名字，其他如长江（叠韵）、黄河（双声）、洪湖（双声）、昆仑山（叠韵）、青城山（叠韵）、雁荡山（隔字叠韵）等等，虽难比寒山寺，但同样具有一定魔力。如今，当你为一段广告语发愁的时候，当你为一个企业或商品起名号的时候，或者想给自己起一个靓丽的笔名、艺名、网名时，可以试着感受一下采用双声叠韵手法所起到的作用，或许会有意外斩获。

说到广告用语，20世纪八九十年代，厂址位于湖北荆州所辖沙市（县级单位）的某日用化学品企业，出产了一款品牌为"活力28"的洗衣粉。从技术层面上讲，该产品与国内其他品牌相比，似乎没有突出优势，但是市场销售量十分可观。或许，其广告用语"沙市日化，活力28"，起到了关键至少是重要的作用。据称，在南方某些方言的发音中，"28"与"易发"相近，因此不少消费者是奔着这个彩头而选择该产品的。进一步讲，如果以"活力28"为其他厂家的洗衣粉或者为其他商品如服装、食品命名，是否也能够帮助企业获得更多的消费者？笔者认为，未必。"活力28"的畅销，不仅与品牌有关，应该还与其广告用语有关。"沙市日化，活力28"可谓叠韵双声的典范，如"沙市"双声，"市日"叠韵，"沙

→化",首尾隔字叠韵,"化→活"隔句双声,"化→8"句尾对位隔字叠韵。一连串的双声叠韵,大有"催眠"之功效。前句末字仄声,后句末字平声,让人似乎感到其产品既有活力又有安全感。"沙市日化"本来就是生产企业的名字缩写,可谓羚羊挂角不漏痕迹,实乃可遇不可求。如果该产品的广告语改为"荆州日化,活力28",产品的销售量估计会大打折扣。

三、舛睽之辨

刘勰《文心雕龙》言:"双声隔字而每舛,叠韵离句而必睽","舛""睽"皆有不合之意,因此,隔字双声、离句(也是隔字的意思,修辞而已)叠韵皆被判为诗病,前者可作正旁纽之病,后者可作大小韵之病。或许是因为此后特别是宋朝之后,文人们恐于冒犯刘勰的这个观点,不仅对隔字双音存有忌惮,甚至连双声、叠韵本身都有所顾忌了。

双声、叠韵,皆可调高韵律,堪称佳音,为何隔字离句之后,便是舛睽之音了呢?刘勰仅仅给出了结论,没有说明原因,历代诗论者也都是直接引用,未见有所深究。当然,刘勰的这个观点是不会错的,也一直作为至理名言受到后世历代诗人们的顶礼膜拜。接下来的问题就是,为什么双声叠韵可以调高韵律,为什么隔字之后便是舛睽了呢?

好的诗歌给人以愉快,愉快的本质源于容易记忆,所谓的朗朗上口、韵律悠扬、妙音佳声等等赞美之词,说到底大概率应该与容易记忆有关系。

语音简化增加了大量同音字,同音字的产生导致了语言交流的不准确性,从而又在客观上促成了众多双音、多音词的产生,单纯的双音词叫作联绵词,其中十之八九是双声或叠韵词。从某种意义上讲,一个词在必须取双音的前提下,双声叠韵有助于提高记忆能力,尽管最初造词时并没有这种主观意识。由于纽或韵的重复,双声叠韵词中所出现的音素更少,记忆内容被压缩,当它们被置入语言之中时,虽然理论上还是双音节词,但音长似乎介于单音词和双音词之间,故而更加容易记忆。

双声叠韵两个音节连在一起，也不会因形成明显的节奏而干扰主律。既可以减少记忆内容，又不会干扰主律，当为好音。

当双声叠韵隔字离句后，从表观上分析，前后相应则形成自己的韵律，从而可能干扰韵脚之主韵的韵律。但是从更深层次上讲，诗音的硬性指标应该是记忆功能，所以我们需要回答，隔字双音是促进记忆还是妨碍记忆。现代科学的研究成果，似乎给出了相关答案。

根据重复音节与记忆之间关系的研究结果，艾宾浩斯《记忆力心理学》（2017）指出："随着实验的进行，受试者重复遇到的音节组增多，就会产生一种'审美疲劳'，从心理上对这些互动产生些许厌倦，厌倦的程度则因人而异，情绪稳定的人所产生的厌倦程度要比情绪波动大的人低很多。

"因此，被试者最初的记忆速度并不慢，第一次遇到重复音节，其记忆速度增加，但若是反复遇到几次重复音节组，被试者就会产生心理疲劳，这种心理使学习过程变得缓慢。"

书中没有记载具体的实验过程，所以我们不能用其最后结论解释诗歌的重复音节，但有一点是肯定的，即：重复音节并不一定能够促进记忆，甚至可能会干扰记忆。对于格律诗（长律除外）而言，所有的韵字均出现在联末韵脚处（首句入韵另论），它们不仅韵母相同或相近，而且音节间隔节点相同，这种情况的"重复音节"应该是有助于记忆的。但是，如果在诗句其他位置出现了无规则的、节奏明显的随机"重复音节"，特别是大韵正纽等之隔字双音，就有可能扰乱主韵音律，影响记忆过程，进而"使学习过程变得缓慢"。再如《填词浅说》所禁之"叠用双声""叠用叠韵"，也是因为它们会形成杂乱的音律，有害于记忆过程。

可见，在《记忆力心理学》问世前1000多年，中国文人就已经发现了"重复音节"未必给人带来愉悦的规律，尽管其结论没有触及实质而仅仅停留在感觉层面。

需要再次强调的是，按照古人理论，所谓八病之大小韵病或"叠韵离句而必睽"，是指二字韵部相同，即隔字正格叠韵，而隔字变格叠韵则另当别论。同理，所谓八病之正旁纽病或"双声隔字而每舛"，是指二字的字母（声纽）相同，即隔字正格双声，而隔字变格双声亦另当别论。亦同理，若诗中双声叠韵二字间隔较小，听之睽舛，若二字间隔较大或分置两句或两联，也是另当别论。

第二节　潜韵

一、潜韵初探

在下面的讨论中，需要引入一个心理学上的概念——潜意识（下意识）。潜意识是外来词，直译是"隐蔽的思想活动"，与潜意识相对应的是前意识。关于潜意识，《现代汉语词典》给出的定义为："心理学上指不知不觉、没有意识的心理活动，是有机体对外界刺激的本能反应。"

潜意识的概念从文字上不是很容易理解，我们用一个试验案例予以说明。

试验选择的对象是一对结婚多年的夫妻，研究人员需要丈夫配合参与其中，而妻子必须蒙在鼓里。首先选定一首妻子和丈夫都很熟悉的歌曲，然后丈夫假装邀请妻子一起沿着马路散步。一个假扮成路人的试验人员，一边用随身携带的设备播放选定的歌曲，一边从夫妻二人身边擦肩而过。双方离开不久，丈夫便按计划哼唱这首歌曲。"奇迹"出现了，听到丈夫唱歌的妻子不无惊讶地说："真巧，我也刚刚想到了这首歌。"世上哪里有这么多巧事，丈夫告诉了妻子的真相，妻子马上也回忆起来刚才的那个过程。试验结果说明，双方擦肩而过后，妻子的前意识很快忘记了这件事，并把它储存在潜意识里。当丈夫哼唱起这首歌的时候，歌声把妻子潜意识里的有关记忆调动出来（不是刚刚想到了这首歌，而是刚刚听到了这首歌），但其过程却依然隐藏在潜意识里，所以妻子认为这是巧合。

潜意识也被称为"忘却的记忆",它可能潜伏在你的内心深处,用魔法干预你的生活,它也可能被唤醒成为前意识,而失去其曾经的魔力。

人类记忆可分为三种类型,感官记忆、短时记忆、长期记忆。《记忆力心理学》写到:"所谓'感官记忆',就是指人的嗅觉、听觉、视觉或味觉等感觉器官受到刺激时所发生的非常瞬时的记忆,感官记忆凭借的也是主观,如果不被刻意关注,它就马上会消失得无影无踪……当我们的注意力开始关注感官记忆时,很多内容就走进了我们的意识,这时候,感官记忆就变成了短时记忆。相对于感官记忆,短时记忆的持续时间要长得多,大约是感官记忆的20倍,能保持20秒左右……

"我曾经做了很多类似的实验,用动作、图像和声音分别观察短时记忆的效果。我发现,在这个阶段,声音刺激更容易产生良好的效果。既然短时记忆只能保持20秒左右,那在这么短的时间内,我们能储存多少内容呢?这个问题仍然可以通过简单的实验来解答。最后我得出结论,短时记忆可以储存大约7个项目,每个项目的长度不能过长——可以是7个人名、7个数字或7个简短的地址。"

人类的短时记忆时间为20秒,按照汉字朗读每个音节时长为0.3秒的速度计算,20秒内可以朗读67个音节。也就是说,对于朗读一首56个音节的七律诗而言,直到朗读完毕为止,第一个字的印象依然会影响你的感觉。实际上,"大脑用来储存记忆的空间相当大,大到我们无法想象。也就是说,从出生开始,我们经历的任何事物都会在大脑中留下各种各样、有深有浅的烙印"。只不过,有的记忆停留在容易被感知的前意识里,有些记忆会深埋在难以感知的潜意识里。从我们开始朗读一首诗歌的第一个字音开始,所有出现的音素(纽韵调乃至其他)都会通过不同的方式联系起来,只不过有些很快进入潜意识而被"忘却"。那些对我们刺激较大的诗义、诗音、诗形,则更容易被记住,特别是那些令人感到享受的部分。韵脚处定期出现的节奏强烈的音韵,更容易停留在前意识里,句中重复出现的相隔较远或者属于变格的隔字双声叠韵,则容易被埋在潜意识里。可以想象到的是,如果那些隔字变格双声叠韵出现的位置具有节奏，它们对感觉的影响会更加强烈，记忆位置更接近于前意识，当然也应该更加容易被唤醒；它们半隐半现，似有似无，甚至让人感觉到无法抗拒的愉悦。

对于人类短暂的一生来讲，潜意识里的记忆容量几乎是无限的，前意识里的记忆容量则是非常有限的，重复音节使用过多，会影响记忆，重复音节使用过少，则会显得诗句太过死板，不够流畅。重复音节有强弱之分，奥利弗（2020）在论及诗歌技巧时指出："谐元音是一行或几行诗中词语内部元音声音的重复。在效果上，这种重复创造了一种近似的韵律……谐元音一般在词语内部，因此不像头韵那么明显……在谐元音中，有嫡亲的声音——也有表亲的、二代亲的声音，等等。"显然，"嫡亲"的重复音节所呈现的韵律，要强于"表亲""二代亲"。

在创作旧体诗时，把属于"嫡亲"的韵字放在韵脚之处，就像音乐中长音放在需要停顿的地方，让它们进入储存容量有限的前意识里；把彼此韵母属于"表亲""二代亲"的重复音节放在其他地方，或者把声母属于"嫡亲"或"表亲"的重复音节放在适当位置，让它们进入储存容量巨大的潜意识里。储存在前意识里的韵律我们称之为前韵，应该有限度、有规律地使用；储存在潜意识里的韵律即所谓的"表亲""二代亲"，我们称之为潜韵，只要保证它们不会进入前意识，可以更加大胆一点地去使用。由于储存位置不同，潜韵不容易干扰到前韵，而且人类的听觉系统具有自动屏蔽次级声音的功能，前韵提供诗歌可以明显感受到的主体节奏，潜韵通过潜在的、难以察觉的韵律带给诗歌神秘力量。如果有规律地使用潜韵，使其节奏跟前韵节奏形成共鸣，同样应该有利于记忆，有利于让人感到愉悦甚至是百读不厌。

诗歌是声音的艺术，用声音在潜意识里"控制"聆听者，是诗歌艺术的特定手法。当我们聆听一首悦耳的诗歌时，很容易被其美妙的诗音所控制，会陶醉在诗音里并失去部分判断力，误认为是诗义而不是诗音打动了自己。反之亦然，一首拗口的诗歌，很难得到较高评价。用不同诗音展现诗义相同的诗歌，就会有不同意境。一联诗歌修改一个字音，就有可能得到明显不同的反响。如"僧敲月下门"之所以比"僧推月下门"更好，或许并非因为"敲"比"推"更符合故事情节，而是因为"敲"可以与前句"鸟宿池边树"的"鸟"在诗音上形成更好的共鸣。

句末字或联末字是中文诗歌中音节最着重的地方，所以中文诗十分依赖韵脚处的押韵。但是，为了获得悦耳动听的声音，仅仅依靠来自韵脚处的韵律还是有所欠缺的，对于长句来讲更是如此。韵脚处的韵音，是中文诗韵律最重要的节点，犹如语流的枢纽，控制着诗歌的整体架构。诗句是有长度的，五言诗十字一个节点，七言诗十四字一个节点。当声音从一个节点过渡到下一个节点时，如果声音是杂乱无章的，就会显得"单薄无力"。如果音步在一步一步往前走的时候，还有次级韵律的陪伴，步伐就会显得轻盈而优雅。但是，对于近体诗而言，这个次级韵律不能干扰韵脚构成的主导韵律，这个暗藏在音步之间的韵律就是潜韵的概念。潜韵，其实就是潜意识里的韵律，似有似无，听得见却难以觉察。

潜韵和前韵没有明确的界限，隔字正格双声叠韵，可成前韵，或可乱律；隔字变格双声叠韵，或正格双声叠韵隔字较远，可成潜韵，或为好音。凡是需要尽量回避八病的诗体如八句律诗，都是潜韵的用武之地；绝句、乐府等可入乐之诗，对八病特别是小韵旁纽之小病要求不高，潜韵的作用就会显得小一些。也就是说，如果所谓的音病，未能扰乱主韵韵律，或者说虽然扰乱了主韵，但是我们却无法觉察，量变到质变，音病或许会变成潜韵，反而可能成为好音。

人类具有天生的探索精神和冒险欲望，徘徊于临界点附近是让人快乐、激动乃至沉迷的行为，如小孩子偷吃母亲藏起来的甜点，食客们冒着中毒的风险食用河豚等。一方面是因为他们吃的确实都是美食，一方面还因为他们享受着冒险所带来的激动甚至是快感。行走于临界点附近，是近体诗令人入迷的一个重要原因：如果韵律再开放一些，就变成了歌；如果韵律再矜持一些，就变成了文。潜韵也是同样道理，用力过度混于前（韵），无力施展近于无（韵）。总之，潜韵是细微的、潜在的，悄无声息的，也更加适用于近体诗以及与近体诗格式相近的古体诗。潜韵是为了促进语流的流畅性和韵律的丰富度，而不是为了让诗句的韵律欢快起来，否则，"诗"就会变成"歌"。

美国学者莫斯在《糖盐脂》（2015）中讲述了这样一个故事：才华横溢的霍尔顿是一位资深的撰稿人，就职于美国某广告公司。1963年，他绞尽脑汁为某薯片产品想出了一句广告语，当同事们传阅这个短句时，无不被它的直白而震惊。霍尔顿想出的广告语是"当然不能只吃一片"（Betcha Can't Eat Just One）。后来，这句话成了世界上最有名的广告宣传语之一。

从翻译过来的汉语句子里，笔者实在看不出来"当然不能只吃一片"能够与"世界上最有名的广告宣传语之一"搭上边，但是它确实忠实地表达了英语原文的本义。两个语种不同，语义几乎相同的句子，一个可以闻名本语种世界，另一个难以在本语种里看出精彩，不应该仅仅因为文化背景不同。如果对原文划分音步，分析一下字母出现的规律，很容易找到端倪所在。

Betcha ｜ Can't Eat ｜ Just One

这是一个类似于三音步扬抑格的短句，较短的句子长度赋予了它明快的节奏。最重要的是，交互重现的辅音和元音，如t、a，以及e、n等所形成的内韵，用听觉把句子巧妙地贯串在一起，如同汉语诗歌中的潜韵，给句子赋予了神奇魔力。一切看起来平淡无奇，一切看起来顺理成章，但它却能响彻四方，闻名世界。

英文是表音文字，只要是认识26个字母，就能大概读出声音。汉字是表义文字，不需要知道读音，只要知道字义，也能大概看得懂文章。所以，理解潜韵的概念，对于汉语诗歌或许更为有用。

叶嘉莹在《人间词话七讲》（2014）一段不到500字的独立段落中说："'二八'16岁，那是女孩子最美妙的年龄。从前我刚到加拿大的时候，带我的两个女儿去买衣服，那个卖衣服的店铺就叫作Sweet Sixteen（几十年了，竟然还能记起来一个商店的名字，笔者注）……西方女性主义有一本书叫《第二性》，书中提到女性是男性眼中的"他者"。男性看女性不是以平等的地位，而是以一种带有欲求的眼光，一种male gaze（难道不是Sweet Sixteen激发出来的片段，笔者注）。"

在篇幅如此小的范围内，相继引用了两个英语词组，一个是"sweet

sixteen",一个是"male gaze",它们明显具有诗歌语言的特点,第一个是隔字双声加叠韵,第二个是隔字叠联韵,或者说,语句之间暗含着各种潜韵(只要觉察不到,就可以认为是潜韵)。诗人天生对声音敏感,既然把它们引入到同一段落里,一定在潜意识里感觉到了它们的亲切悦耳(或者说是韵味)以及它们之间的相似性联系。作者对这两个英语词组中的语义进行了探讨,但是,对语音却只字未提。可见,潜意识的力量是多么强大,它会主导你的思维和行为,而你却丝毫没有察觉。潜韵,连对声音天生敏感的诗人都能骗过,更何况圈外的非专业人士了。当然,也许作者看到了其中玄机,而是故意避而不谈,通过声音的潜意识增加自己论点的说服力。但是,不管有意还是无意,潜意识或者说潜韵都应该干预了这部分内容的写作过程。

或许因为八病理论神圣不可侵犯,或许因为八病本质尚未得到深究,中国古诗论者似乎都在回避内韵之说,因为凡言内韵,必面对八病,若要维护八病理论的正统性,实在难以做出解释。

《文心雕龙》与八病有关,后世文人无不对其顶礼膜拜。王志彬在《文心雕龙译注》(2017)里写到:"在我国古代文论史上,刘勰的《文心雕龙》是一部影响深远的皇皇巨著。它体大思精,笼罩群言,隐括千古,包举宏纤,向为历代学人所重,且与古希腊亚里士多德之《诗学》齐名,都是世界文化宝库中的珍品。"地位如此之高,后人只能仰视,岂可心存质疑?或许正是因为其"双声隔字而每舛,叠韵离句而必睽"的论点,影响甚至限制了文人们的思考,内韵似乎也被看成是近体诗中的洪水猛兽,避之而不及。然而,内韵有强弱之分,有潜前之分,有远近之分,有正格变格之分,只要不干扰主韵,都有可能成为美音妙韵。隔字双音,正格或隔字少便是前韵,或为音病;变格或隔字多便是潜韵,不以为累或为好音。潜韵,能与诗歌节奏形成共鸣才是好音,如果潜韵太多,或许也会同前韵一样,因为杂乱无章而影响愉悦之感。此后所论,相隔大于五字(含)小韵、旁纽者不为音病,相隔大于十字(含)大韵、正纽病者亦不为音病,特此说明。

另外,从某种意义上讲,潜韵或许还有弥补主韵韵律不足的作用。

根据笔者统计：（1）清人蘅塘退士所编《唐诗三百首》中（书中所言《唐诗三百首》，皆指蘅塘退士所编），除长诗、乐府以外，七言诗首句押韵的占70%以上，五言诗首句押韵的不到30%。（2）王凯贤《清朝探花诗选》（2007）所选清朝同类诗作中，七言诗首句押韵的比例比《唐诗三百首》高，五言诗首句押韵的比例比《唐诗三百首》低。总之，七言诗倾向于首句押韵，五言诗倾向于首句不押韵。从这个角度分析，七言诗比五言诗或许更需要潜韵来促进语音的流畅。

　　诗歌理论终究不是宗教信条，古代诗歌理论的宝库也需要我们进一步去挖掘。清人杜文澜《憩园词话》曰："宋词暗藏短韵，最易忽略……虽宋词未必尽同，然精律者所制，则必用暗韵。"可见，其作者已经指出了潜韵的作用，"藏暗韵"似乎也意味着明明有韵但却难以觉察。暗韵与本书所提潜韵实质上应该是一个概念，潜韵之论不过是换个说法，找一些现代科学理论的依据，老调重弹而已。

二、分门别类

（一）韵押

　　如上所述，对于近体诗而言，每联韵脚处的主韵（首联除外），是整首诗最重要的声音节点，诗音八病以及有关规则，大都为了捍卫主韵至高无上的地位，体现了如同大唐盛世一般的稳重、开放、平和、优雅的风格。然而，在保证主韵不被干扰的情况下，悄然藏身于句中的潜韵，可以创造出令人神往的语言音乐美。在古诗特别是一些名句中，潜韵的使用率非常高，只是因为被忽视而无人专门谈论而已。

　　潜韵的实质是押音，是内韵的一种形式，可以押韵（母），可以押纽，也可以押调。汉语音节三要素"纽、韵、调"之间，都可以互押，都可以形成自身的节律，但是，使用过度也可能乱律。近体诗中，"调"仅有平仄两类，出现乱律的概率较大，所以进行了严格的规范，特别是音步尾字，要求更加严格。本书讨论潜韵，主要是讲"韵""纽"这两个音素。

为了区别于传统意义上的押韵,我们把潜韵中的押韵称为"韵押",把押纽称为"纽押"。对于一些声音近似但不是重字的情况,如按普通话发音的"雨→欲""思→似""流→楼",称为近音押。

韵押以平水韵为准,共分为五类情况,前四类不涉及入声字,分别为本、邻、侧、斜韵押,参见表3-1;第五类为入韵押,参见表3-2。

(1)本韵押。两字为相同韵部(平水韵,下同)者互押,如平声"江窗"(江部)、"阳方"(阳部)互押,去声"绛撞"(绛部)、"漾唱"(漾部)互押,等等。与主韵互押犯大韵病,十字(或同联)之内当防,十字之外或为好音。非主韵字互押犯小韵病,五字(或同句)之内当防,五字之外或为好音。

(2)邻韵押。两字为声调相同、音韵相邻者互押(以《词林正韵》前十四韵部为准,参见附表1),如"江阳""撞唱"互押。

(3)侧韵押。两字为音韵相同、声调不同者互押,如"江撞""阳唱"互押。

(4)斜韵押。既属邻韵押、又属侧韵押者互押,如"江唱""阳漾"互押。

(5)入韵押。凡遇入声字者,两字为相同入声韵部者,称本入韵押或本韵押;两字在《中原音韵》中同韵部,在平水韵分属不同入韵部者,称邻入韵押或邻韵押;两字在《中原音韵》中同韵部,如仅一字入声者,称斜入韵押或入韵押。

表3-1 韵押说明表(《词林正韵》第二韵部)

江(江部,平声)	撞(绛部,去声)	侧韵押
阳(阳部,平声)	唱(漾部,去声)	侧韵押
邻韵押	邻韵押	斜韵押

表3-2 入韵押说明表(《中原音韵》鱼摸韵部)

屋(入声屋部)	木(入声屋部)	本入韵押
足(入声沃部)	居(平声鱼部)	斜入韵押
邻入韵押	斜入韵押	

如上所示，非入声之四类韵押者，韵律关系按"本、邻、侧、斜"依次减弱，本韵押的韵律最为明显，需要有限度地使用，斜韵押的韵律最为隐藏，或可大胆使用。同理，入韵押者，韵律关系按"正、邻、斜"依次减弱。

（二）纽押

由于汉字发音的特点，汉诗更注重押韵而忽视押纽，中国古代诗歌理论也没有押纽一说。汉诗韵音最为突出，古人虽然知道押纽可以成律，也曾判其为音病，但是总体而言，关注度较低。韵是汉诗声音中最重要的元素，但纽的作用同样不容忽视，特别是作为潜韵使用的时候。巧用押纽，可以用来调律，为语言增色，有助于征服读者。

英语诗歌中有"首韵"押韵法，指诗句起始音（多指辅音）的重复，首韵的概念实质也是押纽。如著名诗句：

（1）Leap up，like that，like that，and land so lightly.

（罗伯特·弗罗斯特，《家庭葬礼》）

以及

（2）They，re two，they，re four，they，re six，they，re eight.

（动画片《托马斯小火车》主题歌歌词）

例句1，以押辅音l为主，结合押元音a。例句2，押辅音th为主，结合押元音e。此类诗歌较难翻译成中文，如例句2，英文语音节奏模拟了蒸汽火车在旧式钢轨上发出的"咣当""咣当"的行车声响。在某中文译制片中，该句歌词被翻译成"两辆，四辆，六辆，八辆"后，首韵变成了尾韵，意思全对，意境半无。

奥利弗（2020）在论及首韵的时候讲："在何时使用首韵最好？在一个诗句中使用多少首韵最好？不要担心过度使用，尽管去用这种响亮而生动的技巧吧，在阅读时也请留意这种技巧。未来某一天，在首韵的帮助下，你也许能写出和罗伯特·佩恩·沃伦（美国著名诗人，笔者注）一样的美妙诗句。"英诗首韵的作用应该大于汉诗的押纽，但从潜韵的意义上来讲，近体律诗使用首韵应该有所限制，两字相隔不宜太近，近者犯纽病。或许因为顾及八病的"威慑",中国古代诗人虽然也会不惧风险地使用纽押,但不会对此大加赞扬。纽押可以作为一种写作技巧而不是音病用于诗词写作,如果你认为它用于近体诗不够"矜持",那就把它应用在其他诗体以及散文之中吧。

八病之中有正、旁之纽病,原则上讲,同联诗内本纽押兼侧韵押(声母韵母皆同,声调不同)犯正纽音病,当急避之;同句诗内本纽押(仅声母同)犯旁纽音病,尽量避之,隔句旁纽,或为好音。

中国传统音韵学上有声纽36母,如今普通话合并为22声母,古音声纽之中也应该有类似韵押之中的本、邻、侧、斜之分,后三者不犯音病,或为好音。可惜的是,古代只有韵书,没有纽书,查询古音纽母比较困难。另外,经统计发现,除律诗之外,古人包括一些著名诗人似乎对旁纽不太回避。究其原因,可能是因为汉语声纽的感知度较低,声纽特别是旁纽容易被人忽视;正纽受到重视,则是因为有韵参与其中,故另当别论。另外一个可能的原因是,唐朝主要以都城长安地区的发音(官话)为基础制定韵书,对于大量青少年时期生活在长安以外地区的文人而言,因为没有纽书可供参考,虽然可以通过韵书的反切查询字纽,但毕竟比较烦琐,因此不易把握官话中的声纽,自然而然便放弃了对声纽的考究。

为了讨论方便,本书按照国家颁布的《汉语拼音方案》声母表,主要依据六组发音部位(参见表2-7)进行纽押分类,原则如下:

(1)本纽押,相同声母者互押。

(2)侧纽押,相同发音部位者互押(不含本纽押),如"b、p、m、f""zh、ch、sh、r"等各组声纽互押。

(3)邻纽押、斜纽押,仅限于"zh、ch、sh、r"跟"z、c、s"两组之间的纽押,首母相同者为邻纽押如"zh、z""sh、s",首母不同者为斜纽押如"zh、c""r、s"。

近体律诗之中,本纽押,五字内适当避之;隔字较远的本纽押,以及侧纽、邻纽、斜纽押,可成好音,用在要煞之处最为精彩。纽押,音律隐蔽,使用得当,不仅有助于美化诗律,对散文特别是学生作文亦有帮助。

需要说明的是，按照国家颁布的《汉语拼音方案》，以辅音 y、w 开头的音节，属于零声母音节（古音反切皆有纽母）。本书根据发音部位归类：y 与 j、q、x 分成一组，互为侧韵押；w 单独成组。

韵押共分十四组，如果随机选字，一联诗中出现韵押的概率非常大，七言一联十四字乃至五言一联十字中，几乎联联有韵押，所以，五言一联中三四字以及七言一联中五六字，出现韵押是很正常的事。但是，如果韵押之字明显超过半数，或者互押二字皆位于要煞之处，就有可能属于经过炼音后的选定；反之，如果韵押仅仅二三字，就可能属于故意回避。

纽押（今音），本、侧、邻、斜纽皆计，共分六组，五言一联十字中至少五字纽押，七言一联十四字中至少九字纽押，所以，一般情况下，本书仅讨论本纽押（今音）的情况，除非属于要煞之处的非本纽押。与韵押情况类似，五言一联三四字以及七言一联四五字，出现纽押也是很正常的事。但是纽押之字超过半数，或者位于要煞之处，可能属于经过炼音后的筛选；反之，如果纽押几乎没有，就可能属于故意回避。

古音三十六纽母，今音二十二纽母（不含 y、w），如果古音之本纽押属于"嫡亲"，那么今音之本纽押定有"表亲"参与其中，而以发音部位分类的六组纽押就属于"二代亲"。韵押同理，按平水一百零六韵分类的本韵押属于"嫡亲"，按《词林正韵》十四韵分类的韵押属于"表亲"。音押，本押者属于前韵，非本押则归于潜韵。

（三）案例分析

案例1，杜甫《绝句·两个黄鹂》。

（1）首联

两个黄鹂鸣翠柳，

一行白鹭上青天。

Liǎng gè huáng lí míng cuì liǔ,

yī háng bái lù shàng qīng tiān.

韵押。两→黄→行→上，"黄→行"隔句七字本韵押，其他皆邻韵押；鸣→青，邻韵押；鹂→翠→一，"鹂翠"侧韵押，"翠一"入韵押。十四字中，加上韵脚"天"字，共十字有韵押（两、黄、行、上、鸣、青、鹂、翠、一、天），占比约71%，大概率属于炼音后的选定。

纽押。十四字中六字（两、鹂、柳、鹭，黄、行）本纽押，"两→鹂→柳"同句一四七字对称纽押。出对句对位纽押有：二字"个→行"侧纽押（软腭音），四字"鹂→鹭"本纽押，末字"柳→天"侧纽押（齿音），一联三对对位纽押，好音无疑。

（2）次联

窗含西岭千秋雪，

门泊东吴万里船。

Chuāng hán xī lǐng qiān qiū xuě,

mén bó dōng wú wàn lǐ chuán。

韵押。含→千→万→船，"千船"恰好十字本韵押，其他或邻韵或入韵押；西→里，斜韵押。十四之内六字韵押，或属正常范围，而"万→千"对位斜韵押，好音。

纽押。十四字内，六字（窗、春，千、秋，无、万）纽押，"窗→春"同联首尾本纽押，"千秋""吴万"双声，大概率属于刻意求之。

（3）点评

该诗为绝句，古人有绝句入乐的习惯。乐曲本身自带韵律，对乐辞的节奏韵律要求较低。乐辞需要用"浅近"但不要"过于白话"的文言来写，文字不宜过分刻意雕琢。本诗生动地体现了绝句的特点，明快的节奏，浅近的文言，堪称经典。

从本诗整体诗音分析，作者对全诗两联的纽押以及上联的韵押等，应该是经过认真挑选的，尤其是纽押方面好音多多。首联，三例对位纽押，用心良苦；"鹂"一字两押，位于诗句中间位置，左右与"两、柳"隔字对称，上下与"鹭"对位呼应，妙笔生花。前联有"两→柳"同句首尾纽押，后联有"窗→船"同联首尾纽押，佳音无疑。纵观本诗，诗义明了，文字简单，诗句似乎也是随手拈来，不做修饰，甚至不像出于成熟沉稳诗人之手，难怪不少今人认为自己也能写出这样的诗歌。岂不知，诗中机关重重，好音处处，看似简单，却难以模仿，更不用说去超越了。杜甫写这首诗的时候，应是怀有愉悦、轻松，乃至戏谑的心态，这哪里是在写诗，简直就是"炫技"。这是一个经典的古诗音韵学案例，如果我是小学语文老师，一定把它纳入重点教案，帮助学生们用声音写诗。

古人作近体诗，绝非一味循规蹈矩，特别是妙手神笔者，更是偏好险中求胜，甚至是"卖弄"技艺，故漏破绽，如在"一三五不论"上大做文章。在诸多高手的茫茫诗篇中，完全符合格律的近体诗实乃凤毛麟角，即使试图想找一联完全符合格律的名句，都不是一件太容易的事。诗音同样如此，高手作诗，常常试图触碰底线，寻求在临界值附近摇摆的快感。次联"千、船"同韵，十字内当为大韵之病，该诗恰好十字，其间且有斜韵"万"字过渡，反而吟出好音。此处诗音，或许属于偶然，或许故意为之，至少经过反复推敲。

案例2，杜甫《登高》选句。

> 无边落木萧萧下，
> 不尽长江滚滚来。
> Wú biān luò mù xiāo xiāo xià,
> bù jìn cháng jiāng gǔn gǔn lái.

此为律诗，韵律稳健，诗音讲究，层次更高。韵押字中，皆非本韵押，不犯韵病。今音有三处本纽押，"边→不""落→来""近→江"："边→不"隔句七字正格双声，今音已非音病，古音更应如此；"落→来"隔句十二字正格双声，其理同前；"近→江"今音二字同纽，犯旁纽病，古音二字不同纽（《唐韵》，江为古双切）。

除上述讲究外，一联十四字内，有重字（滚滚、萧萧），有叠韵（长江），有双声（江滚），有一字二用（萧），有句首对位入韵押（无→不），各种音律交织在一起，魔力四射，催人入眠，欲罢不能，难怪古今文人如此着迷于此联诗句。

按单字读音，此联诗句的平仄，不管是用平水韵还是普通话判断，都完全符合格律的七言近体，即"平平仄仄平平仄，仄仄平平仄仄平"。但是，按照语流音变，我们读出声音时，"不尽长江滚滚来"中的"不"

字和第一个"滚"字,需要从仄声变成近于平声的声调,而且很难觉察。这种本能的音变,也会使我们感到神秘和疑惑。产生音变的两个字,处于诗句字序的一五位置,按照"一三五不论"的论点,并不会在平仄上失格,令人玩味。

案例3,李白"云想衣裳花想容"。

清人李调元《雨村词话》曰:"太白词有'云想衣裳花想容',已成绝唱。韦庄效之,'金似衣裳玉似身',尚堪入目。而向子'花想容仪柳想腰'之句,毫无生色,徒生厌憎。"三句说的都是一个事情,却被断然分为上中下三等,除了诗义境界不同之外,诗音也是原因。

李白句,按照今音"云→衣",三字正格双声,犯旁纽病;古音异纽,不犯音病,或属侧纽押(说明略)。"想→裳→想",二四六位侧韵押;句内同字(想)为常用手法,当不为音病。七字之内,一三奇数位纽押,二四六偶数韵押,实属不易,它诗不可比。

《诗人玉屑》有论,一联诗中"两句纯好难得",李白此句当属如此。世人皆言"云想衣裳花想容"好句,很少有人关心其后"春风扶槛露华浓"如何,这或许是因为前句太好了。前句好在哪里,是诗义还是诗音?应该两者都是。

案例4,贾岛"鸟宿池边树,僧敲月下门"。

"贾岛推敲"的故事源于此联诗句。出对句一二字"鸟宿/僧敲","鸟→敲"斜韵押,"宿→僧"本纽押(古音亦如此),联内首首交叉韵纽押,奇而妙。"敲"不仅与"鸟"成韵押,同时激活了"宿""僧"之纽押,如果换作"推"字,诗音大减。

案例5,杜牧《泊秦淮》。

烟笼寒水月笼沙,夜泊秦淮近酒家。
商女不知亡国恨,隔江犹唱后庭花。

这是一首目前出镜率比较高的七绝,典型杜牧风格。前联"烟→夜"首首纽押,后联"恨→花"尾尾纽押,不紧不慢,有条有理。

案例6,对位音押。

《诗人玉屑》有载,北宋文学家宋庠见到佳句,皆写于书房墙壁,如"无可奈何花落去，似曾相识燕归来"，"静寻啄木藏身处，闲看游丝到地时"，"楼台冷落收灯夜，门巷萧条扫雪天"，"已定复摇春水色，似红如白野棠花"之类。除第一例外，其余二三四例皆有对位音押。第二例，出对句首字"静→闲"侧纽押（皆硬腭音），出对句尾字"处→时"侧纽押（皆卷舌音）。第三例，出对句五字"收→扫"对位邻纽押。第四例，出对句首字"已→似"对位侧韵押，出对句三字"复→如"对位入韵押。

《诗人玉屑》又载："用事琢句，妙在言其用而不言其名……荆公曰：'含风鸭绿鳞鳞起，弄日鹅黄袅袅垂。'此言水、柳之名也。"水用鸭绿，柳用鹅黄，含蓄柔和。出对句五六字"鳞鳞→袅袅"皆齿音（侧纽押），亦含蓄柔和。

元人辛文房《唐才子传》有言，赵嘏《长安晚秋》有句"残星几点雁横塞，长笛一声人倚楼"，杜牧赏叹，称其为赵倚楼。出对句首字"残→长"对位邻纽押，出对句三字"几→一"对位入韵押。现有文献中，出句第三字有争议，有"几"者，有"数"者，笔者认为"几"更可信也更好听。言其可信，有后人方回《八月二十日天晓》"残星余几点，吾独倚吾楼"为证；言其好听，有前后句对位潜韵之共鸣。

又言："后人评白（居易）如山东父老课农桑，言言皆实者也。"与其说言言皆实，不如说音音皆律，今人尤为喜欢。白居易《钱塘湖春行》见于小学语文教材，中间两联堪称对位音押经典：

几处早莺争暖树，谁家新燕啄春泥。

乱花渐欲迷人眼，浅草才能没马蹄。

中一联，首尾两字"几→泥"斜韵押；中间两字"树→谁"本纽押；出对句四五字"莺争→燕啄"连珠对位纽押，高级。中二联，出对句首字"乱→浅"斜韵押；出对句五字"迷→没"本纽押。

中华书局《学生必背古诗文208篇》（2020）论及白居易《忆江南》之"日出江花红胜火，春来江水绿如蓝"两句，说："对仗工整，色彩明丽，是广为后人传诵的名联……短短两句14个字，写尽了江南春日胜景。如此美丽的景色，怎能不使作者魂牵梦绕？"景色美丽，诗音诗形同样美丽。出对句三字重复一个"江"字，当不足为奇，诗音好在最后三字：出对句六字"胜→如"侧纽押（皆卷舌音）；出对句五七字"红→火""绿→蓝"皆本纽押，属于节奏上的对位相押，巧。再看字形，出对句首字"日→春"皆带"日"字，出对句五字"红→绿"皆含"纟"旁，视觉上的对位相押，难得。"蓝"，"染青草也"（《说文》），指的是某一类可用于染色的植物。

明人王世贞《艺苑卮言》曰："万楚《五日观伎》诗：'眉黛夺将萱草色，红裙妒杀石榴花。'真婉丽有梁陈韵。"色彩用得好，出对句三字"夺→妒"本纽押亦用得好。

顾随（2014）言："杜审言《和晋陵陆丞早春游望》'云霞出海曙，梅柳渡江春'。诗中二句是生的色彩、力的表现，它遮天盖地而来，而又真自在。全首只此二句好。"诗音同样活力自在，顺势而来，联内首尾二字"云→春"邻韵押，出对句三字"出→渡"入韵押。

以上各对位音押案例主要出现在首尾及三五字上。顾随说："宋人论诗眼，五言诗第三字，七言诗第五字，传神在此。"除了首尾字外，传神之处音押，同样妙不可言，通此音法者当可求来好诗。

案例7，海子"面朝大海，春暖花开"。

"面朝大海，春暖花开"，是当代诗人海子一首诗的诗名，也是诗中的两句诗。短短八个字，看似普普通通，却具有极强的代入感，让无数倾听者为之入迷，可谓雅俗共赏，乃至人见人爱。特别是联想到诗人身世，更会让人浮想联翩。

它出自一首现代诗，但却应和了类似近体诗的格律，同时还是潜韵应用的杰作。

面朝｜大海，

春暖｜花开。

Miàn cháo ｜ dà hǎi,

chūn nuǎn ｜ huā kāi。

此联诗句的潜韵，需要前后对位分析（今音）：前后句一二三四字，皆平仄相对；前后句一二字"面朝/春暖"，"面→暖"隔句交叉侧韵押，

"朝→春"隔句交叉本纽押；前后句三四字"大海/花开"，"大→花""海→开"隔句对位并蒂侧韵押，"海→花"隔句交叉本纽押。

　　字字好音，声声金玉，寥寥数言却暗含多处上佳潜韵，每个字都参与其中甚至一字两用，相互交融且显而不露，构成了一个神秘而优雅的声音世界，令我们陶醉其中且久久不能自拔。对于英年早逝的海子而言，一生能写出这么一句让无数读者喜爱，甚至很可能还会传颂千古的诗句，足矣。

第四章 诗形丽辞

第一节 诗形

美国心理学家蒙洛迪诺《潜意识：控制你行为的秘密》（2013）一书中，提到了一个叫作"可乐悖论"的现象，其大意是，让参加试验的受试者们同时品尝可口可乐和百事可乐，根据口味给出评价，实验结果是：如果不告知品牌，百事可乐胜出；如果告知品牌，可口可乐胜出。其作者认为，这是可口可乐更悠久的历史带给自己的福利。笔者认为，品牌名字的声音和形象也会在潜意识里干扰消费者对"口味"的评价，消费者受用的不应该仅仅是口味，还应该包括商品名称的声音乃至其文字的形状。

Coca-Cola（可口可乐）：简单的音节，交替出现的辅音（c）和元音（o、a），属于典型的诗歌语言；o跟a形状相似，发音也有共同之处，把l弯曲一点，又与C形状接近。Pepsi-Cola（百事可乐）：单独分析前半部分（Pepsi）或后半部分（Cola），声音形状也都不错，但是前后连在一起，声音形状都显得有点脱节；其在中国销售的产品容器上，汉字写的是百事可乐，英文往往只有前半部分Pepsi，英文图形赏心悦目，但与汉字词义不太配套。

两个产品早已进入中国市场，中文名字在音韵学上各有千秋。可口可乐："可口可"，三连双声；"可乐"，叠韵；双声套叠韵，符合"魔力"的要求。百事可乐，只有"可乐"一个叠韵，其他乏善可陈。纽韵方面，可口可乐胜出。在声调方面，百事可乐则更加优秀。百事可乐，皆仄声，上去上去，有节奏，符合"上去字须间用"的原则；可口可乐，亦皆仄声，上上上去，按照《清词浅谈》的观点，两上声连用已是"尤为棘喉"，三上声连用，"棘"更甚之；所以，如果用英语说 Coca-Cola，比用汉语说"可乐可乐"更加好听。

如果把汉字的"可口可乐"和"百事可乐"想象成两幅画面，或者想象自己是一个完全不懂汉字的人，比较一下，哪一个图像更加赏心悦目呢？显然，可口可乐胜出，至少本人是这样认为的。可口可乐，重心平稳，画面匀称。百事可乐，重心欠稳，对称性不好，大概因为"事"字笔画明显多于其他，从而导致了整体形状略显凌乱。商品名称的声音能够影响消费者对商品的评价，商品名称的形状消费者同样不会放过。

诗歌也是同样道理，除了诗音，诗形也会对诗义产生作用，尽管其作用力小于前者。明人谢榛《四溟诗话》言："凡作近体，诵要好，听要好，观要好，讲要好。诵之行云流水，听之金声玉振，观之明霞飞散，讲之独茧抽丝。此诗家四关。使一关未过，则非佳句矣。"

诗形，包括单体汉字，也包括汉字之间的排列组合。与英文诗歌相比，诗形对汉语诗歌的影响更大，这也是中文诗歌的一大特点。正如纽、韵、调皆可对诗音产生影响一样，在汉字中，那些能够独立识别以及能够达成节奏的图像元素，皆能够对诗形产生影响。汉字中能独立识别的元素很多，包括但不限于以下几点。

（1）结构

按照汉字结构构成分类，汉字可以分为独体字与合体字两大类。周健《汉字》（2009）指出："由一个部件构成的汉字，或者虽然由几个部件组成，但是不宜拆分的汉字，我们称之为'独体字'，例如'人、口、立、马、年、半、我、身、丽、事、象'等。有些看上去比较复杂的汉字因难以拆分，所以也归入独体字。

"合体字是由两个或两个以上能明显识别的部件组成的。汉字中绝大多数是合体字，这说明了部件的重要性。我们很容易识别下列合体字中的部件：'你、她、林、音、谢、意、间、这、园、智、森'……

英语和汉语的文本书写方式都是一行行从左至右，可是英语单词和汉字的构成方式是不同的。英语单词是由一个个字母在 X 横轴上单维排列，而汉字则是由各个部件在 X 横轴和 Y 纵轴上二维排列……正是这一构成特点，让汉字（尤其是合体字）变得更加多姿多彩。我们可以把合体字按结构分为以下 4 种：

"①左右结构，这也是合体字中最多的结构类型，如：你、林、外、红。

"②上下结构，如：分、音、字、华。

"③半包围结构，包括两面包围和三面包围，如：庆、远、司、问、医。

"④全包围结构，如：回、国、图。

"有些汉字结构比较复杂，可能同时具有左右、上下等结构，我们可以根据大致轮廓，先把汉字归入一种结构，然后再就各部分细致画出结构图。"

（2）造字方法

按照目前的考古结果，"汉字最迟起源于商朝。人们将早期的文字刻在扁平的龟甲上用来占卜、记录重要事件及表达情感，这种最早期的文字叫甲骨文。随后，周朝的金文和秦朝的篆书、隶书进一步推动了汉字的发展。到汉代，就出现了字形与我们今天使用的简化字已经大同小异的楷书"。

汉字起源于象形字，所谓象形字，就是用比较简单的线条勾画出身边所能看到事物的特征或大概的轮廓，如日、月、山、水、首、手、鸟、鹿、艸、果等，都是象形字。

象形字是根据实物形状所创造，但有些抽象的概念是无法描画的，人们便以象形字为基础，又发展出了另外五种造字方法，即后人所说的"六书"。"六书"最早由东汉许慎在《说文解字》中提出，"书"是书写，写的是文字，六书就是六种造字、构字的规律，包括象形、指事、会意、形声、转注、假借。

在汉字中，形声是最常用的造字方法，近九成的汉字属于形声字。

一个形声字可以一分为二，一半是形符，一半是声符，形符表达汉字的意义，声符提示（但不是表示）汉字的读音。

杨、松、柏、桃、梨中，"木"是形符，表示和树有关，其他部分提示读音。江、河、湖、海、浪中，"氵"是形符，表示与水有关，其他部分提示读音。鹏、鹤、鹅、鸡、鸭，"鸟"表示与鸟有关；吃、喝、吐、喊、叫，"口"多表示与口腔动作有关；往、行、街、徙、律，"彳"源于行，其字多表示与行走和道路有关；阴、阳、院、阻、陆、郊，"阝"源于阜（土山），其字多于山、土有关。

这种既能表示字义、又能指示字音的汉字，对诗歌有很大的美化作用，特别是在对仗句中。如杜甫、王维之诗句（此处使用楷体繁体字，以期更接近于古代字形，下同）：

流年疲蟋蟀，體物幸鶺鴒。

漠漠水田飛白鷺，陰陰夏木囀黃鸝。

杜诗中，"蟋""蟀"皆为虫，"鶺""鴒"皆为鸟。王诗中，出句"漠→鷺"，指水之鸟，"陰→鸝"指陆之鸟（陰，本义为山之北）。赏析古诗词诗形时，建议选用楷体繁体字，以便更加接近于古人用法。

其他造字法，不再赘述。

（3）对称

与结构一样，对称也是一种普遍存在的现象。自然世界里，人体本身就是左右对称的，其他如鸟类及蝴蝶的双翼、植物叶子及花朵、雪花及宝石结晶体等都是对称的。人为活动中，桥梁、建筑、车辆、家具等也常以对称的形式出现。对称给人以安定、朴素、协调、稳重、精确等感觉，符合人类的视觉习惯。源于象形文字的汉字，有很多具有对称的字形。如：对称独体字有日、人、土、目、立、半、言、革、车、雨等；对称合体字有草、曼、堂、暮、黑、林、鼎、量、篱、景等。

当左右对称的汉字出现在诗歌中时，也会通过视觉影响我们对诗义的理解。例如，当它们在对称的位置出现时，给人以视觉上的平衡感，凸显协调、稳重之势态。对称字是象形文字的特点之一，它在诗歌中表现出的美感，实在是让拼音文字自叹不如，望尘莫及。

（4）笔画

顾随《苏辛词话》（2015）言："曰形者，借字体以辅义是。故写茂密郁积，则用画繁字。写疏朗明净，则用画简字。一则使人见之，如见林木之翁郁与夫岩岫之杳冥也。一则使人见之，如见月白风清与夫沙明水净也。"但是，事情总是会朝着两方面发展，如：笔画繁者，有丰富浓郁之感觉，用之不妥，会有烦琐拖拉之印象；笔画简者，有清秀明亮之感觉，用之不妥，会有轻率单薄之印象。诗句中，繁简搭配需得当，保持基本平衡，避免视觉上的混乱之感。总之，笔画繁简与诗义相得益彰，才是终极目标。顾随（2014）评陆游"陁窮蘇武餐氈久，憂憤張巡嚼齒空"，曰："二句字的笔画都多，可代表心中之不平。"

按顾随所言，诗"莫易于形"。笔者认为，用汉语作诗，得好字形不难，但是，组字成句后，欲得好诗形则并非易事。

案例1，"采菊東籬下，悠然見南山"。

此为东晋著名诗人陶渊明的代表诗句，古今文人极度推崇，亦被称为千古之谜。据《诗人玉屑》所载，苏东坡曰："渊明诗初看若散缓，熟读有奇趣"，该联诗句便是案例之一。除了诗义"奇趣"之外，笔者认为，"悠然見南山"的精妙之处在于诗音（另行讨论），"采菊東籬下"的精妙之处在于诗形。诗形匀称，左右基本对称，笔画繁简有序。首尾"采""下"二字，笔画皆简，前后呼应；二四字"菊""籬"，笔画适中，皆为上下结构，左右呼应；中位之字"東"，左右对称字形，位于中位，稳住全句诗形的对称之势。匀称、对称的诗形，意味着生活安定。句中，有木（采、東）、有艸（菊）、有竹（籬），"東"字木从日出，以物质多样比喻精神丰富。

有人把"采"写作"採"，差矣。"采""採"同义，前者出现更早。"采"之甲骨文，上下结构，上为人爪，下为木果，喻采摘之意。后人造"採"字，或许不知其原型，"采"旁添手，画蛇添足。所以，笔者认为，不管是从字义还是字形上讲，此处用"采"字更好。

汉字如画，在汉字发展和简化中，使字形变得更加美观应该是重要依据之一。实际上也是如此，汉字在发展和简化过程中，字形总体上变得更加匀称美观，如"備"简为"备"，"麗"简为"丽"，"陰陽"简为"阴阳"等等。但是也有例外，如"車"简为"车"，"門"简为"门"等；或许是这些字太常用了，也只好两利相较取其重了。

案例2，"無邊落木蕭蕭下，不盡長江滾滾來"。

此二句用字也极为考究，诗中字形，木落有"艹"萧萧下，江有"氵"滚滚来，"义音形"三要素皆佳，可谓神来之笔。按通常解释，此处之"木"字，本义指"葉"，为何杜甫不用"葉"而用"木"呢？笔者猜测，杜甫即舍不得"落"字，又要规避四"艹"连用。古诗中，四仄字连用、四平字连用、两叠韵连用、两双声连用，皆曾被人指为诗病。四偏旁连用，或许有碍诗形。

杜甫其他诗句，如"體物幸鶺鴒""空山草木長"等诗形也是美观端正，本处不再细论。

案例3，"雲霞出海曙，梅柳渡江春"。

此为杜审言《和晋陵陆丞早春游望》颔联，顾随《中国古典诗词感发》（2012）曰："诗中二句是生的色彩、力的表现，它遮天盖地而来，而又真自在。全首只此二句好。"此联诗句，义音形皆好，堪称典范。

前后两句，诗义对偶，诗形亦对偶："雲霞"对"梅柳"，两雨对两木；"海曙"对"江春"，水日对水日；诗形优美，如景似画。诗音亦有讲究。同联首尾二字"雲→春"邻韵押，前后句中位二字"出→渡"入韵押，典雅稳重，恰如天外来音。诗形超绝，诗音上佳，千古好句，实至名归。

案例4，"上山下乡"。

"上山下乡"虽为口号，但颇具诗之魔力。不仅朗朗上口，而且字形匀称，四字皆为三画简字，清秀明亮。对于当时那些有无限热情的知识青年来讲，具有很强的象征性和号召力，他们在这个魅力四射的口号的召唤下，朝着"广阔天地，大有作为"的人生目标，满怀憧憬和激情走出了城市。但是，当他们在"山上乡下"遇到了不曾想到的困难，特别是当大家千方百计、争前恐后纷纷返回城市时，这个字形简单的口号似乎又代表了轻率单薄，广阔天地也只剩下了风高云淡。

第二节　丽辞

一、丽辞

文词之"对",自古便备受文人推崇。《文心雕龙》"丽辞"篇曰:"造化赋形,支体必双。神理为用,事不孤立。夫心生文辞,运裁百虑,高下相须,自然成对。"此说法,后人常沿用。如遍照金刚《文镜秘府论》有载:"文词艳丽,良由对属之能;笔札雄通,寔安施之巧。若言不对,语必徒伸;韵而不切,烦词枉费。"

关于对属类别,《文镜秘府论》载曰:"凡为文章,皆须对属,诚以事不孤立,必有配定而成。至若上与下,尊与卑,有与无,同与异,去与来,虚与实,出与入,是与非,贤与愚,悲与乐,明与暗,浊与清,存与亡,进与退。如此等状,名为反对者也。除此之外,并须以类对之。一二三四,数之对也。东西南北,方之对也。青赤玄黄,色之对也。风云霜露,气之类也。鸟兽草木,物之类也。耳目手足,形之类也。道德仁义,行之类也。唐虞夏商,世之类也。王侯公卿,位之类也。及与偶语重言,双声叠韵,事类甚众,不可备叙。"

正格律诗中间两联需用对仗句,对仗指"(律诗、骈文等)按照字音的平仄和字义的虚实做成对偶的语句"。对偶是一种修辞方式,"用对称的字句加强语言效果"。按王希杰《汉语修辞学》(2004)所言:"对偶,是用语法结构基本相同或者近似、音节数目完全相等的一对句子,来表达一个相对立或者相对称的意思。例如:

墙上芦苇,头重脚轻根底浅。

山间竹笋,嘴尖皮厚腹中空。

"这一对联是明人解缙所作……上下两联都是主谓句。上下对应的词语,词性完全相同:'墙上'—'山间',方位名词,做定语;'芦苇'—'竹笋',名词,做主语;'头重''脚轻''根底浅'—'嘴尖''皮厚''腹中空',两组三个并列的主谓词组,做谓语。上下两联各十一个音节。

"对偶从形式上看可以分为严式对偶和宽式对偶。严式对偶还要求讲究平仄协调。例如：

支离东北风尘际，飘泊西南天地间。

三峡楼台淹日月，五溪衣服共云山。

（杜甫，《咏怀古迹》）

"它们的平仄是：

平平仄仄平平仄，仄仄平平仄仄平。

仄仄平平平仄仄，平平仄仄仄平平。

"在这里，'支离'—'飘泊'，都是联绵词；不仅'风尘'—'天地'相对，而且'风'—'尘'，'天'—'地'也相对；'三峡'—'五溪'不仅都是地名，而且都是以数字开头的。同时，上下两联中无一字是重复的。

"宽式对偶，不强求平仄协调，字面上也允许有重复。"

周啸天（2019）认为："排比的修辞手段为全人类所共有，而对偶的修辞手段却为汉语所独有。汉字一个字一个音节，古汉语以单音词为主，现代汉语虽多双音词，却皆以古代单音词作为词素，各词素仍有其独立性，这样就很容易构成音节相等的对偶，在视觉和听觉上做到整齐对等，这在各种外语中都是难以做到的。

"此外，汉语没有时态、词尾和格的变化，语序灵活，成语典故大量地存在，并列词组可以做减法，减到每词一字，及诗歌两句一联的句群单位，也加强了汉语在对偶构成上的适应性。这种适应性甚至造成诗人的对偶思维，构思时，句子是成对地出现，一唱一和，无往不复，说今日就想当初……

"古代典籍中，'水流湿，火就燥'（《周易》）、'云从龙，风从虎（同上），'满招损，谦受益'（《尚书》），乃是不经意的属对。《诗经》中的自然属对的诗句更是不少：

风雨凄凄，鸡鸣喈喈。（《郑风·风雨》）

青青子衿，悠悠我心。（《郑风·子衿》）

出自幽谷，迁于乔木。(《小雅·伐木》)
……

"可以说，对仗做好了，律诗的质量就有基本的保证。不仅律诗如此，古体也是如此，唐诗有些直抒胸臆的歌行，只因有一二对句的点缀，而陡然生色者不少。

"对诗来说如此，对于部分词调来说同样如此，如宋词中作品数量最大的一个词调《浣溪沙》，最见功夫之处就是过片处两个七言句的对仗。

一曲新词酒一杯，去年天气旧亭台，夕阳西下几时回？
无可奈何花落去，似曾相识燕归来。小园香径独徘徊。

（晏殊，《浣溪沙》）

漠漠轻寒上小楼，晓阴无赖是穷秋，淡烟流水画屏幽。
自在飞花轻似梦，无边丝雨细如愁。宝帘闲挂小银钩。

（秦观，《浣溪沙》）

"这两首令词之所以成为千古绝唱，与过片的两个对仗的绝妙是分不开的。"

对仗句式意境对称，形式工整，节奏明快，对比鲜活，朗朗上口，容易博取瞩目和倾听，便于记忆和背诵。相比散句（非对称句），对仗句更能体现"义音字"三位一体的句法，古诗中的名句多数属于对仗句。

对偶或对仗的特点，在于一个"对"字。有了"对"，空间更加宏大，"无边落木"对"不尽长江"，前横后纵，辽远宽广；"残星几点"对"长笛一声"，天上地下，声光相映。有了"对"，时间可以流动，"花落去"对"燕归来"，时光冉冉，秋去春来。有了"对"，画面更加丰富，"白鹭"对"黄鹂"，色彩绚丽，鸟雀群飞。有了"对"，空间和时间融为一体，"万里"对"百年"，今日往世，眼前身后。

均衡，是美学的基本原则之一，也是语言的艺术原则之一。"词语或句子并列，词性或句式相同或相近，就是均衡的；如不相同，则失去平衡，显得别扭。"（王希杰，2004）对仗句型是均衡的句型，当它们置身于诗歌之中，可以起到均衡整体诗形的作用。正格近体律诗四联之中，要求中间两联采用对仗句，通过对称性在诗形上形成聚焦点，诗形优美稳重。

人类在前意识里的记忆是有限的，短时记忆大约可以储存7个独立"项目"，如果每句诗算作一个"项目"，对于八句律诗而言，如果全用散句（非对仗句）或仅仅只有一联对仗句，受众的记忆就会相对感到困难，进而影响整体的美感。对仗句的前后两句之间具有较强的关联性，更加容易记忆。正格律诗有半数（两联四句）诗句为对仗句，通过"项目"之间的关联性，可以明显增加记忆"项目"的数量，从而让诗歌更加深入人心。

"近体诗的对仗，见于律诗和排律里；至于绝句，大多数是不用对仗的……对仗是律诗的必要条件。就一般情况而论，律诗的对仗是用于颔联和颈联；换句话说，就是第三句和第四句对仗，第五句和第六句对仗。"（王力，2021）

律诗以颔联和颈联对仗为主，其他还有首联和颈联对仗，仅颈联对仗（多见于五律），首、颔、颈三联对仗，四联皆对仗等。不管如何取舍，尾联通常采用散句，除非四联皆对仗。这是因为，相对于散句，对仗句节奏明快，诗义、诗音更加轻松，诗音长度感觉更小，将散句安排在诗尾，可以避免整体诗音的头重脚轻。

二、对音

（一）音律

对仗句式有不少分类方式，如宽对与严对、反对与类对、言对与事对、工对与意对、正对与反对、流水对与呼应对，以及《文镜秘府论》二十九对，《诗人玉屑》所载唐人上官仪的六对及八对，林林总总，不一而足，视角不同而已。

对偶句法，以义为主，若音亦对，二者成共鸣之势，诗句更佳，此论取自《文镜秘府论》"论对"篇。

双声对。曰："诗曰：'秋露香佳菊，春风馥丽兰。'释曰：'佳菊'双声，系之上语之尾；'丽兰'叠韵，陈诸下句之末。秋朝非无白露，春日自有清风，气侧音谐，反之不得……又曰：'飂飀岁阴晓，皎洁寒流清。'……释曰：'飂飀''皎洁'，即是双声，得对叠韵。""佳菊"对"丽兰"为双声对，双声相押则韵律成叠。

叠韵对。曰："诗曰：'放畅千般意，逍遥一个心。漱流还枕石，步月复弹琴。'释曰：'放畅'叠韵，陈之上句之初；'逍遥'叠韵，放诸下言之首。双道二文，其音自叠，文生再字，韵必重来。"韵必重来，双重韵律是也。

联绵对。曰："联绵对者，不相绝也……上句如此，下句亦然。诗曰：'看山山已峻，望水水仍清。听蝉蝉声急，思卿卿别情。'……又曰：'霏霏敛夕雾，赫赫叶晨曦。轩轩多秀气，奕奕有光仪。'……或曰：朝朝、夜夜、灼灼……堂堂、巍巍、诃诃。如此之类，名联绵对。"联绵对，或可称为重字对。

双拟对。曰："双拟对者，一句中所论，假令第一字是'秋'，第三字亦是'秋'，二'秋'拟第二字，下句亦然。如此之类，名为双拟对。诗曰：'夏暑夏复衰，秋阴秋未归。炎至炎难却，凉消凉易追。'……又曰：'议月眉欺月，论花颊胜花。'译曰：上陈二'月'，隔以'眉欺'；下说双'花'，间诸'颊胜'。文虽再读，语必孤来，拟用双文，故生斯号。或曰：春树春花，秋池秋月；琴命清琴，酒追佳酒；思君念君，千处万处。如此之类，名曰双拟对。"双拟对，或可称为隔字重字对。

以上所列对类，或纽成双，或韵为叠，或字音重，皆为双音成对。诗句中的双音，不仅可以调高韵律，而且容易记忆。从记忆力心理学角度出发，当诗句中的字词出现关联情况如有双音时，人类短时记忆项目的数量就会增加。同理，当双音情况出现时，对于相同字数的诗句来讲，我们从主观意识上会觉得诗句更短，记忆更加轻松，相同时间内记忆量也会更大。按照生物学节约原则，我们在投入相同能量时，倾向于获得更多的收益产出；或者，在获得相同收益产出时，倾向于投入更少能量。当我们能够获得更高的"产出/投入"比时，无论是读诗还是从事其他事情，无疑都应该是愉悦甚至是乐此不疲的。对仗句本身就有此类功能，双音对仗句更是如此。

周啸天（2019）言："一般说来，五言以五个字为一句，七言以七个字为一句。有时一句可以包含两个或三个分句（如'风急/天高/猿啸哀'），有时也可以合两句为一句，这后一种情况，可以称为十字句（五言诗）和十四字句（七言诗）。如'风流与才思，俱似晋时人'（李嘉祐），出句为主语，对句为谓语；'从来疏懒性，应只有僧知'（张籍），出句为宾语前置，对句为谓语。

"如果十字句、十四字句具有对仗的形式，就称流水对。写诗状态之佳，莫过于一气呵成。'律诗声谐语俪，故往往易工而难化'（刘熙载），工是工整，化是自然。流水对就是一气呵成，所以，它能使俪语显得自然。

"'病中吾见弟，书到汝为人'（杜甫），这是一个宽对，也是一个流水对，上句省略'书'，于下句见之；'可怜闺里月，长在汉家营'（沈佺期），首二字为动词，后八字为宾语；'欲穷千里目，更上一层楼'（王之涣），出句为对句的动机；'请看石上藤萝月，已映洲前芦荻花'（杜甫），前二字为动词，后十二字为其宾语。

"有了流水对，凡属非流水对，均可称为呼应对。律诗中有流水对，可以化板滞为生动。然'律诗不难于凝重，亦不难于流动，难在又凝重又流动耳'（刘熙载）。所以，一首诗中有一联流水对，则另一联宜为呼应对，可使对仗在形式上富于变化。"

古人作诗，绝句倾向于不用对仗句，特别是前联散句、后联对句者最少。与散句相比，对仗句更容易记忆，主观感觉诗句更短。若两联皆对，整诗容易产生失重之感。若前联散句、后联对句，则头重脚轻，尤不可取。

绝句两联皆对，好句易得，好诗难求，但若意义高远，诗技超群，则能险中求胜，求得佳作。清人仇兆鳌《杜诗详注》曰："五言绝句始于汉魏乐府，六朝渐繁，而唐人尤胜。大约散起散结者，一气流注，自成首尾，此正法也。若四句皆对，似律诗中联，则不见首尾呼应之势。必如王勃《赠李十四》诗：'乱竹开三径，飞花满四邻。从来扬子宅，别有尚玄人。'王之涣诗《登鹳雀楼》：'白日依山尽，黄河入海流。

欲穷千里目，更上一层楼。'钱起诗《江行》：'兵火有余烬，贫村才数家。无人争晓渡，残月下寒沙。'令狐楚诗《从军》：'胡风千里惊，汉月五更明。纵有还家梦，犹闻出塞声。'以上数诗，皆语对而意流，四句自成起讫，真佳作也。若少陵《武侯庙》诗：'遗庙丹青落，空山草木长。犹闻辞后主，不复卧南阳。'其气象雄伟，词旨凯切，则又高出诸公矣。"以上绝句诗例，两联皆对，前联均呼应对，后联均流水对。对仗句式，呼应对较为工整，感觉句子较短，诗音较轻。流水对者，感觉句子较长，诗音较重。如前诸诗，诗音前轻后重，先抑再扬，符合诗歌基本规律。

杜甫七言绝句"两个黄鹂鸣翠柳……"，妙在诗音而非诗义，同样高出诸公。杜诗善用对偶和双音，义音流畅，登峰造极，引人入胜。杜甫的名诗名句多为七言而非五言，惯于对仗和双音或许是其原因之一。五言本来字数不多，采用对偶和双音，则进一步在感觉上压缩句长，或许会给人以精致而不够饱满的感觉。反观王维，精雕短词，细琢单字，五言大师，名不虚传。

非双音对者，如果对偶之相对两词，能够形成音押（潜韵），同样具有调高韵律的功效。古人屡用"万里""百年"作对，如杜甫之"万里悲秋常作客，百年多病独登台""万里伤心严遣日，百年垂死中兴时"，白居易之"万里王程三峡外，百年生计一舟中"，王勃之"舍簪笏于百龄（义同年），奉晨昏于万里"等。"万里""百年"属异类对，空间对时间，气象宏大，且"万、年"侧韵押，"里、年"侧纽押，义音皆好。

又如杜甫诗《登高》，"无边"对"不尽"，虽皆为描写空间，但一个横向，一个纵向，且"无→不"句首对位变格叠韵，"边→不"隔句双声，可谓声情并茂。又如"白鹭"与"黄鹂"虽为正对，杜甫、王维皆有名句用之，或许与"鹭→鹂"二字发音有关。二字互为双声，皆为单元音韵母；"鹭"为合口呼，"鹂"为齐齿呼，口形大小接近。另外，白鹭为涉禽，与水有关，黄鹂为鸣禽，与音有关；二者同为鸟类，但习性截然不同。

（二）共鸣

如前所述，近体诗有押韵、音步、平仄三重共鸣，若诗句对仗，又添两重。

对仗句，前后两句是对称的，对位字词平仄相反，音节相等，语法结构也相同或相似。前后句语法相同或相似，在诗义上就形成了节奏，这个节奏又与押韵、音步、平仄形成共鸣，从而使得对仗句比散句（非对仗句）多了一重共鸣。诗义节奏是另一个维度上的节奏，诗义跟诗音形成共鸣，当属诗歌节奏之最高境界，这或许也是汉诗得天独厚的巨大福分，因为对于略有功底的中国诗人来讲，写出来对仗句并没有太大难度。

既然语法结构相同或相似，那么，对仗联之前后句之词重音和逻辑重音也一定相同或相似，这便又达成了诗音上的另一种形式上的节奏。加上前述四重共鸣，对仗句的共鸣就是五重共鸣。如果再加上诗形上的共鸣，便是六重共鸣；可惜的是，诗形优美或可得，诗形与诗音共鸣或许就比登天还难了。

重音或许是汉语诗音最难把握的地方，如果不是天赋异禀，很难辨识汉语的轻重之音。然而，对仗句解决了这个问题，这或许也是古今诗人迷恋对仗之法的原因之一。

三、对病

对偶句式，最忌"合掌"。明人谢榛《四溟诗话》有言："《赠田家翁》诗：'蚕屋朝寒闭，田家昼雨闲。'此写出村居景象。但上句语拙，'朝''昼'二字合掌。"另外，如"室"对"屋"、"别"对"离"、"两"对"双"等对偶，皆属合掌。

王力（2021）指出："合掌是诗文对偶意义相同的现象，事实上就是同义词相对。整个对联都用同义词的情况是罕见的，我们也很难找到完全合掌的例子。但是近似合掌的例子则是有的，那就是《文心雕龙》的所谓正对。《文心雕龙》说：'反对者，理殊趣合者也；正对者，事异义同者也。'所谓'事异义同',就是说典故虽然不同,但是意义相同。作者举张载《七哀诗》为例:'汉祖想枌榆,光武思白水。'《七哀诗》虽不是律诗,但是这两句话颠倒过来有点像律诗的样子,可以借此说明问题。诗句的对仗正是应该避免这类情况。《文心雕龙》说:'反对为优,正对为劣。'正对既然被否定,合掌更应该被否定了。"

《文镜秘府论》所列诸多诗病之中,"正对"分为"枝指"和"骈拇":枝指者,"谓意义重叠是也",例句有张华诗"游雁比翼翔,归鸿知接翮";骈拇者,"谓两句中道物无差",例句有庾信诗"两戍俱临水,双城共夹河"。枝指,手的拇指或小指旁多生的手指;骈拇,脚的拇指与第二指连成一指。"骈拇枝指"是一个汉语成语,比喻多余的、无用的东西。虽然都是多余,"骈拇""枝指"还是有些许差别的。对于诗病,骈拇之"道物无差"当重于枝指之"意义重叠"。

论及合掌,周啸天(2019)说:"正对如'感时花溅泪,恨别鸟惊心'(杜甫)、'鱼戏新荷动,鸟散余花落'(谢朓)、'蝉噪林愈静,鸟鸣山更幽'(王籍)……同义反复,却并不乏味,故又当别论。事实上这些诗句都经过时间的考验,得到了读者普遍的喜爱,成为诗词名句。"

"反对为优,正对为劣",正对能够成为诗之名句,必然有其内在原因。从上述三个例句可以看出,除了诗义诗音皆好外,还有其他两个特点:

其一,对偶词的属类不同。杜甫诗的"花"与"鸟",谢朓诗的"鱼"与"鸟",王籍诗的"山"与"林"等,皆为异类对。《文镜秘府论》曰:"异类对者,上句安天,下句安山;上句安鸟,下句安花;上句安风,下句安树。如此之类,名为异类对……但解如此对,并是大才。笼罗天地,文章卓秀,才无拥滞,不问多少,所作成篇,但如此对,益诗有功。"上述诗例,虽然诗义正对,但对偶词皆为异类对,"益诗有功"也。

其二,相邻对仗句的类别不同。杜甫诗"感时花溅泪,恨别鸟惊心"正对在前,"烽火连三月,家书抵万金"流水对在后;谢朓诗,前置双音对"远树暧阡阡,生烟纷漠漠",后接正对"鱼戏新荷动,鸟散余花落";王籍诗,前置反对"阴霞生远岫,阳景逐回流",后接正对"蝉噪林逾静,鸟鸣山更幽"。律诗欲求佳作,相邻两联对仗采用不同形式,或是技巧之一。而如元稹诗"曾经沧海难为水,除却巫山不是云",虽诗义正对,但有"海""山"、"水""云"等异类词对,气象悠长,义音皆佳,且本为绝句,无须衬托。

四、好对

对句虽为丽辞,当防用"丽"过度。《诗人玉屑》认为,不可以绮丽害正气,曰:"世俗喜绮丽,知文者能轻之。后生好风花,老大即厌之……上自齐梁诸公,下至刘梦德、温飞卿辈,往往以绮丽风花累其正义,其过在于理不胜而词有余也。老杜云'绿垂风折笋,红绽雨肥梅''岸花飞送客,樯燕语留人'。亦极绮丽,其摹写景物,意自亲切,所以妙绝古今。至于言春容闲适,则有'穿花蛱蝶深深见,点水蜻蜓款款飞''落花游丝白日静,鸣鸠乳燕青春深'。言秋景悲壮,则有'蓝水远从千涧落,玉山高并两峰寒''无边落木萧萧下,不尽长江滚滚来'。其富贵之词,则有'香飘合殿春风转,花覆千官淑景移''麒麟不动炉烟转,孔雀徐开扇影还'。其吊古,则有'映阶碧草自春色,隔叶黄鹂空好音''竹送清溪月,苔移玉座春'。皆出于风花,然穷尽性理,移夺造化。又云'绝壁过云开锦绣,疏松夹水奏笙簧'。自古诗人,巧即不壮,壮即不巧,巧儿能壮,乃如是也。"以上论句,与其说是告诫诗者不可以绮丽害正义,不如说是告诉读者丽辞根本之所在。以上诸诗,且不说细品诗义,详论诗音,即便搭眼一看,其诗形已是明霞散绮,赏心悦目。

论及佳对,《诗人玉屑》有,"无可奈何花落去,似曾相识燕归来""静寻啄木藏身处,闲看游丝到地时""楼台冷落收灯夜,门相萧条扫雪天""已定复摇春水色,似红如白野棠花"。

论及巧对,《诗人玉屑》曰:"荆公诗'草长流翠碧,花远没黄鹂。'人只知'翠碧''黄鹂'为精切,不知是四色也。又以'武丘'对'文鹢'、'苦吟'对'甘饮'、'飞琼'对'弄玉',世皆不及其工。"何以为巧?"丘"为土,"鹢"为鸟,二者异类,然"武丘"为地名,"文鹢"为船名，貌似异类，实为同类。"琼"为美玉，"飞琼"为仙女，"飞琼"对"弄玉"，貌似同类，实为异类。

论对亲切，曰："'帝与九龄虽吉梦，山呼万岁是虚声。'此乐天作开成大行挽词，对事亲切，少有其比也。"论及佳对，曰："杜诗有'自天题处湿，当暑着来清'。'自天''当暑'乃全语也。东坡诗云'公独未知其趣尔，臣今时复一中之'，可谓青出于蓝。"论及奇对，曰："对句法，人不过以事、以意、出处备具谓之妙，荆公曰：'平昔离愁宽带眼，迄今归思满琴心。'又曰：'欲寄荒寒无善画，赖传悲壮有能琴。'不若东坡奇特。"个中滋味，也是每品而显新义，因人而有不同。

五、诗材

习学文章，当从基础开始，丽辞对属之法亦如此。周啸天（2019）说："传统语文教育中，习对是一项基本内容。旧时蒙学皆有对课，习对的方法，在字数上遵循由少到多的原则，可从一二字对起，逐步增加字数。学作诗，作对仗也用增字法。如咏鹅，可能先想到的是'白毛'对'红掌'，再想到'绿水'对'清波'，再添动词，成为'白毛浮绿水，红掌拨清波'。私塾先生教学生对课，大致就教这样的技巧。旧有《声律启蒙》为习对教材。"

清人车万育《声律启蒙》有对："云对雨，雪对风，晚照对晴空。来鸿对去燕，宿鸟对鸣虫。三尺剑，六钧弓，岭北对江东……楼对阁，户对窗，巨海对长江。蓉裳对蕙帐，玉斝对银釭。青布幔，碧油幢，宝剑对金缸。"等等。虽为启蒙教材，但精工细作，秀丽典雅，堪称经典。对于初学古诗者特别是喜欢古诗词的中小学生而言，为了筑牢基础，与其说背诵一些似懂非懂的古诗，倒不如习学这些带有启蒙意义的简单对句。

欲求好句好诗，当须广积诗材。孔子劝人学诗时指出，从诗中可"多识于鸟兽草木之名"，反过来说则是，诗作者应当掌握诸多有关知识。《诗经》有不少诗篇含有丰富的自然科学知识。如《风·山有扶苏》"山有扶苏，隰有荷华……山有乔松，隰有游龙……"；又如《小雅·南山有台》"南山有台，北山有莱……南山有桑，北山有杨……南山有杞，北山有李……南山有栲，北山有杻……南山有枸，北山有楰……"；再如《小雅·鱼丽》"鱼丽于罶，鲿鲨……鱼丽于罶，鲂鳢……鱼丽于罶，鰋鲤……"。显然，如果没有一定的知识与词汇积累，是无法创作出上述诗歌的。

论及文字，北宋苏轼《东坡志林》有载："无它术，唯勤读书而多为之，自工。世人患作文字少，又懒读书，又一篇出，即求过人，如此少有至者。疵病不必待人指摘，多作自能见之。"杜甫诗"读书破万卷，下笔如有神"，言简意赅，真道理也。

刘铁冷《作诗百法》（2018）曰："初学弄笔，往往病在枯寂。往时《诗腋》《典腋》，曾经分类编排。"《诗腋》《典腋》皆为习学古诗的辞典类工具书，如清《典腋》即《词林典腋》，首先将汉语词汇按门分类，如天文门，时令门，地理门，帝后门等；门下分总，如帝后门下分帝王总、爵禄总等；总下再分，如时令门之时令总下分天、日月、日、春日、夏日等；然后是有关词汇，如"春日"之下有词汇"泥融""沙暖""帘影""杲杲"等。"泥融""沙暖"源于杜甫诗"泥融飞燕子，沙暖睡鸳鸯"，"帘影""杲杲"与春日景象匹配。又如，"鹤"之下有"立鸡群"，与成语"鹤立鸡群"相匹配。"鹭"之下有"一行""上青天"，源于杜甫诗"一行白鹭上青天"。清人汤文璐《诗韵合璧》序言中，称《典腋》为"后学之津梁，诗家之宝筏"，给予很高评价。按"门"分类的方法也被一些后世学者所沿用，如王力（2021）将其用于对仗之法，刘铁冷（2018）将其用于实字词分类。

好诗如同美景，听诗如同旅行。诗歌犹如一部彩色影片，可以借助于各类相关元素烘托主题，如空间、时间、自然、生命、视觉、听觉、触觉、感觉等等。刘铁冷（2018）将字词分为实字类和虚字类，所谓实字，"天地人物，皆实景也。惟其为实景，故无一非实事"。所谓虚字，"诗中所用虚字，全在起头、点眼、折腰、煞尾等处，而大纲不外形容字、衬托字、转捩字三种"。

刘铁冷（2018）实字门分类方法及例词见表4-1（有删减）。表4-2为实字门之外的表征事物特质的例词，以虚字类划分。需要说明的是，此处"实字""虚字"与现代汉语语法中的"实词""虚词"，在概念上相差甚远，前者"实字"的涵盖面远远大于后者。古诗中含有大量古之"虚字"，而现代汉语中所界定的"虚词"通常是不入诗的。

表4-1 实字门

序号	门	例词
1	天文	天 日 月 星 风 云 雨 雷 电 雪 虹 霜 露 雾 晴 阴
2	时令	春 夏 秋 冬 伏 腊 节 年 朔 元旦 寒食 清明 中秋 重阳
3	地理	山 水 土 石 海 河 江 湖 田 野 路 洞 村 市 井 尘 泉
4	乐律	钟 鼓 琴 瑟 磬 笛 箫 筝 歌 舞 琵 琶
5	礼制	饮 射 祭 冠 笄 昏 投壶
6	人伦	祖 父 母 子 孙 舅 姑 嫂 兄 妹 夫 妇 翁 婿 宾主 朋友
7	人事	圣 贤 儒 孝 忠 信 老 寿 富 贵 贫 贱 隐逸 游览 羁旅 离别
8	闺阁	节 美 才 秀 针 线 刀 尺 砧杵
9	形体	首 面 发 眉 目 鼻 齿 口 鬓 肩 心 胸 手 足 臂 言 笑
10	文事	经 史 集 文 诗 赋 词 书 画 笔 砚 墨 纸 贴 金石 印章
11	武备	将 兵 阵 营 甲 戈 弓 矢 剑 刀 矛 槊 戟 弹 枪 炮 旌旗
12	技艺	射 御 农 牧 渔 樵 医 卜 星 相 博 弈 算 秋千 蹴鞠
13	外教	仙 佛 僧 道 寺 观 经 塔
14	珍宝	金 银 铜 铁 锡 玉 璧 珊瑚 玛瑙 玳瑁 琥珀
15	宫室	宫 殿 庙 堂 台 楼 阁 轩 亭 栏 窗 室 园 驿 旅社 邮亭
16	器用	舟 车 床 帘 几 屏 鼎 炉 灯 屏 杯 筐 壶 巾 镜 伞 席
17	服饰	冠 履 衫 带 裳 裤 袜 靴 鞋 裙 帐 幔 被 褥 钗 钏 环
18	饮食	茶 酒 羹 饭 粥 糕 饼 酱 盐 烩 炙 酢 粽 蔬 菜 薪 炭
19	菽粟	稻 粱 菽 黍 稷 谷 禾 麻 秧
20	布帛	布 丝 锦 绣 绫 罗 纱 绢 葛

续表

序号	门	例词
21	草木	芝 萱 蒲 萍 苔 藤 松 柏 柳 槐 桐 枫 桑 竹 兰 蕉 笋
22	百花	梅 杏 桃 梨 榴 莲 荷 桂 菊 牡丹 芍药 蔷薇 茉莉 海棠
23	百果	梅 杏 桃 梨 柿 枣 榛 橘 橙 瓜 藕 葡萄 荔枝 樱桃 枇杷
24	飞禽	凤 鹤 燕 雁 鹊 雀 鸥 鹭 鸠 鸦 鸭 鸡 鹅 鸽 鹦鹉 鸳鸯
25	走兽	麟 虎 豹 象 鹿 麝 犀 马 驴 狐 猿 牛 羊 猫 熊 黑狮子
26	鳞介	龙 蛇 蛟 鱼 鲈 鲫 虾 蟹 龟 鳖 蚌 蛤 螺 蜥 蜴 虾蟆
27	昆虫	蜂 蝶 萤 蝉 蚕 蚁 蚓 蝇 蚊 虱 蟋蟀 蜻蜓 蜘蛛 蝙蝠
28	颜色	青 黄 赤 黑 白 蓝 绿 翠 紫 红 绛 素 玄 丹 朱 碧 乌
29	数目	一 二 三 四 五 六 七 八 九 十 百 千 万 双 两 奇 偶 单
30	干子	甲 乙 丙 丁 戊 己 庚 辛 子 丑 寅 卯 辰 巳 午 未

表 4-2 虚字类

序号	类	例词
1	方位	上 下 左 右 东 南 西 北 前 后 内 外 表 里 旁
2	动作	走 跑 跳 食 喝 舞 打 洗 梳 飞 驻 敢 愿 能 上 下 进
3	声音	鸣 啼 叫 说 言 唱 吟 诵 吠 嘶 吼 啸 听 叮咚 噼啪
4	心理	思 想 喜 怒 哀 乐 愁 怕 怨 爱 怜 恨 厌 嫉 妒 怀念
5	感觉	硬 软 柔 黏 滑 冷 暖 热 烫 脆 韧 深 浅 快 慢
6	味道	酸 甜 苦 辣 咸 鲜 麻 涩 香 馥 臭 芬芳
7	时间	年 月 日 时 分 秒 朝 暮 晚 夜 昼 古 今 周 刻
8	空间	里 丈 寸 时 米 厘 引 升 斗 立方 平方
9	形状	平 斜 圆 方 角 直 弯 曲
11	抽象	勇气 思想 友谊 情操 境界 哲理
12	修辞	叠韵 双声 重字 双拟 顶针 回文

从表 4-1、4-2 的内容可以看出,其分类界限不是很精确,不少字

词可以同时出现在不同门类之中，还有不少门类未列其中。

吟诗作赋乃至作文写信，用词讲究、门类丰富，虽然不是根本道理，至少也能使画面美观。如杜甫诗"两只黄鹂鸣翠柳，一行白鹭上青天。窗含西岭千秋雪，门泊东吴万里船"，按照《作诗百法》之实字有数目门之"两、一、千、万"，颜色门之"黄、翠、青、白"，飞禽门之"鹭、鹂"，草木门之"柳"，天文门之"天、雪"，时令门之"秋"，宫室门之"窗、门"，器用门之"船"，地理门之"岭"。另外，诗内还有声音类之"鸣"，空间类之"里"，方位类之"东、西"，地名类之"西岭、东吴"，动作类之"上、含、泊"。

古诗特别是绝句和律诗，篇幅有限，一字千金，选字用词当一石二鸟，事半功倍。古人喜好用鸟作对，如上述周啸天（2019）所举三个正对案例中，皆有鸟为对。鸟善飞，空间自大；鸟多彩，颜色自多；鸟好鸣，声音自有。黄鹂经常入诗进画，因其形、色、音俱佳。如画中明星黑枕黄鹂：中等大小，形状匀称，姿态优美；羽色黄黑相间，对比强烈，夺人眼球；本为鸣禽，叫声洪亮悦耳，引人入胜。唐人常以枫字入诗，或因叶色、叶形。枫叶色泽绚烂，形态别具一格，秋季由绿转红，可做文人书签。诗中时令，春秋多于冬夏，因其冷暖之间，富于变化。心中之事，愁字独占鳌头，既因词义缠绵，含之难忍，言之难尽，又因字音柔和，笔画匀称。另如蝉、犬暗含鸣吠之声，鹿、马暗含奔腾之势，桂花、茉莉暗含香气袭人，梨花、海棠暗含果实甘甜。

第五章　字字珠玑

第一节　句端

一、圣叹选诗

金圣叹，明末清初人士，著名文学家、文学批评家，才气纵横，性情狂傲，后因触犯清朝朝廷，获叛逆罪被斩首。金圣叹著有《选批唐诗》《选批杜诗》等作品，其选批唐诗的特点不仅在于遴选，更在于批注。其批注着重于揣摩唐人律诗的谋篇布局、起承转合的模式等，对欣赏和研究唐诗有很大的参考价值。他将唐诗七律分为"前解""后解"，分析隐藏在诗句背后的起承转合。

七律为古诗代表，金圣叹选批唐诗热衷于此。周啸天（2019）认为："七律四联亦天然形成起承转合之法，一般情况下首联为起，引起下文；次联为承，承上展开；第三联为转，宕开一笔，有跳跃性；末联为合，为之总结。因此，七律的转笔（第五句）自然将全篇分成前后两个部分，大致三四须跟一二，五六须起七八。金圣叹分解唐诗，即将七律分作前解和后解来讲，就是这个道理。"还有一个道理，从诗音上讲，律诗一二联跟三四联的平仄格律完全相同，也是上下半分。

金圣叹《选批唐诗》开篇之作是杜审言的《春日有怀》，该诗抒发了作者怀友思归之情，表达了诗人对洛阳城万物的眷恋和热爱。杜审言，出身望族，杜甫的祖父，是唐代近体诗奠基人之一。

春日有怀　杜审言

今年游寓独游秦，愁思看春不当春。

上林苑里花徒发，细柳营前叶漫新。

公子南桥应尽兴，将军西第几留宾。

寄语洛城风日道，明年春色倍还人。

直接引用书中批注："当时初有律诗，人都未知云何。看他为头，先出好手，盘空发起，异样才思，浩浩落落，平开二解。

"前解曰：今年不当春。三四承之，便不别换笔，只一直写曰：花亦不当花，柳亦不当柳。盖二句十四字并，更不出'不当春'之三字也。于是遂为一代律诗前解之定式。呜呼，岂不伟哉！

"后解曰：明年倍还春。五六先之，亦更不远出笔，只就势起曰：南桥公子，今虽尽兴，西第将军，已自留宾。然我今不与，便都不算，一齐寄语，都要重还。一直读之，分明只如一句说话。于是又遂为律诗后解之定式。"

金圣叹主要讨论了诗句的起承转合之布局，赞其为"律诗之定式"。但是，仅凭布局、诗义等出色之处便被选为开篇之作，理由似乎不够充分。除了诗义外，没有流畅悦耳的诗音，也是难以成为数百诗选的开篇之作。

在关于英语诗歌头韵的论述中，奥利弗（2020）认为，头韵"严格地说，是一行或多行诗中词语起始音的重复……有时头韵包含词语开头和中间声音的重复"。其所言诗行中"起始音"的重复或相当于汉语诗歌的句首纽押，其"中间声音"的重复或相当于内韵。又，"诗行最重要的是结尾，其次是开头"，因此，诗行韵脚处的尾韵和起始处的头韵，具有更加鲜明的效果。

又，英文"格律诗已经存在了几个世纪，在格律诗出现之前，诗歌就已经依赖于对头韵的严格要求或者轻重音的形式"。属于拼音文字的英语从词形上可以"看"出声音，而属于象形文字的汉字则做不到这一点，或许正是因为这个原因（至少是原因之一），中国古代诗歌理论里似乎没有出现头韵的概念。但是，我们从金圣叹《选批唐诗》以及其他不少古诗名句的案例中可以看出，中国古代诗人并非仅仅注重尾韵而无视头韵，句端纽押特别是句首纽押，至少是某些诗人主动追求的写作技巧。

我们按汉语拼音分析《春日有怀》的句端纽押。

首联，"<u>今</u>年游寓独游<u>秦</u>，<u>愁</u>思看春不当<u>春</u>"。前句首尾二字"今→秦"侧纽押，后句首尾二字"愁→春"本纽押，一联两句首尾四字，皆同句首尾纽押，一侧一本，好音好联。

二联，"<u>上</u>林苑里花徒<u>发</u>，<u>细</u>柳营前叶漫<u>新</u>"。前句首字"上"与前联尾字"春"，隔联变格双声。后句首尾二字"西→新"，中间三字"营→前→叶"，五字两两之间，或本纽押，或侧纽押，且呈对称之势，后句好于前句。

三联，"公子南桥应尽<u>兴</u>，<u>将</u>军西第几留<u>宾</u>"。"兴→将"二字，隔句尾首变格双声；本联尾字"宾"与前联首句尾字"发"，隔联侧纽押。

尾联，"<u>寄</u>语洛城风日道，<u>明</u>年春色倍还<u>人</u>"。前句首字"寄"与前联后句首字"将"，本纽押；后句首字"明"与前联尾字"宾"，侧纽押；后句尾字"人"与二联首字"上"，侧纽押。

八个首字，七字（今、将、寄、细，愁、上，明）音纽成押，八个尾字，亦是七字（秦、新、兴，春，人，发、宾）音纽成押。十六首尾字中十四字纽押，占比约86%，姑且认为属于随机事件的话，那么，八首字中四字（今、将、寄、细）为同组（发音部位相同）纽押，而且每联一字，就应该属于刻意求之了。退一步讲，即便不是刻意求之，作诗者也应反复锤炼，选诗者亦当再三比对。四联八句，韵脚五字为前韵（主韵），句首纽押四字为潜韵（次韵），音色饱满，恰如乐音共鸣之声，几百唐诗之首选，绝非偶然。

诗句之中，首字纽押，便是律之开始，尾字韵押，便是律之了结。诗之纽音，首字之纽当是最为重要。古诗名句之中，首字纽押出现的概率不是很小，可知此律可添诗韵味道。

无独有偶，金圣叹《选批杜诗》开篇之作《游龙门奉先寺》，也是首纽的经典案例。

游龙门奉先寺　杜甫

已从招提游，更宿招提境。阴壑生虚籁，月林散清影。

天阙象纬逼，云卧衣裳冷。欲觉闻晨钟，令人发深省。

该诗为杜甫早年作品，古体七言诗（或称古律），押上声梗部韵。首联平写游龙门后住宿于奉先寺，二、三联细写夜晚景象，尾联抒写听到晨钟后生发深刻警悟。诗中："奉先寺"，佛教之地；"招提"，梵语，泛指寺院或僧房；象纬，星象经纬；虚籁，虚幻音声。游佛教之地，连用两个招提，夜观象，晨闻声，末句因佛而"发深省"。

首联出句首尾字"已→游"，句内首尾本纽押，继而依次有："游→境"，联内尾尾侧纽押，"已→阴"，隔联首首本纽押，"阴→月"，联内首首本纽押，"月→影"，同句首尾本纽押，"月→云"，隔联首首本纽押，"云→欲"，隔联首首本纽押，"欲→省"，联内首尾侧纽押。

同母（y），从首联首字"已"开始，中间首尾字接"游→阴→月→影→云"，最后终止于"欲"字。佛教之本，不就是劝人克制世俗之"欲"吗？一个"欲"字可做多种解释，有明有暗，亦音亦义，令人拍案叫绝。

杜甫一诗四联八个首字，五字（已、阴、月、云、欲）本纽押，又要顾及诗义，又要考虑诗音，难度极大，当是刻意为之。跟其祖父《春日有怀》八首字中四字同组纽押相比，难度明显高出许多。首纽之法，杜甫年轻之时便已炉火纯青，真是天生之才。金圣叹选诗，或是深知此法之妙，或是深感其音之佳，否则不会在两个诗选中采用音律相近的开篇之作。

再看杜甫名诗《登高》，也是句首纽佳作。

风急天高猿啸哀，渚清沙白鸟飞回。

无边落木萧萧下，不尽长江滚滚来。

万里悲秋常作客，百年多病独登台。

艰难苦恨繁霜鬓，潦倒新停浊酒杯。

不少人认为，杜甫《登高》是七律最佳，古今诗论者无不对其顶礼膜拜，特别中间两联对仗句更是令人津津乐道。我们只言首尾用字用音，不再解读诗义。

二联出对句首字"无→不"，同联首首入韵押，一般好音。最为精彩之处有二：其一出于二三联之间，两联出对句首字"无→万""不→百"皆本纽押，纽押之音萧萧而下、滚滚而来，真是登峰造极、绝佳好音。其二出于四联首尾音押，出对句前两字"艰难""潦倒"作叠韵对，"鬓→杯"作尾尾纽押，也是神仙诗法。

古诗之中，不仅有句端纽押，还有句端韵押，也是潜韵的一种特例。韵脚之押或曰尾尾本韵押，是古诗的必然形式，属于主律或前韵，无须细论。

与句端纽押相似，句端韵押，位置重要，同样可以起到调高韵律的潜在作用。同时，由于互押两字间隔较大（特别是七言诗），不易觉察，可避音病之累。句端韵押（含纽押）案例如下。

案例1，刘禹锡《乌衣巷》。

朱雀桥边野草花，乌衣巷口夕阳斜。

旧时王谢堂前燕，飞入寻常百姓家。

此诗大概意思是，抚今追昔，感叹世道沧桑。言其上联，《唐诗鉴赏辞典》说："仅是两个地名——'朱雀桥''乌衣巷'就能唤起多少历史感，唤起多少对昔日繁华的回忆。"言其下联，又言："这是一个特写，黄昏时候燕子归巢的景象。作者看到的是当代民宅，想到的却是古代的豪门。一时凑泊，即景好句中，包含许许多多潜台词。"可以看出，景象和寓意，上下两联大致相同。上联说，昔日繁华之地，如今夕阳野花；下联说，官邸早已易主，飞燕往来民家。"而今天，人们更喜欢用'旧时王谢堂前燕，飞入寻常百姓家'来表达换了人间的意思。所以，这两首诗的引用率一直很高。"

如上述所言"仅是两个地名……就能唤起多少历史感"，朱雀桥和乌衣巷仅仅是两个简单的地名吗？当然不是，它们还是地名对偶的经典之作。"朱"指赤色，"乌"为黑色，皆属颜色门，本为地名，自带颜色。"雀"属飞禽门，"衣"属服饰门，虽然"桥、巷"皆属地理门，有了"朱雀、乌衣"，气象便大大生动起来。于诗音而言，七言近体，声调讲究"二四六分明"，需要平仄更替，所以名对并不是一件容易办到的事情；"雀""衣"皆为第二字，恰好仄平相对，也算难得。

句端韵押更是可圈可点，"朱→乌"同联出对句首首韵押，首首对位韵押，又贵为地名，可遇不可求。"朱、乌"二字，皆平声"虞"部，隔句八字小韵，前韵远隔即是潜韵，险中求胜，好音无疑。仅仅两个地名，用得活灵活现，实乃神来之笔。

二联也有好音，"旧→家"联内首尾本纽押。好音也含好意，如今燕子飞往之处，当是往日豪门"旧家"。义中有音，音中有义，好义好音好诗。

案例2，皇甫冉《送魏十六还苏州》。

秋夜沉沉此送君，阴虫切切不堪闻。

归舟明日毗陵道，回首姑苏是白云。

《唐诗鉴赏辞典》认为："这首送别短章，写得感情深挚而又笔调轻灵，相当别致，历来为人们所传诵……这首诗之所以获得成功，首先是由于它真切地写出了送别时那种令人伤神的环境，通过环境的烘染，把即将离别的愁绪表达得婉转有致……其次，更为巧妙的是，作者用想象中的明天，来和此时的秋夜形成对比，进一步表达了离愁别绪……另外，此诗的情感基调是低沉的，但是读起来却仍然有一种轻灵的感觉，根本原因，就在于结句的精心安排。"

"结句的精心安排"？如何安排？难道仅仅是因为诗义吗？未必。对比结句"回首姑苏是白云"跟同联前句"归舟明日毗陵道"，句首一二字"回首/归舟"，"回→归"邻韵押，"首→舟"侧韵押，同联首首并蒂韵押，十分好音。再看前联出对句，首首"秋→阴"侧纽押，尾尾本韵押（首句入韵），一联诗中首纽尾韵，经典音法。

案例3，岑参《白雪歌送武判官归京》（选句）。

北风卷地白草折，胡天八月即飞雪。

忽如一夜春风来，千树万树梨花开。

这是边塞诗人岑参歌行诗的前两联，有诗评者认为，二联"忽如一夜春风来，千树万树梨花开"是作者的代表诗句。诗人用看似轻松的笔墨描写了塞外八月飞雪的悲壮场景，体现了诗人的浪漫主义精神。然而，仅凭诗义就可以成为一个著名诗人的代表句，应该是远远不够的，好诗义需要好诗音来衬托。

次联中，出句"忽如"（叠韵），与对句两"树"构成并蒂叠韵，虽不是典型的首首韵押，但效果亦然。另外，出句"忽如"叠韵之后紧接"一夜"双声，对句"千树万树"之"千→万"隔字叠韵。反复出现的双声叠韵增加了诗音的流畅性，但是，太过流畅却难以表现"忽如"的诗义。出句中的"春→风"，对句中的"花→开"，通过口形适当的变化，起到了适当阻断语流、增强跳动感的作用，行而有止，动而有静，大师手法。

案例4，王昌龄《出塞》。

秦时明月汉时关，万里长征人未还。
但使龙城飞将在，不教胡马度阴山。

明人王世贞曰："李于鳞言唐人绝句当以'秦时明月汉时关'压卷，余始不信，以少伯集中有极工妙者。既而思之，若落意解，当别有所取。若以有意无意可解不可解间求之，不免此诗第一耳。"或是说，此诗在绝句中，若论技艺，尚且不够压卷；若论意境，或许可称第一。意境当是仁者见仁，诗音如今也是有据可查。

首联对句，"万→还"，句内首尾斜韵押。尾联，"但→山"，联内首尾斜韵押。其他潜韵，不再细论。两联诗句，前联句内首尾韵押，后联联内首尾韵押，对李攀龙"压卷"之论不无贡献。

案例5，王绩《野望》。

东皋薄暮望，徙倚欲何依。
树树皆秋色，山山唯落晖。
牧童驱犊返，猎马带禽归。
相顾无相识，长歌怀采薇。

《唐诗鉴赏辞典》认为，此诗"在唐诗的星空中似乎并不耀眼，却是所有唐诗选本的必选之作，也每为文学史家提及……好在本色、率真、自然朴素，更难得的是诗中有一股飒爽之气、飘逸之致与疏朗之美……最精彩的是'树树皆秋色，山山唯落晖'一联，气势阔大，风格遒劲"。

此五言诗，二三四联皆有好音，十分难得。二联之"树树→山山"，既是重字对，又是首首纽押，不负精彩之名。三联后有介绍，不再赘述。四联出对句前二字"相顾/长歌"，"相→长"六字隔句首首本韵押，"顾→歌"六字隔句对位本纽押，连珠韵押接纽押，堪称巧音。

案例6，元稹《离思》选句。

    曾经沧海难为水，除却巫山不是云。

周啸天等《唐诗鉴赏辞典》（2012）认为，此联诗句"脍炙人口。首先是很有气势，又是沧海，又是巫山，而且朗朗上口，让人一读就喜欢"。笔者认为，朗朗上口的要点不是"沧海""巫山"，而是两句首首之"曾经→除却"。出对句一字"曾→除"邻纽押，出对句二字"经→却"侧纽押，巧用纽押，不露痕迹，前后句难分难舍，妙不可言。

案例7，苏轼《水调歌头》（词，选句）。

    但愿人长久，千里共婵娟。

首尾对称双字"但愿→婵娟"，"但愿"变格叠韵（斜韵押），"婵娟"正格叠韵；"婵娟"与"但愿"互为斜韵押。出对句尾部双字"长久→婵娟"，"长→婵""久→娟"并蒂对位纽押。朗朗音色，天上歌声，句端双押，难以超越。需要说明的是，后句"千、婵娟"三字皆平声"先"韵部，为诗则犯大韵病，为词、歌则属本身风格。

案例8，汤显祖《牡丹亭》（曲，选句）。

    良辰美景奈何天，赏心乐事谁家院。

句中成语源于谢灵运："天下良辰、美景、赏心、乐事，四者难并。"瞿蜕园（2016）有言，两句"确是曲而不是词"。曲词之分，依据何在，作者未做解释。

使音用韵，词宽于诗，曲宽于词。此文为何是曲？其一，前后句一二字"良辰/赏心"，"良→赏""辰→心"，并蒂叠韵。其二，前后句尾字"天→院"，联内尾尾侧韵押。再者，"良辰美景""赏心乐事"已为成语，读来容易成4｜3音步，或成断句。断句本是词曲特点，加之句端韵押不断，节奏超强，韵律十足，比词更可歌。

案例9，其他。

不少今人喜欢唐琬的《题龙阳县青草湖》："西风吹老洞庭波，一夜湘君白发多。醉后不知天在水，满船清梦压星河。"除了诗义形成共鸣之外，诗音也应是重要原因。既然今人喜欢，便用今音分析。首联，出对句首首"西→一"本韵押，尾尾"波→多"本韵押，酣畅淋漓。尾联，出句"醉→水"，句内首尾侧韵押，人醉音也醉。

苏轼《题西林壁》："横看成岭侧成峰，远近高低各不同。不识庐山真面目，只缘身在此山中。"也备受今人喜欢。按照普通话，第一、三、四句，皆为首尾音押（一韵两纽），读者可自行分析。

一首诗中，句端音押没有定式，可为句端纽押，可为句端韵押，也可二者兼而有之。对于诗之潜韵而言，纽押特别是变格纽押，节奏柔和，更为隐蔽，当用无妨；韵押容易察觉，讲究恰到好处、适可而止，否则歌味太浓，除非刻意为之。纽押谨防正纽，韵押谨防大韵，句端音押（韵脚除外），变格更好。

二、唱和贾至

作诗与别人相互酬答，谓之唱和。贾至作《早朝大明宫呈两省僚友》诗并得到了王维、杜甫、岑参等著名诗人的唱和，是一个另后人津津乐道的经典案例。大明宫是大唐帝国的正宫，位于唐朝京师长安。早朝是宫廷议政的程序，既是国家大事，也是皇家门面，早朝诗则要求景象盛丽威严，语言典雅端庄。贾至是当时有名的文人之一，官至中书舍人，负责为皇帝起草诏令，文风当属典范。贾至作《早朝大明宫呈两省僚友》时，长安收复不久，皇帝返京，因而是大乱之后的早朝，人们心情激动，纷纷祝贺讴歌。

贾至之早朝诗，描写了百官上朝的场面，突出了皇宫豪华的气派以及百官上早朝时严肃隆重的场面，政治色彩很浓。王维、杜甫、岑参之唱和诗，无非也都是歌功颂德，交口赞誉，本处不再细论，只讨论句端音押。

早朝大明宫呈两省僚友　贾至

银烛熏天紫陌长，禁城春色晓苍苍。
千条弱柳垂青琐，百啭流莺满建章。
剑佩声随玉墀步，衣冠身惹御炉香。
共沐恩波凤池上，朝朝染翰侍君王。

和贾至舍人早朝大明宫之作　王维

绛帻鸡人报晓筹，尚衣方进翠云裘。
九天阊阖开宫殿，万国衣冠拜冕旒。
日色才临仙掌动，香烟欲傍衮龙浮。
朝罢须裁五色诏，佩声归向凤池头。

奉和贾至舍人早朝大明宫　杜甫

五夜漏声催晓箭，九重春色醉仙桃。
旌旗日暖龙蛇动，宫殿风微燕雀高。
朝罢香烟携满袖，诗成珠玉在挥毫。
欲知世掌丝纶美，池上于今有凤毛。

奉和贾至舍人早朝大明宫之作　岑参

鸡鸣紫陌曙光寒，莺啭皇州春色阑。
金阙晓钟开万户，玉阶仙仗拥千官。
花迎剑佩星初落，柳拂旌旗露未干。
独有凤凰池上客，阳春一曲和皆难。

当时，王维官位跟贾至平级，诗名取字"和"，杜甫、岑参官位低于贾至，诗名取字"奉和"。在唱和贾至的唐诗中，似乎只有王维、杜甫、岑参诗保留了下来，《唐诗三百首》中收录了王维、岑参的唱和诗。作为诗选者，参照诗义是主观因素，参照诗音是本能因素，从成千上万篇诗作中精挑细选，诗音对其的影响未必小于诗义。

以上四首诗中，诗句首尾字音之间频繁出现的音押，当是重要的诗音特征，如：王维"绛帻鸡人报晓筹……九天阊阖开宫殿"，首首本纽押；杜甫"欲知世掌丝纶美，池上于今有凤毛"，尾尾本纽押；岑参"花迎剑佩星初落，柳拂旌旗露未干"，尾首隔句双声；贾至"共沐恩波凤池上，朝朝染翰侍君王"，尾尾侧韵押；王维"绛帻鸡人报晓筹，尚衣方进翠云裘"，首首邻韵押；杜甫"旌旗日暖龙蛇动，宫殿风微燕雀高"，尾首隔句叠韵；王维"九天阊阖开宫殿，万国衣冠拜冕旒"，首尾侧韵押。表5-1是上述四首唱和早朝诗之首尾字音押的统计情况。

表5-1　唱和早朝诗首尾字音押统计

诗人	纽押（本、邻纽押）	韵押（出句押韵不计）
贾至	银衣/长苍/禁剑/章朝/百步/琐上 75%（12/16）	银禁/上 27%（3/11）
王维	绛九/筹朝/殿动 38%（6/16）	绛尚香/九/殿万/日佩/朝诏 91%（10/11）
杜甫	箭九旌/宫高/美毛 45%（7/16）	五欲/九袖/动宫/朝/诗美池 83%（10/12）
岑参	鸡金/寒户花/莺玉阳/阑落柳/宫干 81%（13/16）	户玉独 27%（3/11）

从表5-1中的统计数据可以看出，贾至、岑参采用了大量句端纽押，杜甫、王维则采用了大量句端韵押。对于一首七律诗而言，首尾字出现音押的概率并不是很小，但是像贾、岑诗高达约80%的纽押，像杜诗出现约80%的韵押特别是王诗出现高达约90%的韵押，应该不属于随机事件，大概率可被认定为刻意为之。从上述句端纽、韵押情况分析，诗人们对于八病还是比较在意的，特别是大韵、正纽之病。表5-1的统计数据，虽然不能完全反映唐音的真实情况，但是至少可以反映后人对诗音的感觉——既然它们被后人作为好诗流传至今，诗音无疑起到了重要作用。

附表3、4、5，是笔者从《唐诗三百首》、中小学生语文教材以及日常收集的五七言古诗中，挑选的句端音押的诗句。从这些诗句也可以看出，很多名诗句采用了这种写作技巧。

三、王维窃句

《诗人玉屑》曰:"唐人记'水田飞白鹭,夏木转黄鹂'为李嘉佑诗,摩诘(王维)窃取之。非也,此两句好处正在添'漠漠''阴阴'四字。此乃摩诘为嘉佑点化,以自见其妙。"本是五言,却要平添两字点化为妙,然而妙在何处,书中没有答案。有人认为,杜牧七言诗《清明》当为五言,每句前两字皆可省略;然而,若是照此改过,细细品来,虽然诗义改变不大,但是味道却大不如前。古诗一字千金,下笔不可拖泥带水,为何五言能够说清楚的事情,杜牧下笔非要七言才算作罢。同理,本是五言之诗,王维为何添字点化,其中当有道理。

按照沈约"上二下三"观点,五言诗的标准音步是2｜3搭配。但是,从诗义上讲,当然还有其他结构,如《诗人玉屑》给出的"上三下二"例句有:"夜店寒无客,风巢动有禽","似梅花落地,如柳絮因风","送终时有雪,归葬处无云"。

对于讲究韵律的诗歌而言,音步安排不可以照搬诗义结构,否则读起来可能韵律失衡。如"似梅花落地"诗义上的[3+2]结构,诗音节奏也只能选择2｜3音步即"似梅｜花落地",或2｜2｜1音步即"似梅｜花落｜地"。如此选择,诗义会因为与音步不能同步而使人感到混乱,但总比选择3｜2音步即"似梅花｜落地"这种头重脚轻的诗音好得多。正如冯胜利(2009)所言,对于句后三字,不管是独立音步还是2｜1音步,在诗音节奏范畴内,都属于同一个"超音步"。此处的2｜1音步,只是超音步内的两个亚音步组合,其音步之间的停顿也明显小于正常音步。

从句后三字的诗音上讲,像"白鹭飞"这类诗义结构的配置,其诗音既可以是3音步,也可以是2｜1音步。诗义结构配置如"飞白鹭",只能是独立音步,如果选择2｜1音步,诗义同样会因为不能同步于音步而使人感到混乱。

也就是说,不管诗义结构如何,五言诗诗音的合理音步是"上二下三"。"下三"既可以是3音步,也可以是两个亚音步组合的2｜1音步。

诗音节奏是讲究平衡的，五言音步"上二下三"的配置，符合语言前轻后重的普遍规律，三音节的超音步是用来配重的，因为三音步总是要"重"于两音步。如果五言诗是 2 ｜ 3 音步，那么七言诗就是 2 ｜ 2 ｜ 3 音步。五言超音步字数占全句的 60%，七言诗则为 43%，显然，五言诗对句后三字的节奏更为敏感。因此，我们不禁要问，既然是用来配重的，3 音步与 2 ｜ 1 音步相比，哪个配重更大。

为了讨论方便，诗音既可以是 3 音步也可以是"2 ｜ 1"音步的句型，称为 A 类句型。诗音只能是 3 音步的句型，称为 B 类句型。

具体分析如下。

漠漠水田飞白鹭，阴阴夏木啭黄鹂。

此为王维七律诗《积雨辋川庄作》的第二联，句后五字或引用他人五言诗句，该诗表现了诗人在乡下幽居时的情景和心志。金圣叹认为，作诗不应无故写景，"漠漠"一句言劳作辛苦，"阴阴"一句言时间漫长，此乃悲观者眼中景象。《唐诗鉴赏辞典》认为这是描绘田园风光，令人心旷神怡，此乃乐观者眼中景象。笔者认为，"漠、阴"皆有朦胧之意，或为淡漠者眼中景象。然而，不管诗人眼中是何种景象，后五字直接引用他人诗句，不应该仅仅是为了添上两字而点化意境。

清人刘熙载《诗概》言："'河水清且涟''闲关车之辖'，皆五言，且皆是上二字下三字句法，而意有顺倒之不同。诗无论五七言及句法倒顺，总须将上半句与下半句比权量力，使足相当。不然，头空足弱，无一可者。"也就是说，无论五言和七言，无论其句法是倒是顺，都必须注意重心平衡，不可头空（尾大不掉），也不可足弱（头重脚轻）。

美国心理学家摩尔《国王　武士　祭司　诗人》（2018）认为，诗人"非常耽于感官享受……无论什么事，他都能从审美的角度来感受"，越是纯粹的诗人，这种倾向性表现得越强。或许，王维曾经认为"水田飞白鹭，夏木啭黄鹂"美感不足，比权量力失衡，恰好眼前再现了诗中景象，于是提笔各加两字予以点化。此联诗句的前后两句在结构上是相同的，我们仅以前句为例讨论。

"水田飞白鹭"，后三字的诗音节奏只能是独立音步，属于 B 类句型。

如果将诗句改为"水田白鹭飞",后三字的诗音节奏既可以是 3 音步也可以是 2｜1 音步,属于 A 类句型。

相对于"水田飞白鹭","水田白鹭飞"在听觉上韵味似乎更浓一些,或者说在节奏上更加舒展均衡一些。若将五言改为七言"漠漠水田飞白鹭",减弱了后三字的比重,诗音也会更加舒展均衡。

诗人"对物质世界的精彩景象有着强烈的感觉和敏感性"(摩尔,2018),即便是出于本能,不管诗义结构对诗音的影响如何,还是 3 音步与 2｜1 音步有什么区别,一定都会反映在对物质世界极为敏感的诗人笔下的作品之中。

春晓　孟浩然

春眠不觉晓,处处闻啼鸟。

夜来风雨声,花落知多少。

此诗写于诗人隐居之时,声情并茂,脍炙人口,流传千古,备受文人推崇。以声为媒,倒叙文法,先写今晨啼鸟之声唤起梦中之人,后写昨夜风雨之声带来花落多少。有人说这是鸟语花香,景色怡人,笔者不敢苟同。鸟语不宜聒噪,此声未必动听,落花不再芳香,此景未必欢愉。风雨来而花落去,或是正解之道。愁绪藏于景色之中,也是诗人惯用手法。

《春晓》之诗义结构也是中规中矩,句后三字,ABAB,出句皆为 A 类,对句皆为 B 类,每联自成体系,诗音如流水涓涓,可圈可点。

登鹳雀楼　王之涣

白日依山尽,黄河入海流。

欲穷千里目,更上一层楼。

语句朴实无华,诗义富有哲理,大有谚语之功效。诗义催人上进,彰显正向能量,备受古今喜爱。两联诗句,皆为对仗诗句,前用呼应对,后用流水对,似在教人如何写诗,当是小学生蒙教佳品。

句后三字,AAAA,四句皆为 A 类句型,节奏简简单单,欢快明了。

静夜思　李白

床前明月光,疑是地上霜。

举头望明月,低头思故乡。

此诗家喻户晓，妇孺皆知，诗义不再赘论。句后三字，AABB，语言平实轻快，节奏稳稳当当。

根据笔者初步统计，古人五言诗后三字之句式似乎有以下倾向：（1）A类句与B类句交换使用；（2）具有A类在前、B类在后的倾向，特别是诗之末句。

A前B后，似乎只是一种倾向，但对于一些案例来讲，或许是刻意为之，如杜甫《游龙门奉先寺》、李白《静夜思》等。A类句与B类句的关系，呈现出对仗句与散句相类似的规律，说明在诗音上，A类句应该轻于B类句，也应该更容易记忆。

《沧浪诗话》认为："律诗难于古诗，绝句难于八句，七律诗难于五律诗，五言绝句难于七言绝句。"也就是说，对于近体诗而言，五绝最难，其次是七绝、七律、五律。五绝难于何处，重心或是其一。

根据对仗句韵律优于散句的规律，我们是否可以认为：五言后三字，A类句的韵律优于B类句呢？笔者不敢断言。需要强调的是，诗歌追求的是整体美，节奏要适当变化，不可一味追求所谓的最佳状态。即便是A类句的韵律优于B类句，如果独选A而放弃B，没有变化和对比，诗音反而会显得单调乏味。

四、杜牧用音

王维句加"漠漠""阴阴"，改五言为七言，或许是为了求取音节平衡。而杜牧七言绝句《清明》不宜改成五言，句端音押至少是原因之一。

清明时节雨纷纷，路上行人欲断魂。
借问酒家何处有，牧童遥指杏花村。

《清明》一诗，写景平实温和，不急不慢，如一幅淡雅的水墨画，朦胧主体画面之中，隐约感觉到远处的些许花酒之香。

两联四句，首尾八字，三字入韵（首句押韵），其余五字，诗音皆有交代。"清""借""有"互为变格双声（侧纽押）；"路""牧"互为变格叠韵（入韵押）。该诗用词平淡无奇，用音娓娓好听，若改五言，必大煞风景。

变格双声，节奏柔和，隐蔽性强，在其他文体中也可放心使用，中小学生若懂此法，作文打分或有提升。再如杜牧绝句《赠别》次联"蜡烛有心还惜别，替人垂泪到天明"，首首二字"蜡、替"皆齿音，尾尾二字"别、明"皆唇音。诗音暗含节奏，不知此法者或感神秘莫测。

有关《清明》作者的归属问题，学界尚有争论。《清明》是否为杜牧所作，用韵便是焦点之一。在平水韵中，首句尾字"纷"属"文"韵部，韵脚之"魂、村"则属"元"韵部。如果该诗为杜牧所作，他会因为粗心大意而错用诗韵吗？

在唐代顶级文人中，杜牧是少有的长安生人。唐韵主要取京都长安音，也就意味着这也是杜牧的乡音，因此，杜牧是听着、学着、说着京都"普通话"长大的。从这一点上讲，杜牧用音要比杜甫、李白、李商隐、孟浩然、白居易、韩愈、柳宗元等"外乡人"更轻松自然一些，对韵律的把握更准确一些，当然出错的可能性也应该更小一些。

正是由于上述原因，日本学者大岛正二在其《唐人如何吟诗》（2021）之作中，主要取杜牧诗作为讨论汉语古代诗音的案例。书中写到："杜牧二十六岁中了进士，这是他踏上仕途的第一步，由此我们可以认为他的少壮年时期都是在长安度过的。一般认为，从三四岁能记事开始到青春期的十年左右的时间，是一个人能够完全掌握一门语言的时期，即语言形成期。所以杜牧是真正有条件用长安音作诗的诗人。"

对于近体诗而言，首句尾字不入韵者当取仄声字，入韵者当与其他韵字同韵部，本诗不依此法。也有观点认为，首句尾字入韵，其韵部可取联末韵字的邻韵，本诗符合此法。退一步讲，不管《清明》是否为杜牧所作，其用音风格确与杜牧十分相似。

《清明》短短四句，除了韵脚押韵之外，句端兼含纽押和韵押，大有对称之美。杜牧《赤壁》诗，也符合这个特点。

　　折戟沉沙铁未销，自将磨洗认前朝。
　　东风不与周郎便，铜雀春深锁二乔。

前联，出对句首首二字"折→自"隔句变格双声，斜纽押。后联，出对句首首二字"东→铜"既是侧纽押，又是本韵押。轻风细雨，行云流水，手法高级，令人陶醉。

孟浩然《春晓》同样具备上述特点，诗音则显得更加华丽一些。

春眠不觉晓，处处闻啼鸟。
夜来风雨声，花落知多少。

前联，二首字"春→处"，隔句本纽押；二尾字"晓→鸟"本韵押（首句押韵）。后联，二首字"夜→花"，隔句侧韵押；尾字"声→少"，隔句本纽押。前联首纽尾韵之押，后联首韵尾纽之押，精致考究。特别是后联，一联之内，纽韵双押，神仙句法，难怪好诗之人对此推崇备至。

需要说明的是，"夜"在平水韵中与"驾""下"同韵，属"祃"韵部，与"花"互为侧韵押。

一联句端纽韵双押者，还有：

望天门山（选句） 李白

两岸青山相对出，孤帆一片日边来。

首尾二字"两→来"本纽押，中间二字"出→孤"入韵押。

宫中行乐词（选句） 李白

山花插宝髻，石竹绣罗衣。

首首二字"山→石"本纽押，尾尾二字"髻→衣"斜韵押。

武侯庙（选句） 杜甫

犹闻辞后主，不复卧南阳。

首尾二字"犹→阳"本纽押，中间二字"主→不"入韵押。

乐游原（选句） 李商隐

夕阳无限好，只是近黄昏。

首首二字"夕→只"入韵押，尾尾二字"好→昏"本纽押。

南宋杨万里《诚斋诗话》有云："五七字绝句最少，而最难工，晚唐人与介甫（王安石）最工於此。如李义山忧唐之衰云：'夕阳无限好，其奈近黄昏。'"此联对句前二字，为何是"其奈"而非我们常见的"只是"呢，笔者不解。但是从诗音上讲，"其奈"优于"只是"，对于今人更是如此，读者可自行解读。

其他还有：

逢雪宿芙蓉山　刘长卿

日暮苍山远，天寒白屋贫。

柴门闻犬吠，风雪夜归人。

中间四字，"天→远"斜韵押，"吠→风"正纽押；四角之字，"日→柴"侧纽押，"贫→人"本韵押（韵脚），"日→人"本纽押。举重若轻，手法独特。

题三会寺仓颉造字台　岑参

野寺荒台晚，寒天古木悲。

空阶有鸟迹，犹似造书时。

中间四字，"晚→寒"斜韵押，"迹→犹"侧纽押。

古人句端音押诗句，若不求四句纽韵双押以及对称结构，可谓比比皆是，数不胜数，部分案例已经在附表3、4、5中列举，本处不再赘述。

第二节　音辨

一、名流论诗

（一）一字工妙

《诗人玉屑》曰："诗以意义为主，文词次之；意深义高，虽文词平易，自是奇作。"有人论诗，重诗义而轻诗音，诗义翻来覆去，总是区区几副模样。然而，音不伴，形不侣，即便"意深义高"，也难视为"奇作"，除非意、义皆奇。若论表达意义，文赋皆不输于诗歌，若论声音精妙，文赋必定甘拜下风。正如伯特《别去读诗》（2020）所言："在有文字系统的文化中，同样的特质使得诗歌更令人难忘，因为听觉使它更容易被记录和重读。"听觉是诗歌重要组成部分，不可等闲视之。

《诗人玉屑》又曰:"诗句以一字为工,自然颖异不凡,如灵丹一粒,点铁成金。浩然云:'微云淡河汉,疏雨滴梧桐。'上字之功在一'淡'字,下句之功在一'滴'字。若非此两字,亦焉得为佳句也哉……足见吟诗要一两字功夫。"

"微云淡河汉,疏雨滴梧桐。"是孟浩然绝句《句》的首联,其大意是,苍空下微云数片,桐叶上雨水几滴,描写了云将散未散、雨将停未停的临界状态,此时景色,最为清新灵动。据说该诗深受王维赞赏,细细品来,与王维风格确有几分相似之处。"淡、滴"被认为是诗眼,有画龙点睛之妙。"淡、滴",其音互为双声,其形皆为"氵"旁,且二字均位于诗句中位,岂能不妙。换其一字,音形未必关联,很难还是佳句。

又:"李太白诗'吴姬压酒唤客尝',见新酒初熟,江南风物之美,工在'压'字。老杜画马诗'戏拈秃笔扫骅骝',初无意于画,偶然天成,工在'拈'字。柳诗'汲井漱寒齿',工在'汲'字……老坡尤爱'轻燕受风斜',以谓燕迎风低飞,乍前乍却,非'受'字不能形容也。"我们依次分析。

"吴姬压酒唤客尝"是李白七古《金陵酒肆留别》首联对句,出句是"风吹柳花满店香"。其大意是,室外风吹柳花,室内满店酒香,吴姬(原指吴地女子,此处指酒家侍女)压酒请客人们品尝。为何是"压",为何要"尝",当然另有讲究。压酒,是黄酒酿造工艺中的一个环节,通过挤压过滤将酒糟等固体物与酒液分离,压出来的酒就是生酒(新酒),所以是"见新酒初熟"。冬天投料开酿,自然条件下低温发酵(味道更好),春季(风吹柳花之时)压出新酒,北方不行,所以是"江南风物之美"。新酒初熟,唤来酒客品尝,听听他人意见,好一番热闹景象。生酒不可久留,否则酒液继续发酵,味道转差。因此,还有后续工艺,如煎酒(加热消毒)、入坛储存陈化等,方得醇熟好酒。此时的"金陵酒肆",客人们尝的是新酒之味,店里面飘的是新酒之香。与熟酒相比,新酒味觉、嗅觉、口感未必更好,但是,一年四季仅不多几日才有新酒可尝,好酒之徒,要的就是这个感觉和兴致。一个"压"字,道出了别样风情，称其为"工"，当之无愧。若不是亲临其境，若不是眼光独到，若不是爱酒如命，怎么会想到用"压"字入诗。

其字用得好，"意深义高"，"文词平易"，堪称"奇作"。诗音也不含糊，一联十四字中，七字（压、花、酒、柳、满店、唤）韵押，四字（姬、酒、尝、吹）纽押。

称李白"吴姬压酒唤客尝"工在"压"字，或许与诗音关系不大，但是，称杜甫"戏拈秃笔扫骅骝"工在"拈"字，大概率与诗音有关。此句诗为杜甫《题壁画马歌》第二联前句，后句为"欻见麒驎出东壁"。骅骝，赤红色骏马；麒麟，中国传统瑞兽，常喻德才兼备之人；欻，多音字，此处今音当读 xū，指突然。此联诗的大意是，（韦氏，善画马）随手捏起一支秃笔肆意涂画骏马，刹那间两只麒麟（后句"一匹龁草一匹嘶"可解）跃然于东壁之上。此处东壁，或指"东壁二星，主文章，天下图书之秘府也"（《晋书·天文志上》）。麒麟两只、东壁二星，或喻画者韦氏与诗者杜甫本人。

后句首字"欻"，当属奇字，用之有疑。高手作诗，以平文易词取语深义高，字奇而意平，尽量避之。杜甫选择此字，当是为了取其音纽。出、对句之前二字"戏拈 / 欻见"，"戏→欻"联内首首本纽押，"拈→见"隔句对位准韵押（今音韵押，古音不是），当是刻意为之。一个"欻"字，足见杜甫胸中笔墨之浩瀚无边，后人望尘莫及。陆游教子学诗曰："诗为六艺一，岂用资狡狯。汝果欲学诗，工夫在诗外。"习诗作词乃至天下所有学问，不可自作聪明，亦不可就事论事，当把功夫下在他山之玉的渊博知识之上。

柳宗元之"汲井漱寒齿"，"汲→井"句首双声，"汲→齿"首尾韵押。后句为"清心拂尘服"，"汲→清"联内首首侧纽押，皆"氵"旁。工在"汲"字，或因其一字多用。

杜甫"轻燕受风斜"，为何让老坡（苏东坡）尤爱，为何非"受"字不能形容？或与前句"远鸥浮水静"之"浮"字有关。"受→浮"侧韵押，皆居诗句中位。此手法与孟浩然"微云淡河汉，疏雨滴梧桐"之中位双声，殊途同归。

（二）元美论诗

明人王世贞（字元美）《艺苑卮言》言："王少伯：'吴姬缓舞留君醉，随意青枫白露寒。''缓'字与'随意'照应，是句眼，甚佳。"从诗音上讲，"缓"字与韵脚"寒"字，既是侧韵押，又是正纽押，故佳。

又："李君玉云'玉鳞寂寂飞斜月，素手亭亭对夕阳'，大有神采，足为梅花吐气。"此联诗句，诗音压过诗义，更加神采：首首二字"玉→素"入韵押；出对句后三字"飞斜月／对夕阳"，"飞→对"侧韵押，"斜→夕""月→阳"并蒂三连叠韵双声，十分精妙。诗人得此两句，一生足矣。

又言，许浑"'湘潭云尽暮烟出，巴蜀雪消春水来'，大是妙境。然读之，便知非长庆以前语"。后人将出句之"烟"改作"山"，或因"山"与对句"水"为对位纽押，诗音更好。即便不改，同样大是妙境。前后句对位三四字"云尽／雪消"："云→雪""尽→消"皆侧纽押，好音。

又："白（居易）极重刘（禹锡）'雪里高山头早白，海中仙果子生迟'，'沉舟侧畔千帆过，病树前头万木春'，以为有神助。此不过学究之小有致者。"虽然王世贞不赞同白居易的观点，但是，不妨碍"沉舟侧畔千帆过，病树前头万木春"成为千古名句。"沉→春"联内首尾本纽押，前后句"千→万"对位斜韵押等，确有神助。

又："（贾）岛诗：'独行潭底影，数息树边身。'有何佳境，而三年始得，一吟泪流。"粗看诗义，似无佳境，细品韵律，当有佳音。出对句前二字"独行→树息"，对位韵押接纽押。不管是佳境还是佳音，既然被众人津津乐道，必有合理解释。

以上诗句，或佳，或神，或丽，或妙，首先归功于诗义，而诗音佳妙或诗形美观，当是锦上添花。

（三）荆公改字

王安石（荆公）《泊船瓜洲》改字，另人啧啧称赞。南宋洪远《容斋随笔》言："王荆公绝句云：'京口瓜洲一水间，钟山只隔数重山。春风又绿江南岸，明月何时照我还。'吴中士人家藏其草，初云'又到江南岸'，圈去'到'字，注曰不好，改为'过'，复圈'去'而改为'入'，旋改为'满'，凡如是十许字，始定为'绿'。"

《泊船瓜洲》，首联写景，写的是自己家乡；次联明志，明的是解甲归田。诗歌以义为主，诗音只是锦上添花，锦若不佳，添花则徒劳无功。《泊船瓜州》为何选择"绿"字？首先诗义更好。相比其他字选，"绿"字既表示动作，又表示颜色，诗义饱满。

顾随（2015）言："曰形者，借字体以辅义是。故写茂密郁积，则用画繁字。"王安石选择"綠"字，或许还与笔画有关。"春风又綠江南岸"，"綠"字笔画最繁，位于七字之中，明示"綠"之重要。若论诗音，"綠"字音亮最低，声调仄而不平，或喻春天不期而至。笔画繁简，一目了然；音亮高低，难辨其详。笔画最繁，音亮最低，或关乎于诗者心志，身陷江湖，心系庙堂。言其欲回家乡，时不可待，实则难弃官场，自我排解。

《容斋随笔》又语："王荆公集古《胡笳词》一章云：'欲问平安无使来，桃花依旧笑春风。'后章云：'春风似旧花仍笑，人生岂得长年少？'二者贴合，如出一手，每叹其精工。其上句盖用崔护诗，后一句久不见其所出。近读范文正公《灵岩寺》一篇云：'春风似旧花犹笑。'以'仍'为'犹'，乃此也。"都是桃花春风，王安石引句作诗，为何直接引用崔诗"桃花依旧笑春风"，而将范诗"春风似旧花犹笑"中的"犹"改为"仍"呢？

荆公改字，"犹""仍"二字区别何在？仍字，"仍→生"前后句对称之位，既是邻韵押，又是斜纽押，已经好音；"仍→人"本纽押，"仍→春、似、长、少"或侧纽押或斜纽押。"仍"，余十三字中六字有音押，"犹"字不如。

北宋沈括《梦溪笔谈》曰："古人诗有'风定花犹落'之句，以谓无人能对。王荆公以对'鸟鸣山更幽'。'鸟鸣山更幽'本宋王籍诗，原对'蝉噪林逾静，鸟鸣山更幽"，上下句只是一意；'风定花犹落，鸟鸣山更幽'则上句乃静中有动，下句动中有静。"王安石将两诗集合后，不仅比王籍原作诗义更佳，而且诗音更顺，尤其是"定→鸣"对位斜韵押，节奏更好。

（四）顾随论诗

人心、字音、字形乃至词义，今日与古时已经大不相同，今人对诗义、诗音、诗形的感觉也定与古人相差不小。学今人诗论，当选高手大家之言。高手论诗，言必由衷，总有自己观点。笔者等俗心小家，常常人云亦云，凡遇名家名句，不知就里也要赞美几句，毫无营养。对于古诗而言，如果不是刻意探求古音古字，今人会本能地用母语和简化字聆听诗音和观看诗形，高手或许也难免于此。为此，我们可用今音今字分析今人高手之诗论。

顾随，河北人，虽生于清末，但长于近代，应该算是今人。顾随"莫要于义，莫易于形，莫艰于音"之观点，至今依然是诗坛之经典金句。

顾随（2015）认为，黄庭坚《下棋》"心似蛛丝游碧落，身如蜩甲化枯枝"不是甚好，言："字有锤炼，而诗无结响……表现技巧，而内容浅薄……功夫到家反而减少诗之美。"作者虽言该诗文辞华丽而诗义寡淡，但又不止一次以此诗为例讨论问题，该诗必有独特之处。如："心→身"为首首韵押，可称好音；"似→丝"音步尾近音押，"丝→枝"隔句十一字本韵押兼斜纽押，同样不错；对句"如→枯"同句二六位对称邻韵押，依然好音；十四字，除主语"心、身"之外，不用一个鼻音，暗喻心无旁骛，身不由己，棋手凝于棋局之中。虽"内容浅薄"，但音色佳好，仍可让人流连忘返。

顾随极力推崇钱起《湘灵鼓瑟》之"曲终人不见，江上数峰青"，曰："若不懂此二句，中国诗一大半不能了解。此二句是混沌，锤炼是清楚。"朱光潜也喜欢这两句诗，《朱光潜全集》（1987）有言："我爱这两句诗，多少是因为它对于我启示了一种哲学的意蕴，'曲终人不见'所表现的是消逝，'江上数峰青'所表现的是永恒。可爱的乐声和奏乐者虽然消逝了，而青山巍然依旧，永远可以让我们把心情寄托在上面。"顾随所论"混沌""锤炼"，朱光潜所言"哲学的意蕴"，皆指诗义，而非诗音。然而，诗义再好也需诗音配合，诗音干涩，恐难服众。

"曲→清"首尾本纽押，已经好音；"终→峰"对称准邻韵押（十三辙），分别与首尾字纽押相连，又添神采；"见→江"隔句双声，然后"江→上→数"叠韵接双声，亦好；最后，"峰青"叠韵收尾，余音未了。短短十字，佳音多多，环环相扣，字字惊艳，曲终音尤在，人散律不散，真是天外来音。再看诗形，两端笔画繁，中间笔画简，恰如人生和自然的两座山峰，后峰高于前峰，正如朱光潜所言，前者表现的是消逝，后者表现的是永恒，大千世界，永远物是人非。

顾随常用王维"雨中山果落，灯下草虫鸣"举例，除了诗义，诗音亦大有可取之处。汉字音韵有阴阳之分，鼻音为阳，否则为阴。该联诗句，出句阴阳句型为"**阴**阳阳**阴阴**"，对句阴阳句型为"阳**阴阴**阳阳"。不仅诗义对偶，平仄对偶，阴阳之韵也对偶，令人叹为观止。

顾随（2014）有论："《诗》之《君子于役》'羊牛下来'读其音如见形，若曰'牛羊下来'，则读其音如见形，下不来矣。"何故，或与字音响亮度有关，如表2-4所示，"羊"是洪亮级，"牛"是细微级，羊高牛低，所以，羊先牛后便可下来（声音下来）。若言上去，"读其音如见形"，就应该是"牛羊上去"。

又："对诗必须心眼见，此'见'即儒家所谓'念'……读老杜之'急雪舞回风'（《对雪》）亦须见，如真懂此五字，虽夏日读之亦觉见飞雪。"同上理，前四字"急雪舞回"皆细微级，末字"风"为响亮级，"夏日觉见飞雪"，或与"风"音更亮有关。

又："白居易《琵琶行》'转轴拨弦三两声'，一听便似拨弦声，后写琵琶声：

大弦嘈嘈如急雨，小弦切切如私语。

嘈嘈切切错杂弹，大珠小珠落玉盘。

"字音便好。古人是以声音、字形表现意义，不是说明。"《琵琶行》原则上属于"歌"，至少这两联歌意甚浓，所以《唐诗鉴赏辞典》曰："诗人又特别注意以音乐化语言来描绘音乐，这里有叠字'嘈嘈''切切''嘈嘈切切'，有重复'大珠小珠'……有前分后总如'大弦嘈嘈……小弦切切……嘈嘈切切……'这些辞格的运用，使得此诗在音情的密合上达到极致。"

重复用字，是乐辞写作的常用手法之一，除此之外，该两联诗句里面还采用了音亮、潜韵、语流等诗音技巧。"嘈"音亮值为4，开口呼，所以是大弦之音，"切"音亮值为2，撮口呼，所以是小弦之音；"嘈嘈切切"，音亮4422，高高低低，所以是"错杂弹"；"大珠小珠"音亮5141，上下上下，所以如"落玉盘"。前联出对句第二字之两个"弦"与后联出对句第七字"弹"与"盘"成隔联平行韵押，乐音手法。前后联重复使用的"嘈""切"，以及"雨""语""玉"三字隔联近音押，将两联诗组合成一个紧密整体。

两联诗句奇妙之处，还有语流控制。琵琶属于弹拨乐器，如果把二胡等弓弦乐器的声音比作流水，那么弹拨乐器的声音可以比作落雨，所以琵琶之音具有一定的跳动感，好音应该是不失流畅且有控制的跳动感。白居易精确把握了语流前韵后纽的关系，形象地表现了琵琶之音的特征。《艺苑卮言》说："元轻白俗，孟寒岛瘦，此是定论。"白诗俗吗？笔者不这样认为，言白诗俗者，或非乐天知音也。

《顾随讲谈实录》在讨论诗句立意"高调"的问题时，同时引用了曹操两首诗中的各两联诗句：

龟虽寿（选句）

老骥伏枥，志在千里。

烈士暮年，壮心不已。

观沧海（选句）

日月之行，若出其中。

星汉灿烂，若出其里。

讨论一个问题，选用不同诗作之诗句，除了与讨论内容有关外，它们在诗音上有什么联系吗？答案是肯定的，至少它们都使用了句端纽押。《龟虽寿》选句中，两联出句首首二字"老→烈"纽押，两联对句首首二字"志→壮"亦纽押。《观沧海》选句中，前联出对句首首二字"日→若"纽押，后联出对句尾尾二字"烂→里"亦纽押。优秀诗人对声音具有本能的敏感性，他们不需要从理论上进行分析，凭直觉就能感觉到语言的节奏和韵律，从而写出或选出音色优美的诗句。在这几联诗句中，还有不少对位的音押，特别是《龟虽寿》这两联诗，堪称神来之笔。仅就文学而言，曹操不愧为一代英豪。

古意　沈佺期

卢家少妇郁金堂，海燕双栖玳瑁梁。
九月寒砧催木叶，十年征戍忆辽阳。
白狼河北音书断，丹凤城南秋夜长。
谁为含愁独不见，更教明月照流黄。

顾随认为："沈氏此《古意》七律，可谓唐诗中律诗压卷之作，后人诗尽管精巧，不及其大方。"评价甚高，何故？"气象好，色彩、调子好。"又："从音节说，沈氏《古意》末二句稍差，前六句好，所以行。"前六句音节好在何处？句端音押或是其中原因，一二句首尾二字"卢→梁"纽押，三四句尾尾二字"叶→阳"纽押，五六句中间两字"断→丹"，侧韵押。

顾随某七言八句诗，最后两句是："南北东西何处好，愿为鸿鹄起高翔。"作者自评此诗道："此诗前六句可勉强立住，好全仗后两句。"何故？依然有句端音押，而且是首首连珠韵押；出对句一二字"南北／愿为"，"南→愿""北→为"皆侧韵押，十分难得，同样是"调子好"。

顾随论南宋姜白石《过垂虹》"自作新词韵最娇，小红低唱我吹箫。曲终过尽松陵路，回首烟波十四桥"，认为此诗"好在末二句，前二句有名并不太好"。末二句中"曲→桥"首尾纽押，堪称好音。前二句也不简单，中间二字"娇→小"隔句变格叠韵，亦非浪得虚名。一诗四句，兼含纽韵之押，且有对称之势，难得好音，或可比肩唐诗。

顾随喜欢李白《宫中行乐词》之诗句："山花插宝髻，石竹绣罗衣。"曰："'山花插宝髻'之'山花'二字真好，是秀雅。而何以说'山花'，不说'宫花'……'石竹绣罗衣'何以不绣牡丹？亦取其秀雅纤细。"此联诗句，不仅诗义秀雅，诗音更是超群绝伦，若评唐诗好音，此联诗句也是当仁不让。原因之一，出对句之首首"山→石"本纽押，尾尾"髻

→衣"斜韵押；两句之间，纽韵兼押，已成佳音。原因之二，前句写心有萌动，音亮较高，呼口较大（末字除外）；后句写身似平静，音亮较低，呼口较小；字音配合诗义，活灵活现，妙不可言。

王国维《人间词话》（2015）言："南唐中主词'菡萏香销翠叶残，西风愁起绿波间'，大有众芳芜秽，美人迟暮之感。乃古今独赏其'细雨梦回鸡塞远，小楼吹彻玉笙寒'。故知解人正不易得。"上述词句出自李璟《摊破浣溪沙》的上下两片，上片写景，景中有情，下片写情，情中有景。然而，同属一首词作，不同人会喜欢不同的句子，所以，正解他人，当属不易。

对于"菡萏香销翠叶残，西风愁起绿波间"，《顾随讲坛实录》的整理者叶嘉莹说："'菡萏'是《尔雅》中的词语，是荷花的别名。如果你说'荷花'，就很平俗、很浅白；而如果你说"菡萏"，它能给你一种遥远的、高贵的、距离的美感。"既然荷花平浅，为何不用《尔雅》中的另一个别名"芙蓉"呢？"芙蓉"不是也很高贵吗？笔者认为，取"菡萏"（hàn dàn）可以押句末"残、间"之韵字。"菡萏"还是叠韵，其后"香销"则是双声，"菡萏香销"叠韵接双声，今人或更喜欢。"西风愁起绿波间"，一四七字"西→起→间"连珠对称侧纽押，二六字"风→波"又是对称侧纽押，与诗义相得益彰，形成共鸣。

解读诗义，必出于主观，感觉诗音，或出于本能。诗中好义，经常曲高和寡，只有高手方能品出；诗中好音，当是雅俗共赏，是否知其然而不知其所以然，另当别论。古今独赏"细雨梦回鸡塞远，小楼吹彻玉笙寒"，或许属于后者。两句之中："细→小"，联内首首纽押；前后句末三字"鸡塞远/玉笙寒"，"鸡→玉"侧纽押，"塞→笙"邻纽押，"远→寒"侧韵押，三连音押。节奏轻松明快，潜韵藏于暗处又呼之欲出，古今皆爱。

（五）花韵之后

《诗人玉屑》有载："老杜'桃花细逐杨花落，黄鸟时兼白鸟飞'，李商老云，尝见许师川说，一士大夫家有老杜墨迹，其初云：'桃花欲共杨花语'，自以淡墨改三字。乃知古人入字不厌改也，不然何以有日锻月炼之语。"从诗义上讲，改前似乎优于改后。杜甫为何改字，何以炼字？

改诗之前，所改三字中有二字处于"花"字之后，即花→欲，花→语。按照汉语拼音，"欲""语"皆为零韵母字，花→欲（语）发音连接为a→ü。在元音发音中，a音口腔开度最大，ü音口腔开度最小，两者相接，开合幅度较大，略感绕口。若"花欲"改为"花细"，"花语"改为"花落"，开合幅度相对降低，语流显得更加平和。"共"改为"逐"，音亮值从洪亮级降为细微级，诗音更加安静，更加突出"花"音，更加契合诗义。所谓炼字，不仅要炼义，而且还要炼音，诗者不可顾义不顾音。

《顾随讲谈实录》高度赞誉王绩诗句"牧童驱犊返，猎马带禽归"，赞曰，前句"多么自在"，后句"多么英俊"，"真是生的色彩"。论及诗音，前句是衬托，后句是关键。马（a韵）→带（d纽），大有讲究，后字用得精彩。跨音步的前韵后纽（a→d）呈现出有控制的语流跳动，后字双元音韵母（ai）内又有一个小而急的跳动，相当于乐音旋律中的全音接半音。诗音中两个有控制的跳动，会通过潜意识引导读者大脑中的画面：猎者骑着骏马，一路小跑，满载而归。后句写的是马归，前句写的是童返。作者用"牧、驱、犊"刻画童，三字皆为"低调"的撮口呼，声音亮值皆为细微级，让人感觉是小小牧童赶着小小牛犊。后接"返"字（洪亮级），又暗示了心中回家的愉悦之感，"犊→返"，语流也是略有跳动之感。

陆游"山重水复疑无路，柳暗花明又一村"，所用手法相同，前句"山重水复"，东寻西找，疑似无路；后句"柳暗花明"之"花→明"，豁然开朗，又是一村。且有两端"山→村"斜纽押，中间"路→柳"本纽押，中规中矩，典雅秀丽，义音皆好，赏心悦目。

需要说明的是，炼字当以炼义为主，炼音为辅，宁舍音而不舍义。如《诗人玉屑》所举炼字案例，诗句"白玉堂中曾草诏，水晶宫里近题诗"改为"白玉堂深曾草诏，水晶宫冷近题诗"，属于炼义，诗句改后"迥然与前不侔"。原诗句中的"中、里"属于方位词，两者词义相差不大。改为"深、冷"二字,增加了视觉和触觉效果,方位感依然存在,意境更佳。

二、咬文嚼字

(一)字不自证

凉州词　王之涣

黄河远上白云间,一片孤城万仞山。

羌笛何须怨杨柳,春风不度玉门关。

凉州词,又称凉州曲,是达官显贵、宗室名流为凉州歌所填唱词,是唐朝时流行的一种曲调名。凉州(今甘肃省武威市)是中国西北地区仅次于长安的最大古城,因"地处西北,常寒凉也"而得名。

明人杨慎《升庵诗话》认为:"此诗言恩泽不及于边塞,所谓君门远于万里也。"笔者认为不无道理。上联,黄河远上白云之间,孤城独立高山之下,"远、孤"二字已经画出主题(君门远于万里)。黄河与玉门关,遥隔约一千公里,作者把它们放在一幅画里,当是在于一个"远"字。下联,既然春风不到此处(恩泽不及),笛声何苦带有"杨柳"哀怨之音。

今人多以积极乐观的角度解读此诗,如,"此诗虽极写戍边者不得还乡的怨情,但没有衰飒颓唐的情调,表现出盛唐诗人广阔的心胸,悲中有壮,悲凉而慷慨"。(周啸天等,2012)今人所言情调积极,也有诸多理由。该诗多取鼻音之字,如"远、间、片、万、山、怨、关""云、仞、春、门"皆前鼻音,"黄、上、羌、杨""城、风"皆后鼻音。全诗二十八字,十七字为鼻音,占比61%。鼻音,声音洪亮,的确不像颓唐情调。

"羌笛所奏乃《折杨柳》曲调,这就不能不勾起征夫的离愁了。此句系化用乐府《横吹曲辞·折杨柳歌辞》'上马不捉鞭,反折杨柳枝。蹀座吹长笛,愁杀行客儿'的诗意。折柳赠别的风习在唐时最盛。'杨柳'与离别有更直接的关系。所以,人们不但见了杨柳会引起别愁,连听到《折杨柳》的笛曲也会触动离恨。"(《唐诗鉴赏辞典》)既然"折杨柳歌辞"中有"吹长笛"的描述，我们当然要问，羌笛是长笛吗？

关于羌笛的演变过程，后汉马融《长笛赋》有句："近世双笛从羌起，羌人伐竹未及已。"其言表明，羌笛为双笛，始于羌人（中国古代西部的民族）。双笛应是竖吹，而《折杨柳》是"横吹曲辞"，不知如何解释。北宋沈括《梦溪笔谈》有言："笛有雅笛，有羌笛，其形制、所始，旧说皆不同……后汉马融所赋长笛，空洞无底，剡其上孔五孔，一孔出其背，正似今之'尺八'。李善为之注云：'七孔，长一尺四寸。'此乃今之横笛耳，太常鼓吹部中谓之'横吹'，非融所赋者。'"也就是说，马融所言羌笛，并非横吹之长笛。

本诗之笛，不管是名长名羌还是横吹竖吹，都无大碍于诗义，笔者无意也无力探求究竟。然而，今人解释"羌笛"（羌人之笛）时，常将本诗作为依据。如某辞典所举"羌笛"出处，本诗便是其中之一。然而，"羌"字可做文言助词，用在句首，无实际意义，如"羌内恕己以量人兮，各兴心而嫉妒"，"信自然之极丽，羌殊尤而绝世"。也就是说，本诗"羌笛"未必就是羌人之笛，"羌"或许是用于句首的无义之字。然而，不管错对与否，用此"羌笛"自证羌人之笛，似有不妥。

（二）疑字不教

山行　杜牧

远上寒山石径斜，白云生处有人家。

停车坐爱枫林晚，霜叶红于二月花。

清人《唐诗三百首》、《唐诗鉴赏辞典》（2012）千余首、《唐诗百话》（2017）杜牧七绝十一首，本诗皆不在其列，在一些杜牧诗集之中，其排序位置也不靠前。但是，《山行》选入小学语文教材，在关于中国诗词的电视节目里，该诗也是屡屡现身，名声大噪。原因何在，笔者无意深解，我们只讨论诗中三处"争议"。

第一个争议，"斜"的发音。"远上寒山石径斜"中的"斜"，在普通话里的正常发音为"xié"，阳平。按照近体格律，出句末字不入韵者，当为仄声。也就是说，按照普通话发音，"斜"字不符格律。按照平水韵，"斜"与韵脚"家"同一韵部，属于首句入韵，符合格律。如今一些文献也会给出"斜"的第二种发音，即"xiá"。如果我们用普通话吟咏这首诗，这个"斜"字该如何发音呢？如果按照正常普通话发"xié"音，不符格律。如果按照所谓的古音发"xiá"音，在你脑海里，"寒山"中的这条"石径"应该不是太斜（xié），没准还会有晚霞（xiá）铺地的感觉，求音舍义，未必可取。在唐人官话里，"斜"音未必就是阳平"xiá"，更有可能是阴平"xiā"，因为那时候平声还没有阴阳分化。

古人在遴选前人诗句时，常有改诗现象，如用押韵字替代原有自认为音韵有问题的字。或许是因为实在无字可替，"斜"字一直流传到今天，尽管在官方语言里，其发音已经发生了很大变化。对于非业内人士而言，当我们品赏特别是吟咏古诗时，没有必要刻意追求古人如何发音，这样做有可能会毁了你的心情，而且你也根本做不到用正宗古音发音。

唐作藩《学点音韵学》（2018）认为："有的人认为'斜'和'花''家'在古代'平水韵'里同属下平声六麻韵，'斜'在这里应读xiá，才与'花''家'押韵。持这种主张的能认识到古今音的不同，这是好的。但是，这种改读字音的主张是不可取的，也是不必要的。由于古今音的不同，现代读古诗，碰到不押韵的地方很多，不可能也没有必要一一加以改读。"再如，本诗中的"白"字在平水韵里是入声，属于"陌"韵部。既然"斜"随"家"韵变成"xiá"了，"白"是否也要依照"陌"韵，而读作"bò"或者"bó"呢？除了"斜、白"之外，其他字音我们也都不能确定其真实读音，改变一个"斜"音并不能让我们真正融入古音之中，反而有可能影响到我们对诗义的理解，因为在我们脑海深处，"斜"与"xié"是难舍难分的。

第二个争议，"坐"的词义。诗中"停车坐爱枫林晚"的"坐"，在教材中给出的解释是"因为"，此句诗义便是：因为喜欢枫林的晚间景象而停下车来。此处的"坐"义，为什么不是"坐下"，而是"因为"呢？通常的解释是，"因为"更符合语言逻辑。

张相《诗词曲语辞汇释》（1953）认为，除了本义（坐下，止息）外，"坐"还有九种词义解释，如因、独、自、正、遂等等。书中还列举了"因"解的十余案例，如汉诗《陌上桑》"来归相怨怒，但坐观罗敷"，义指"大家只为看美人罗敷而已"；杜牧《山行》"停车坐爱枫林晚，霜叶红于二月花"，义指"为爱看红叶而停车也"；苏轼《游圣女山石室》"已坐迂疏来此地，分将劳苦送生涯"，等等。

但是，如今也有人认为此处"坐"义就是"坐下"，如果把"爱"解作"亲近"，把"坐"解作"坐下"，逻辑上也大致说得通，语境也更加亲切，况且，诗中语言本来就不用太过讲究逻辑。

第三个争议，"生"还是"深"。本诗第二句，有人认为是"白云深处有人家"，有人认为是"白云生出有人家"，当前小学教材采用的是后者，也有正规解释。既然众说纷纭，难分伯仲，各家之言当是都有道理。如今大家讨论这个问题，似乎并不在意原版该当如何，而是诗义如何。诗义如何，笔者感觉不出，诗音如何，倒有一己之见。从诗音上分析，笔者认为：仅论一句，"深"好一些；若看全诗，"生"好一些。但是，这不是关键问题。

一诗四句，至少三个争议之处，如何教得十来岁的娃娃？学生若要刨根问底，有几个老师可以解释明白？这些知识点，除了用于本诗，别处难有用武之地，岂不是食之无味。笔者认为，此诗不宜纳入小学语文教材，也不宜出现在以科普为目的的电视节目之中，容易造成误会。

论及《山行》，瞿蜕园（2016）说："七绝诗不能纯粹写景，景中一定要有情。这诗不过是写山行所见的好景，但若没有第四句这样透进一层的话，说出别人形容不出的意思，这就不成为好诗了。这句中的'于'字是很重要的，这就是比别人深一层的作法。若作'霜叶红如二月花'，就差近乎平凡了。"显然，作者论点着重于诗义，若论诗音，此句也是妙不可言，对于今人来讲更是如此。

诗句二四六字，"叶、于、月"，拼音分别为"yè""yú""yuè"，看似同纽，其实不然。按照汉语拼音的概念，三字音节皆零声母音节，"y"只是书写规则而已，实际音韵当为"iè""ú""uè"。反过来说，既然需要前置"y"母，发音定有相似之处。三字无纽可押，又不是韵押，发音似像非像，隔字对称而出，节奏感十足，又不露痕迹，十分好听。

古人反切标注字音，没有"零声母音节"的概念，"叶""月"声纽更为接近，即便同纽，也是五字旁纽，不累其句。一句之内，三字纽押，既要照顾诗义，又要遵守平仄，还要取其韵律，还要考虑位置，还要不动声色，还要防范音病，难。以上三字，都是撮口呼，都是细微音，值得细细品味。

杜甫"两个黄鹂鸣翠柳"、苏轼"只缘身在此山中"、李白"云想衣裳花想容"、李商隐"小姑居处本无郎"等，手法类似，一样十分好听。

第三节　音语

一、悠然见南山

饮酒·其五　陶渊明
结庐在人境，而无车马喧。
问君何能尔？心远地自偏。
采菊东篱下，悠然见南山。
山气日夕佳，飞鸟相与还。
此中有真意，欲辨已忘言。

这是东晋诗人陶渊明最著名的一首五言诗，大名鼎鼎的千古名句"采菊东篱下，悠然见南山"出于此诗之中。在中国诗人之间，陶渊明如神一般受人崇拜。陶渊明受人敬重，主要不是因为他的诗歌，而是因为他的处世态度和人格魅力，当然这些也都会表现在他的诗文里面。

史书对陶渊明也是极尽赞美之言。唐人房玄龄《晋书》有载："郡遣督邮至县，吏白应束带见之，潜叹曰：'吾不能为五斗米折腰，拳拳事乡里小人邪！'义熙二年，解印去县。"东晋义熙元年（405年），陶渊明（潜）最后一次出仕，为彭泽县令，故事就发生在其任期期间。

上级派遣督邮到彭泽督查，其下属说应该整肃衣冠拜见督邮，陶渊明叹息说：我不能为了五斗米（指俸禄）而弯腰，不能小心翼翼地为不值得尊重的人而行事。义熙二年，任期不满一年的陶渊明便交还印绶，弃官而去。《晋书》盖棺定论赞其曰："厚秩招累，修名顺欲。确乎群士，超然绝俗。养粹岩阿，销声林曲。激贪止竞，永垂高躅。"大意是指，淡泊名利，出类拔萃，修身养性，拒绝贪争，品行高而永垂千古。

除了气节与品格外，陶渊明对学识的态度也是历代文人敬佩他的原因。清人吴乔《围炉诗话》有载："诗之乱头粗服而好者，千载只渊明一人。"乱头粗服有时甚至是饥寒交迫，陶渊明依然笔耕不辍，可见其对艺术的纯真之情。朱光潜（2016）言："渊明在中国诗人中的地位是很崇高的。可以和他比拟的，前只有屈原，后只有杜甫。屈原比他更沉郁，杜甫比他更阔大多变化，但是都没有他那么淳，那么练。"又赞陶渊明之艺术："全是自然本色，天衣无缝，到艺术极境而使人忘其为艺术。"《叶嘉莹说陶渊明饮酒及拟古诗》（2018）言："在中国所有诗人里面，说话最真诚的，从来不讲夸大欺骗话的，就是陶渊明，他是最真诚的一个诗人。"又："陶渊明在中国诗人里面，是内心最平静的一个诗人，可是他不是单纯的平静，他是经过许多心灵的矛盾冲突之后才得以平静下来的。"

接下来，我们讨论这首名贯古今的《饮酒·其五》。

吴小如等《汉魏六朝诗鉴赏辞典》（2015）言："到东晋末，在玄学的背景中，陶渊明的诗开始表现一种新的人生观和自然观……强调人与自然的一体性，追求人与自然的和谐。在他的《饮酒·其五》中，表现得最为充分而优美。凭着它浅显的语言、精微的结构、高远的意境、深蕴的哲理，这首诗几乎成了中国诗史上最为人们熟知的一首……

"于是有了这首诗的前四句。开头说，自己的住所虽然建造在人来人往的环境中，却听不到车马的喧闹。'车马喧'，意味着上层人士之间的交往……紧接着有一问：你如何能做到这样？而后有答，自然地归结到前四句的核心——'心远地自偏'……此处的'心远'便是对那争名夺利的世界取隔离冷漠的态度，自然也就疏远了奔逐世俗的车马客，所居之处由此而变得僻静了。"

此论将"心远地自偏"归于玄学,而叶嘉莹将其归于佛学,道理都是一样的,只要有一颗清空安宁的心,就可以远离诱惑。王安石曾经对此有"自有诗人以来,无此四句"的感慨,或是折服于其深蕴哲理,或是敬重其自然本色。

关于接下来四句,又言:"诗人在自己的庭园里随意地采摘菊花,偶然间抬起头来,目光与南山(即陶渊明居所南边的庐山)相见。'悠然见南山',按古汉语语法,既可解为'悠然地见到南山',也可解为'见到悠然的南山'……

"见南山何物?日暮的岚气,若有若无,浮绕于峰际,成群的鸟儿,结伴而飞,归向山林。这一切当然是很美的,但这不是单纯的景物描写……人既然是自然的一部分,也应该具有自然的本性,在整个自然运动中完成其个体生命,这就是人与自然的和谐。"这似乎又是道家的思想了。

又:"最后二句,是全诗的总结,在这里可以领悟到生命的真谛……后世禅家的味道,在这里已经显露端倪了。"

从前四句的玄学,到中四句的道学,再到最后二句的佛学,陶渊明的思想到底归于哪个体系,今日依然众说纷纭。或许因为大家觉得陶渊明太完美了,把他的思想体系归于任何一家学说,都不能体现他的伟大,因为所有的学说都不是完美的。

还是叶嘉莹(2018)说得好:"陶渊明思想里面有儒家的、道家的、佛家的三种思想精华的结合……

"陶渊明是江州浔阳柴桑人,这个地方在今天的江西,你如果看地图就知道,那里不远处有一座中国的名山,就是庐山,庐山上有一座寺庙,就是东林寺,东林寺有一位在中国佛教历史上非常有名的高僧,就是慧远大师。根据历史的记载,慧远是在东晋孝武帝太元十一年,公元368年来到庐山的。那时陶渊明已经二十一岁了。据说当时中国历史上的两大诗人都与慧远有过来往,一个是现在我们讲的陶渊明,还有一个人的名字叫作谢灵运……陶渊明没有正式皈依佛教,但从他的诗里面我们可以看到他是明显地受到过佛教的影响的。"所以，以下四句或许另有解释。

采菊东篱下，悠然见南山。
山气日夕佳，飞鸟相与还。

南山指庐山，而与陶渊明有过来往的慧远大师，恰恰就是庐山东林寺的僧人，巧合吗？或许是。"采菊"为何在"东篱"？此四句写的是傍晚景色，日头在西，院内东篱下阳光更为充足，这是实解。虚解呢？东篱与东林（寺），声音何等相似，而第四句"心远"的远，又重复了"慧远"大师之远，难道也是巧合？金圣叹说：作诗不应无故写景，此四句写景色，定有所指。如果说要写人生与自然和谐，"采菊东篱下"已是归隐自然，为什么偏偏再写"南山、日夕、飞鸟、还"呢？如果写自然，不一定非是诗中之景。如果南山暗指佛门，那么"采菊东篱下"是现实生活，"日夕"是岁月，"飞鸟"是诗人之心。最后二句点明主题，"此中有真意，欲辨已忘言"，义尽不言尽，点破不道破。

陶渊明写了不少精妙绝伦、富有哲理的诗句，为什么偏偏是"采菊东篱下，悠然见南山"成为了代表诗句呢？当然，绝美的诗义是主要原因，但是，诗音诗形同样不可忽视。既然是诗，就要符合诗的遴选标准，义、音、形三位一体方称上佳。除了诗义以外，"采菊东篱下"或许好在诗形（见前所述），"悠然见南山"或许好在诗音。我们参考两句诗的拼音和音量值进行讨论。

采菊｜东篱下，悠然｜见南山
Cǎi jú｜dōng lí｜xià, yōu rán｜jiàn nán shān
41｜615, 36｜666

先看整联，首尾二字"采→山"斜纽押，中间二字"下→悠"侧纽押，若隐若现，从容不迫，禅意满满。难怪苏东坡说陶渊明诗"初看若散缓，熟读有奇趣"。

再看后句，按照今韵，"然、见、南、山"四字互为韵押，"然、南、山"皆平声，"然"犯大韵病，"南山"为正格叠韵。按照平水韵，"然、见、南、山"四字，分属"先、霰、覃、删"不同韵部，皆含"a"

音,皆属阳声,皆不犯韵病,十分难得。要知道,此时四声八病理论尚未问世,这里是纯属巧合,还是后人改动,抑或是作者天生对声音敏感,笔者不知。前句一阳四阴,后句一阴四阳,虽不成偶,也是平衡,也属难得。"悠然见南山",今音听起来似有纤巧之嫌,古音听上去应该是音色顺畅且行而不流,上佳好音。

"采菊东篱下",音亮高低有序,或可表示生活知足,心灵清空安宁。"悠然见南山",音亮值高而平稳,或可表示南山威严,令人敬仰。"悠然见南山",除了用于过渡的"悠"字外,后四字亮值相近,音韵相邻,平缓如水,听来恰似僧人诵经。如果把南山仅仅作为自然界的一个元素,当与其他万物没有尊卑之分,但是,从诗音上比较,"悠然见南山"是整首诗中音亮值最高的一句诗,可见南山之重要。或许在作者心里,南山不仅是现实中的一座高山,还应该是心灵深处的一座更高的山。

诗义或许会掩盖诗人的真实感受,但诗音、诗形应该不会,它们是"诚实"的,尽管不易察觉。诗音也是有语言的,对于真正的诗人来讲,或许只有当诗音与内心感受形成共鸣时,才会感到畅快淋漓,理所当然并欣然落笔。音纽、音韵、音调、音步、音亮、重音、语流等和诗音有关的因素,都有自己的语言,都可以用来表达诗人的内心世界,好音可以强化诗义,反之亦反。

如果"南山"(an韵)暗示佛门,那么作者对佛门的态度也是坦然平静的。相比an韵来讲,响、亮、阳、光等ang韵,具有更大的强化作用,如果an韵表示愉悦惬意,ang韵可以表示兴奋激动,如杜甫欣喜若狂时所写的《闻官军收河南河北》:

剑外忽传收蓟北,初闻涕泪满衣裳。
却看妻子愁何在,漫卷诗书喜欲狂。
白日放歌须纵酒,青春作伴好还乡。
即从巴峡穿巫峡,便下襄阳向洛阳。

又如,台湾校园民谣的奠基人之一,校园歌曲创作歌手叶佳修的代表作《走在乡间的小路上》用了ang韵,《外婆的澎湖湾》用了an韵,也都是义音配合的上佳案例。

二、坐看云起时

终南别业　王维

中岁颇好道，晚家南山陲。

兴来每独往，胜事空自知。

行到水穷处，坐看云起时。

偶然值林叟，谈笑无还期。

王维，人称诗佛，此诗是其代表作之一，写于因仕途不顺而暂隐山野时期。《唐诗鉴赏辞典》认为，王维"宦情已淡，想隐居又未下决心弃官而去，最终以折中态度，在终南山等地经营别业，半官半隐，得过且过"。又："诗佛王维，佛学造诣精深，其诗不着禅语却尽达禅意。如本诗，八句全用叙述，平平道来……大有禅意，发人深省。"

诗中颈联被视为作者的代表诗句，古今文人无不给予极高评价，今人似乎更甚。本书仅讨论此联。

行到水穷处，坐看云起时。

Xíng dào shuǐ qióng chù,

zuǒ kān yún qǐ shí。

《唐诗鉴赏辞典》评价该联诗句曰："千古名句，对仗工整，行止有致，动静得宜，妙意深远。近人俞陛云说：'行至水穷，若已到尽头，而又看云起，见妙境之无穷，可悟处世事变之无穷，求学之义理亦无穷。此二句有一片化机之妙。'这里的流水、浮云，一方面是对自然景观的生动描绘，另一方面也是诗人心中之'禅'自在无碍的觉醒与抒发。读到这里，谁能不为诗人此时的心灵因告别了险危的'水穷处'的仕途，终于回归至明寂净乐的田园山水去看云起云落而深感释然呢！"如此美好的诗义，岂能离开诗音的配合？

（1）潜韵

出对句后二字"穷处/起时"："穷→起"隔句对位本纽押，"处→时"

尾尾侧纽押，隔句并蒂双声，好音。出句两个后鼻音（行、穷），对句两个前鼻音（看、云），配合诗义，从动到静，巧音。

（2）平仄

根据"一三不论"的原则，作者将原有的正格平仄句型，无一遗漏地进行了平仄互换，如：

仄仄｜平平｜仄，平平｜仄仄｜平。（近体正格）

平仄｜仄平｜仄，仄平｜平仄｜平。（本联变格）

这就产生了一种效果，正格本为规整，有变则不规；但是，如果变到极限，反而又规整了。根据《文镜秘府论》五言诗平头病："第一、第二字不与第六、第七字同声。或能参差用之，则可矣……此即与理无嫌也。"此处采用的正是"参差用之"之技法（其他诗句亦有此文法），看似平淡无奇，实则功力极深。人们对正格体系更加熟悉，打乱原有正格体系，建立起另外一个不曾熟悉、不易被察觉的亚正格体系，必然会产生神秘感。从近体平仄节奏上分析，此法适用于五言，七言未必。

（3）口形

出对句中第二字"到""看"皆开口呼，而且是开口最大的开口呼（韵母 a 开头），其他字或齐齿呼或合口呼。古音之中，"到"为去声"号"部，"看"为平声"寒"部，应该也都是开口呼。开口呼发音时口形最大，相对开放一些，其他呼开口较小，相对收敛一些。五言音步上二下三，不管是沈约的二五要煞，还是后来的二四分明，五言第二字都是诗音枢纽之一。两个开口呼，分别出现在上下句对位的枢纽之处，这就在口形上形成了有规律的变化，我们只能无意识地感觉到，很难有意识地辨识出这个隐蔽的节奏。结合平仄句型的"参差用之"，读者们会本能地感觉到语音优美。这种口形上有规律的变化，为诗音又增加了一重共鸣，也是一种潜韵，而且是更加高级的潜韵。

（4）重读

五言句，上二下三。出句上两字"行到"、对句上两字"坐看"，语法结构皆为谓补结构，补语"到""看"重读；与开口呼形成共鸣，进一步加强了这两个字在读者潜意识里的印象，妙不可言。出句下三字

"水穷处"、对句下三字"云起时"语法皆为主谓补结构,补语"处""时"重读,且二字恰好位于句末,语法和诗音配合得天衣无缝。看似平淡无奇,实则锤炼至深。

(5)文法

出句首字"行",对句首字"坐",一动一静;出句尾字"处",对句"时",时间地点。绝佳流水对,不到水穷处,难见云起时,自然工整,精致秀丽。

(6)景色

"行到水穷处",此处是何处,此处"看云",为何别处不看?看云为何坐等"起时",难道不是随时都有,尚需等待?行到此处,是顺水而下,还是逆水而上,抑或是直奔此处?顺水而下,水势必然渐大,难到"穷处",不妥。直奔此处,缺乏韵味,不佳。顺水而上,或达瀑布之脚,或达高山之巅,前者可看水气翻腾,后者可看云雾起伏,后者或可取。行绿荫之下,沿溪流而上,达水穷山巅之处,等云雾起伏。"作诗不应无故写景",此时作者正处于"想隐居又未下决心弃官而去……半官半隐,得过且过"之状态,本处景色定有所指,或许仕途暂告水穷,官运或将云起?

(7)意境

从诗义上,我们似乎看到了作者的"心灵"因"告别了""仕途"而回归"明寂净乐"。但是,面对世俗的欲望,很少人能够真正做到无动于衷,普通人是这样,自视甚高的文人也是这样。在音调不改、词义基本不变的情况下,把诗句改为"行至水穷处,坐观云起时",诗义同样"明寂净乐",但诗音一定不会与王维心声形成共鸣,最终也不会成为千古名句。那两个置身于众多非开口呼中的开口呼,说明此时王维并没有真正死心,在潜意识和前意识难以调和的局面下,诗人只能通过诗音而不是诗义表现出来。诗义是理性的自我劝解,诗音是感性的内心实情,这个声音也会将聆听者带入心中并引起共鸣。

这样的诗句,可取之处如此之多,怎能不流芳千古?

三、会当凌绝顶

望岳　杜甫

岱宗夫如何？齐鲁青未了。
造化钟神秀，阴阳割昏晓。
荡胸生曾云，决眦入归鸟。
会当凌绝顶，一览众山小。

东岳泰山，古称岱宗，地处齐鲁之间（今山东泰安境内），山峰由地面突兀而起，雄伟陡峻，气势磅礴，直逼天际，以"五岳独尊"之盛名称誉古今。

首联，"岱宗夫如何，齐鲁青未了"。

《望岳》一诗，备受历代诗家推崇，特别是首联"齐鲁青未了"一句，堪称登峰造极。本联写远望泰山，见气势磅礴。句中"夫"字为文言用词，无实际意义。关于"齐鲁青未了"，《唐诗鉴赏辞典》说："齐、鲁是周代的两个诸侯国，而泰山山青，绵延不断，超越了两国国境，这还不伟大吗？……这是大笔驰骛，得远望之色。"

二联，"造化钟神秀，阴阳隔昏晓"。

人近山麓，仰望高处，自然造化如鬼斧神工，高山峻岭似划破天际。按《诗人玉屑》所言，杜诗"工拙相半"，其"拙"或为朴实，其"工"当是精密。此联诗句，采用对偶套对偶的技法，可谓工之典范。两句之间，工整成对，自不必说。每句之间还有精彩内对，如：前句"造化"对"神秀"；后句"阴"对"阳"，"昏"对"晓"，"阴阳"又对"昏晓"。此种诗法，一要诗人情怀，二要笔力苍劲，杜甫年纪轻轻便已就轻驾熟，堪称天才。如《洞庭》诗之"吴楚东南坼，乾坤日夜浮"，也是同样套路。

三联，"荡胸生曾云，决眦入归鸟"。

人到山中，见四处景色，云雾滚滚而来重重叠叠，归鸟呼啸而过目不暇接。眦，指眼角。

四联，"会当凌绝顶，一览众山小"。

止步沉思，感慨万分，和"望岳"之义。程季平《唐诗三百首注》（2018）认为："既然是'望'，就意味着并未登临。可拆首望岳，或许比登临多出一份远瞻宏观的联想。杜甫的气魄心胸与岱宗的崔嵬峥嵘无形中合而为一，使得本诗气骨不凡，多受盛赞。'会当凌绝顶，一览众山小'更是千百年来为人传诵的名句，用以表达诗人内心远大的抱负与理想。"会当，本处作应当讲。

最后一联，千古传诵，表达诗人内心远大抱负。但是，从音语角度出发，此联大有玄机，因为"会当凌绝顶"之"顶"犯上尾声调之病。此时的杜甫，所想表达的仅仅是远大抱负和理想吗？如此正统高洁的志向，为什偏偏是个"病句"？

八病之论起源于五言，早于近体，是近体诗形成的理论基础之一，上尾是病中之病，最当回避。《望岳》虽非近体，但其形式十分考究，其工整程度绝不亚于近体，但"会当凌绝顶"一句除外，着实令人费解。

我们首先分析声调之病，《望岳》全诗各字声调如下。

$$\text{去入}$$
去 平 平 平 平，平 上 平 去 上。
去 去 平 平 去，平 平 入 平 上。
去 平 平 平 平，入 去 入 平 上。
去 平 平 入 上，入 上 去 平 上。

八病之一，平头。《文镜秘府论》曰："平头诗者，五言诗第一字不得与第六字同声，第二字不得与第七字同声。"同声者，指平上去入四声。于五言诗而言，平头所涉及的字数占总字数的40%，《望岳》无一字犯平头病，当属刻意避之。

八病之二，上尾。曰："上尾诗者，五言诗中，第五字不得与第十字同声。"实质是指，白脚与韵脚不得相同声调。《望岳》韵字为上声，第一二三联，声调分别为平去平，不犯上尾。四联出句末字"顶"为上声，犯上尾病。

八病之三，蜂腰。杜甫年代，蜂腰不再属于音病。

八病之四，鹤膝。曰："鹤膝诗者，五言诗第五字不得与第十五字同声。"其实质是，相邻白脚字不得同声。《望岳》白脚四字，分别为"平去平上"，不犯鹤膝，同样非属巧合。

声调之病，《望岳》独犯上尾。《文镜秘府论》曰："上尾，齐梁已前，时有犯者。齐梁以来，无有犯者。此为巨病。若犯者，文人以为未涉文途者也。"《诗人玉屑》谓八病曰："惟上尾、鹤膝最忌，余病亦皆通。"按《文镜秘府论》的说法，诗犯上尾者，不是新手就是外行，可知病巨，当为八病之首。从整诗内容可以看出，此时杜甫的诗法已经炉火纯青，对于八病应该早已谙熟于心。上尾之病，齐梁以来都已经"无有犯者"，《望岳》末联却赫赫犯之，杜甫不会因为疏漏或无他字可选而犯下如此低级错误，除非属于刻意为之。

再看韵病。隔字正格叠韵，犯韵病。一联诗内（十字之内），韵脚之外出现韵字，犯大韵病（八病之五）。一联诗内（十字之内），非韵字隔字相叠，犯小韵病（八病之六）；句内（五字内）急，隔句（十字内）缓或不为韵病。《望岳》，今音（十八韵）犯小韵病，古音不犯，如二联对句"阴→昏"，今音皆平声痕韵部，古音分属侵、元韵部。

最后看纽病。隔字正格双声，犯纽病。一联诗内（十字之内），两字纽同，犯旁纽病（八病之七）；两字纽同韵（母）亦同，犯正纽病（八病之八）。旁纽病者，句内（五字内）急，隔句（十字内）缓或不为纽病。《望岳》，除"会当凌绝顶"外，今音犯旁纽，古音不犯，如一联对句"齐→青"今音声母同，犯旁纽，古音应当不是。巧合的是，"会当凌绝顶"之"当→顶"，今音古音皆犯句内旁纽。《唐韵》，当为都郎切，顶为都挺切。

满篇千锤百炼，一句破绽双出，"会当凌绝顶"或是杜甫留给世人的解诗密码。任何人的成长，当然包括诗人的成长，虽然也靠天生之才，虽然也会迅速成长，但总体上讲，终究是一个循序渐进的过程。此时的杜甫，虽然已是学富五车，鹤立鸡群，但毕竟只有二十几岁，而且刚刚经历了科考失败的沉重打击。

736年，时年24岁的杜甫，以京兆（唐都长安）地区举子的身份，参加了进士科考，结果以失败告终。根据洪业《杜甫》（2014）所言：

"京兆的选拔考试极其严格。事实上，成为代表京兆的举子本身就已经是一种杰出荣誉了，京兆举子很少听说不能通过全国科考的……当然，失败是始料未及的。《壮游》中有一句诗说：'独辞京尹堂。'这里的'独'包含了沉痛的哀伤。所有其他来自京兆的举子都通过了考试；一些人已经接到了任命，其他人正在等待任命；他一个人却失败了，玷污了京兆举子那令人艳羡的声望。这不仅是对京兆说再见，还是对一切朝廷事业和科考的告别。"

科考失败第二年春夏，杜甫来到了兖州（现属山东济宁），他父亲是这里的司马（分管军事的官员）。泰山在兖州北面，两地相距约100公里。"杜甫很可能没有在兖州逗留多久，他常常离开父母去漫游遣兴……杜甫可能在离开兖州之前或者在他开始北行之后，就写了《望岳》……在诗中，杜甫暗示了自己攀登绝顶的愿望。这一愿望，根据后来的一首诗歌回忆，他确实完成了。但在现存杜诗当中，找不到一首作品能够描述他在泰山绝顶上的所见所闻……

"诗歌方面，杜甫取得了最高成就，在他的笔下，激情升华崇高，痛苦愈转深沉，他的诗歌变化多方，格律森严，用事精准，他还创造性地采撷俗语入诗。但是，他的大部分诗歌缺乏那些易受欢迎的通俗特质——简单的措辞，流畅的意思，迅疾的节奏——这些因素容易立刻被人关注，引发赞美。只有经过长时间的研习之后，读者才能学会欣赏杜甫的诗歌。杜甫广泛的阅读经验也助长了他使用隐晦典故的习惯。有许多诗行经过上千年的博学之士的努力也仍未能被读解。"

泰山是五岳之首，在杜甫的笔下，泰山之"顶"的真正意义是什么？按照《现代汉语词典》解释，"会当"指应当；"绝顶"指最高峰；"凌"有四解，侵犯、逼近、升高、冰，逼近更为恰当。"会当凌绝顶"意为，应当逼近最高峰。这是一个将来式"（日后）应当去逼近最高峰"以喻远大抱负，还是一个过去式"（那时）应当逼近最高峰的"以诉心中不平？"绝顶"也有暗示，若指学识或事业之顶，则是将来式，若是科考之顶，则是过去式。"会当凌绝顶"传统的解释是远大抱负，笔者认为，未必。总之，科考失败是刻骨铭心的，杜甫对科考结果应该也是不服气的，因为这显然不是一个公平的结果。"望岳"指没有登顶，"会当"指应当登顶，当登而未登，杜心当有不甘，所以留下音病待世人评判。乐音也是如此，音乐剧作曲者也会用不和谐的旋律片段描述纠结彷徨的情绪。沿着这个思路解读该诗，每一句诗、每一个字，似乎都有不一样的意义。

杜甫后来又写了（西、南）二首"岳"诗，皆提名《望岳》，为何三次都是望而不是登？或许是借景言志，或许与具象无关，或许对东岳之顶耿耿于怀，难以释然。

四、朝如青丝暮成雪

将进酒　李白

君不见黄河之水天上来，奔流到海不复回。
君不见高堂明镜悲白发，朝如青丝暮成雪。
人生得意须尽欢，莫使金樽空对月。
天生我材必有用，千金散尽还复来。
……

关于该诗第二联，葛景春《李白传》（2020）说："光阴似箭，人生短促，早上还是一头青丝，到了晚上就愁得满头白发了……李白在感慨，这一年他已经三十五岁了，两鬓间已开始有了白发，可至今仍然是功业无成。时光不等人啊，韶华一去不归，实在是令人感慨万分啊。"

按照古代汉诗的惯例，每联诗的末字需要押韵。本诗二联末字"雪"，既不与出句末字"发"互押，也不与下联末字"月"互押，更不与上联末字"回"互押，显然不合惯例。按照平水韵，"雪"为屑韵部，"发""月"为月韵部，也就是说二联出句末字"发"跟三联末字"月"互押。李白此处用韵，跟杜甫"会当凌绝顶"大有相似之处，故意用不和谐的韵律表达内心的彷徨纠结的情志，而且更加潇洒和大胆。

有人认为唐音中，"雪"与"发、月"属于邻韵，但是，即便是互为邻韵，韵脚之处也是不可以使用的。"雪""月"二字，在元朝《中原音韵》中，二者分属不同韵部，不为邻韵；在清朝《词林正韵》中，为入声邻韵；普通话中，二者又分离（韵同调不同）。也就是说，唐音中"雪""月"虽不同韵，但至少应该有相近之处。

杜甫音犯上尾，李白音出惯例，若是常人用此等韵法，多半会被批得狗血喷头，体无完肤，而出自李杜之手，却不会影响其成为千古名句。诗圣自有圣法，诗仙自有仙力，他们更能体会诗歌的本质，所以，他们才敢故意用"不和谐"的韵律写诗。

五、赢得青楼薄幸名

遣怀　杜牧

落拓江湖载酒行，楚腰纤细掌中轻。
十年一觉扬州梦，赢得青楼薄幸名。

缪钺《杜牧传》（1977）说："杜牧字牧之，唐京兆府万年县人。万年与长安两县是唐代京兆府的首县，也就是京都所在。京兆杜氏是魏、晋以来数百年的高门士族，在唐代尤其煊赫。"北宋欧阳修《新唐书》记载，杜牧"刚直有奇才，不为龃龉小瑾，感论列大事，指陈病尤切至……牧于诗，情致豪迈，人号为'小杜'，以别杜甫云。"

杜牧曾在地处扬州的淮南节度使牛僧孺府中任职两年，此诗为日后追忆当时岁月所作。胡可先《杜牧诗选》（2018）认为："这首诗是回忆在扬州幕中放荡不羁的生活，浑如一梦。此诗作年未详。诗有'十年一觉扬州梦'语，杜牧大和七年始入扬州府，下延十年为会昌二年，其时杜牧受人排挤，出为黄州刺史，与诗中'落拓'情调吻合，姑系如此……这是一首著名的言情诗，古往今来，人们都认为此诗格调轻薄，其实不然……刘永济《唐人绝句精华》称：'次句即落拓之说，诗意言人视己轻也，非谓扬州之妓。三四句转入扬州一梦，徒赢得青楼女妓以薄幸相称，亦以写己落拓无聊之行为也。'"上述观点认为本诗非言情诗，是基于诗义分析，从诗音分析上也可以得到印证。

世人多言杜牧落拓不羁、喜好声色，流传一些风流韵事，但仅就本诗而言，作者似乎对自己所谓的"薄幸"（薄情）之名心怀不满且颇有异义。如果原诗本是如此，"赢"音可以说明问题。本诗主韵为"庚"韵，"赢"也属庚韵，也就是说，本句诗犯同句七字大韵病。本句诗中，"青"为主韵之邻韵，"幸"为主韵之侧韵，皆潜韵，而"赢"为七字前韵，犯大韵病，可乱律。

杜牧是刻意为之，疏忽大意，还是藐视八病？在唐诗五七言特别是格律诗中，大韵病并不多见，藐视八病之说或难以立足。杜牧疏忽大意吗？可能性也很小。如前所述，在唐代顶级诗人如杜甫、李白、王维、白居易、刘禹锡、岑参、李商隐、王昌龄以及杜牧之中，只有杜牧是长安生人。唐韵音调主要是京都长安音，当然也就意味着这也是杜牧的乡音，所以杜牧是听着、学着、说着京都"普通话"长大的。从这一点上讲，杜牧写作诗文要比上述其他文人用音更加轻松一些，对韵律的把握更加准确一些，当然出错的可能性也应该更小一些。

所以，"赢得青楼薄幸名"一句，当是杜牧故用病字，以抒发心中愤懑之情。

六、楼上黄昏欲望休

代赠二首　李商隐

楼上黄昏欲望休，玉梯横绝月如钩。
芭蕉不展丁香结，同向春风各自愁。

东南日出照高楼，楼上离人唱石州。
总把春山扫眉黛，不知供得几多愁。

无独有偶，李商隐这首诗也写男女之情，也犯大韵之病。刘学锴《李商隐诗选评》（2018）说："二首均写离愁。前首写别离前夕，梯横楼阁，新月如钩，不但无心凭栏望远，而且连眼前的未展芭蕉和含苞丁香也都像含愁不解，更增彼此离绪。后首写晨起分别情景，日照高楼，人唱离歌，春山眉黛，纵然细加描画，也掩不住重重叠叠的离愁。"诗中，

"石州"指唐乐府曲名，"春山"指当时流行的一种眉妆。

此诗，真的是写男女之间的离愁之感吗？前首一句"楼上黄昏欲望休"，"楼"为韵字，起手便犯大韵之病，后首二句"楼上离人唱石州"，"楼"字再犯大韵之病。李商隐与杜牧属于同一年代，诗风也有相似之处，讲究音韵，李诗更为华丽一些。"楼"为常用字，作者不该用错，更不该一错再错，大概率属于明知故犯，话里有话。几句情诗，没必要触犯大韵之病，除非另有所指，难以直言。

"离愁"当是不错，但未必发生于男女之间，名句"芭蕉不展丁香结，同向春风各自愁"或是谜底。芭蕉，生于南方，多年生草本植物；丁香，北方常见庭院植物，灌木或小乔木。二者出身秉性不同，用于比喻"异地同愁"的相思男女，似有不妥。谁展芭蕉丁香结，谁向春风各自愁，谁把春山扫眉黛，谁在楼上唱石州？前人隐而不说，后人难辨对错，究竟如何，请读者们自行解读吧。

第六章　弦外之音

第一节　景色

何为成诗，曰诗心，曰诗景，曰诗情，曰诗技。诗心见诗景而生诗情，诗情借诗技而成诗篇；诗心源于本，诗技源于勤，诗景诗情可遇不可求。写景是古诗特别是唐诗的一大特色，所谓见景生情或借景抒情，诗中之景当与心中之志相得益彰。草木凋敝当是心中愁苦，风和日丽当是心中愉悦，望岳登高当是胸有大志，采菊看云当是禅意绵绵。写诗者当是如此，品诗者亦不可背离此道。

一、月有圆缺

有这样一幅古诗配画：一轮圆月高悬空中，月下一座弯弯石桥，一条小河从桥下蜿蜒穿过，河边停泊着数条渔船，岸边枫树梢上懒洋洋地飞舞着几只乌鸦，远处小山上影影幢幢坐落着一个古寺，古寺里似有灯光闪烁。如果你对古诗有些许了解，一眼就能看出，这是古诗《枫桥夜泊》的景色。

枫桥夜泊　张继
月落乌啼霜满天，江枫渔火对愁眠。
姑苏城外寒山寺，夜半钟声到客船。

此诗写于国家或个人落寞之际，作者乘船途经苏州城外寒山寺，停泊在枫桥边时所看到、听到情景，并以诗抒发本人之心志。其景令人陶醉，其音婉转悠扬，诗形匀称自然，诗义耐人寻味。该诗影响深远，不仅在中国大行其道，被选入各种唐诗选本及教材，据说还被收录于日本小学课本之中。然而，上述配画中的景色，真实地反映了诗中的景象吗？我们逐次分析。

首句，"月落乌啼霜满天"。"月落"指月见西方，不管日落还是月落，总是落在西方，总有伤感之意。何时见到，是圆是缺，则需其他信息。"乌啼"指乌鸦鸣叫，或乌鸦归林之际，或栖息后被惊扰之时。乌鸦在中国非吉祥之物，"乌啼"或暗示情况不妙。

"霜满天"，其主要成因是，白天空气中水汽（气态水）充足，日落后气温下降，空气相对湿度随之升高。当气温下降到一定程度，相对湿度足够大时，空气中水汽便会凝结成细小水滴（液态水），当气温下降到零度以下时，气态水就会直接凝华成细小冰晶（固态水）。在大气中形成的小水滴和小冰晶，会长时间悬浮于空中，用眼睛看上去都是雾（气态水是看不见的）。因为相同原因，地面附近的气态水，也会在地面物体如花草叶面上凝集成露水。地面温度降到零度以下时，露水就会变成霜，或者气态水直接变为霜。从入夜到次日清晨，气温逐渐降低，霜雾也会越来越浓。"霜满天"，时间当是入夜之后，苏州地区，夜晚已是零度以下，季节当是红叶将落的秋末冬初。

结合后面诗句，"月落"时间应该定在入夜之后，夜半之前。此段时间，西方天空上，能看到一轮圆月吗？当然不能。月亮围绕地球转，也是东出西落，大约三十天一个周期，根据太阳、地球、月亮三者之间的相对位置，月亮形状（月相）、升降时间、运行轨迹都会发生周期性变化。时间，方位，月相，其中两个音素确定以后，另外一个因素就固定下来。卢纶"圆月出山头"，只能是在傍晚；王洛宾"半个月亮爬上来"，只能是在中午或者半夜。《夜泊枫桥》诗境中，上半夜在西方落下去的，只能是介于峨眉月（月牙）和上弦月（半月）之间的月相。在张继眼中，如果月落在傍晚，那就是月牙，如果月落在半夜，那就是半月。对于诗景而言，月圆跟月缺，特别是跟月牙相差甚远，前者可暗示圆满，后者可比喻亏缺。此时，能与诗人心灵产生共鸣的，非月缺（最好为月牙）不可。

亏缺之月将落，不祥之鸟在啼，满天霜雾又起，一幅悲愁躁动景象，诗人心境可想而知。开篇第一句，便是引人入胜，令人叫绝。

再看诗音，同样是先声夺人，契合诗义。"月落""乌啼"，皆主谓结构，谓语重读；"霜满天"，主谓宾结构，宾语重读。三个音步，皆后字重读，即便是没有学过古诗，不知如何划分音步，也能读出诗中节奏。同音步"霜→满→天"绕口之音，阻塞跳动，表示事态严峻（比风满楼更甚），体现了诗人紧张不安的情绪。前四字流畅，后三字跳动，恰如作者前途迷惘的写照。如此好音，怎能不为诗义增光添彩。

一首绝顶好诗，每一个字都是不可替代的，每一个字承载着诗人用意，越是细心品味，越能体会到诗中独有精致。作为一首入选小学教材的诗歌，与其说要教孩子们读懂诗中故事，倒不如提出一系列问题，让他们自己去探索，去思考，哪怕最后找不到确切的答案。第二句诗，也有值得探索之处。

次句，"江枫渔火对愁眠"。"江枫"，通常的解释是江边的枫树。也有人认为，枫树不是南方常见树种，且不宜种在水边，枫桥又离江边很远，经考证后认为：枫树本为乌桕树，其叶深秋也会由绿转红，诗人不解，误认为是枫树。凡事皆有正反两面，天冷后的树叶转红，看似绚丽夺目，熠熠生辉，实则气数已尽，行将凋落，此时诗人关注的当是后者。

"渔火"指渔船的灯火。"对愁眠"，或指渔火与江枫对愁而眠，反映的也应该是作者情志。前句"月、乌"，白黑一对，本句"枫、火"，黄红两色。四种颜色两两相对，不言色而色自出，巧句。

第三句，"姑苏城外寒山寺"。本句之好，在于诗音。貌似脱口而出，其实无法替代，可遇不可求。如前所述，"姑苏"句首叠韵，"寒山寺"句尾叠韵套双声，本为事物之名，却是如此动听。换作其他地名寺名，如临安城外灵隐寺、北平城外碧云寺等，音境或会大减。

收尾之句，"夜半钟声到客船"。"夜半"，对照首句"月落"，"夜→月"隔句首首纽押，义音皆好。前有不祥"乌啼"，后有寒夜"钟声"，又是一个前呼后应。夜半时分，诗人在客船上辗转寤寐，"钟声"传来，何以能够触动心魄？"钟声"乃出家人所为，不知诗人想到了什么，但是，至少应该想到了红尘之纷纷攘攘。纵观全诗，岂能是一个"愁"字可以了断。钟声传来，诗人权当如何？起身走出船舱，惊起几声乌啼，扬天长叹，透过霜雾，隐约看见半月将落？或是，其他？

作诗写景，在突出主题的前提下，当有时空变化，要像一部有色电影，而不是黑白照片。诗中之景，可以由不同境况所拼接，诗中之义，可以由不同情志所浓缩，所以，笔者更喜欢"其他"情景：

落寞诗人乘船南下，傍晚时分停泊在枫桥之侧，但见河上渔火微弱，岸边红叶摇曳，归林乌鸦啼叫，细细月牙挂在西方天边，寒意逐渐袭来，一缕缕先起的薄雾缓缓飘荡在阴凉之处。饭罢入睡，诗人愁事重重，思来想去，难以入眠。半醒半梦之间，传来出家人的钟声，说是"夜半"，不过诗人语言而已。诗人探身半卧床边，感到寒意又甚，舱外望去，雾色更浓，联想到入夜之时的月落乌啼，激起诗情万千。清晨早早起来，又见船上岸边落霜。于是，有了《枫桥夜泊》。

二、致敬经典

蝉　虞世南

垂绥饮清露，流响出疏桐。

居高声自远，非是藉秋风。

虞世南，初唐书法家、诗人、政治家，直言敢谏，深得唐太宗敬重，称其五绝：德行、忠直、博学、文词、书翰。作者以比兴和寄托的手法，表达自己的情操和志向。蝉，俗称知了，靠针刺口器吸取树汁为生。

首句，"垂绥饮清露"。"绥"，本义为"系冠缨"，即固定头冠的带缨。"绥"，明指蝉之口器，暗借"冠缨"，喻仕宦之道。"垂"，明指口器下垂状，暗示恭谦为官。"饮清露"，古人误以为蝉以吸食露水为生，假借"清"字，暗示为官当德行高洁。全句，明写蝉的状态和食性，暗指为官原则，自我告诫。蝉之"垂绥"，源于古诗"蚕则绩而蟹有匡，范则冠而蝉有緌"。成语"蟹匡蝉緌"源于其诗，比喻名是实非，两不相干。

次句，"流响出疏桐"。"流响"，当源于晋朝文人成公绥《啸赋》之"音要妙而流响"，通常指流动的响声。"出疏桐"，"疏"，通也；"疏桐"，枝叶通透之梧桐。"流响出疏桐"，字面意思是指，蝉鸣声响从疏桐中流出，"流""疏"二字皆喻声响通透无阻，何解。《诗经》曰："凤皇鸣矣，于彼高冈。梧桐生矣，于彼朝阳。"中国自古就有梧桐招凤，凤非梧桐不栖之传说。此句，桐或喻君王之唐太宗，蝉或喻臣子之诗者。君王不够疏通，臣子何来流响，此句当为感谢知遇之恩的肺腑之言。

第三、四句，"居高声自远，非是藉秋风"。字面诗义是，蝉声居高自然远达，无须借助秋风相送。周啸天等《唐诗鉴赏辞典》（2012）认为："显然，'居高'和'藉秋风'，被人为地赋予了文化的意义……'藉秋风'指什么呢？指外力，指运作……'居高'呢，正好相反，照应首句的'饮清露'，可知不是指高位，而是指品格、指修养、指造诣。"诗中，"声"指名声，或指唐太宗所称五绝。此联诗句的内在含义是，立身品格高洁的人，自然能够声名远扬，而不需要借助外力（如权势等）。

王志彬《文心雕龙译注》（2017）曰："文思活动的范围非常辽远，文章情理的变化十分深刻！源远则支流派生，根底厚深才能使枝挺叶茂，因此，精美的文章，既有'秀'又有'隐'。所谓'隐'，是指文辞之外所含蓄的旨意；所谓'秀'，是指文章中特别突出的语句。'隐'以言外有另外一层意思为工巧，'秀'以卓越超凡为巧妙。"

虞诗《蝉》，堪称"隐"之典范，字字写蝉，句句言志，高洁清远，耐人寻味。除此之外，或另有"隐情"。

先看"垂緌"和"流响"。"流响"一词，源于成公绥《啸赋》，比较"緌""绥"二字，字形、字义（皆指绳缨之类）、字音（【韵会】皆佳韵），都是何等相像，应该不是巧合。"绥"，《说文》注曰："古字或作荾，或叚绥为之"。"绥""緌"二字，古时或可互用。《蝉》

诗首联，前句下笔"垂緌"，后句"流响"借词成公绥，作者不应该注意不到"绥""緌"二字的关系。如果"垂緌"和"流响"有关，作者用意何在？笔者认为，向经典致敬是也，因为《啸赋》实在是太精彩了。《晋书》记载："张华雅绥，每见其文，叹伏以为绝伦，荐之太常，征为博士。"张华，西晋名臣、文学家，著《博物论》，能够给予"绝伦"之评价，足见《啸赋》水平之高。

"啸"，本义撮口作声，打口哨。《啸赋》虽然赋"啸"，但是，对于诗音而言，大可借鉴。其曰："音均不恒，曲无定制。行而不流，止而不滞……音要妙而流响，声激曜而清厉。"大意是说，啸音不是恒定的，也没有具体的曲调。啸音畅行而不流泻，停顿而不凝滞……其音精妙而响声流传，其声急促而激切高昂。这些要素，不也是诗音所要追随的方向吗？

今人为《蝉》配画，树形五花八门，蝉形大致统一。然而，正确答案通常只有一个：五花八门之树，肯定错误百出；大致统一之蝉，未必画之有理。

孟昭连《中国鸣虫》（2018）言："蝉的一生大部分时间是在地下度过的，成虫期很短，只一个月左右……蝉有3000多种，分布于世界各地，仅我国就有120种以上……蝉的种类十分繁多，这些蝉的外形基本相似，唯大小及体色有别。北方蝉的常见种有三：

"（1）黑蚱蝉。这是我国最常见的一种蝉，数量也最多……古称蝉之最大者，夏月鸣声最大，声如'轧——'，始终如一。全身黑色，间有褐色斑纹。这种蝉有群鸣的习性，只要有一只蝉带头，其他蝉就会齐声响应，一时鸣声大噪，震耳欲聋……一般来说，蚱蝉鸣声单调且鸣声过大，缺乏美感，为人所不喜……

"（2）蟪蛄。是一种较小的蝉……紫青色，有黑纹。其鸣声'吱—'，拖长音，无甚变化。所以吾乡专称这种蝉为'知了'……

"（3）寒蝉。体形稍大于蟪蛄……色暗黄绿而有黑斑，其鸣声'伏—了，伏—了'，所以吾乡就径称之为'伏了'……（蝉的鸣肌）不断地一张一合，就发出一阵阵有规律的'伏—了，伏—了'之声。寒蝉的鸣叫声比较有特点，也有所变化，这一点要比蚱蝉和小知了的单调鸣声受人欢迎。"

蝉之所以有三千种之多，生物进化所致，不同生存环境，适应于不同蝉种。成虫蝉寿命不到两月，同一地区的不同季节，蝉种也不一样。北方常见三个蝉种，蟪蛄出土最早，黑蚱蝉次之，寒蝉出土最晚。夏去秋来，其他蝉鸣逐渐微弱，以寒蝉鸣叫为主。上文"吾乡"，指江苏沛县，当地人称寒蝉为"伏了"，不仅因为其鸣声如"伏—了，伏—了"，还因为听到此蝉鸣时，便意味着夏季过了，"伏"天"了"了。

《蝉》诗之景，秋风已吹，其蝉当是寒蝉，其声当是"伏—了，伏—了"，规律而变化。但是，今人为《蝉》配画，多数是黑蚱蝉，其声当如"轧——"，始终如一，"缺乏美感"。正如《中国鸣虫》所言，寒蝉鸣声"受人欢迎"，黑蚱蝉鸣声"为人所不喜"。二者形象也有出入：黑蚱蝉体型较大，体色为黑褐色；寒蝉体型中等，体色为黑青相间。

说完蝉，我们再说桐。《蝉》中之桐，指梧桐。杨鹏《认识中国植物·华中分册》（2018）指出："梧桐是落叶乔木，高达 16 米；树皮青绿色，平滑，又称青桐……作为一种深受文人雅士喜爱的树，梧桐跻身中国传统园林植物榜首，常见于各大传统园林之中。"

不少人会把梧桐树混同于所谓的法国梧桐。我们常说的法国梧桐，其实是二球悬铃木。"二球悬铃木是落叶大乔木，高 30 余米，树皮光滑，大片块状剥落……1902 年，法国人开始在上海淮海路上种植二球悬铃木。上海人看到是法国人种的，树叶形状与梧桐相似，就称之为法国梧桐。上海是当时中国最时尚的地方，因此其他城市纷纷效仿上海，引进大量'洋气'的法国梧桐。"（杨鹏，2018）

打开网页，看看今人为《蝉》配画，其树虽然也有青桐者，但是，悬铃木、柳树乃至红叶树者不在少数，可谓随心所欲，大煞风景。《蝉》诗本来高雅俊秀，配画当以庭院青桐与黑青相间的寒蝉为准。为《蝉》配画，若是画上一只黑褐色的黑蚱蝉，趴在悬铃木斑驳陆离的灰白树干上，想象中发出单调如一的"轧——"声，景色半减，诗味全无。《蝉》也见于小学语文教材，若用这种与诗义大相径庭的图片配合教学，真有点误人子弟。

三、离离之草

赋得古原草送别　白居易

离离原上草，一岁一枯荣。

野火烧不尽，春风吹又生。

远芳侵古道，晴翠接荒城。

又送王孙去，萋萋满别情。

这是白居易早年的一首五律，有口皆碑，其中"野火烧不尽，春风吹又生"乃经典好句。周啸天等《唐诗鉴赏辞典》（2012）言："全诗将'古原''草''送别'打成一片，神完意足；而且能融入深刻的生活感受，包含相当的哲理意味，故为佳作。"关于此诗，历史上流传记录了一则大致相同的故事，"白居易青年时代曾携其诗赴长安谒名士顾况，顾睹姓名打趣道：'长安米贵，居大不易。'及读其诗，乃改口郑重道：'有句如此，居亦何难。'"汉语成语"长安米贵"，源于该典故。

诗确实有口皆碑，但"离离"二字当是何意？解释甚多，或盛多，或浓密，或隐约，或象声，或井然有序，或若断若续，或懒散疲沓，等等，不一而足。今人解诗，多取盛多茂密。

白居易之前，诗文中取"离离"二字者大有人在，其义也有所不同。如《诗经·王风·黍离》"彼黍离离，彼稷之苗"，《诗经·小雅·湛露》"其桐其椅，其实离离"，汉张衡《西京赋》"神木灵草，朱实离离"，魏晋左思《咏史诗》"郁郁涧底松，离离山上苗"，李白《劳劳亭歌》"金陵劳劳送客堂，蔓草离离生道傍"，李白《金陵歌送别范宣》"此地伤心不能道，目下离离长春草"。其他与该诗有关的，有李白《树中草》"如何同枝叶，各自有枯荣"等等。

根据以上文献，"离离"之义，白居易诗应与李白诗相同，因为：李有"生道傍"，白有"侵古道"；李有"各自有枯荣"，白有"一岁一枯荣"。若"离离"取自李白诗义，或可指草之茂盛状，然而，还有其他解法。

若取左思"离离山上苗"之义，也未尝不可。白诗尾联"又送王孙去，萋萋满别情"，取汉代楚辞《招隐士》之"王孙游兮不归，春草生兮萋萋"。可见，白诗也与隐士有关，《招隐士》讲的是招募隐士，《赋得古原草送别》讲的是送别隐士，中心思想都是珍惜人才。白居易诗谒名士顾况，不也是渴望被"招"吗？左思至少作有两首招隐诗，其中有诗句"杖策招隐士，荒涂横古今"。十分巧合的是，白居易有"长安米贵"的故事，左思有"洛阳纸贵"的故事。闻名遐迩古今称颂的《三都赋》是左思多年的呕心之作，根据《晋书》记载，左思作出《三都赋》后，"豪贵之家竞相传写，洛阳为之纸贵"。

《三都赋》中的三都，是指魏、吴、蜀三国之都。且不说文采高下如何，就凭其赋产生了大量成语，就足以让后人奉若经典。如：巢焚原燎，锵锵济济，椒鹤文石，菲言厚行，象耕鸟耘，并疆兼巷，鹰瞵鹗视，雕悍狼戾，拉捭摧藏，轰轰阗阗，风流雨散，等等。"野火烧不尽"源于"巢焚原燎"，也不是没有可能。《晋书》中还有一个有趣的记载。大文人陆机在洛阳时，也想为三都作赋，听说左思在作，"抚掌而笑"，与其弟说：若其能够作出，"当以覆酒瓮耳"。左思赋成，陆机"绝叹伏，以为不能加也，遂辍笔焉"。古代文人真是率真可爱，晋有陆机见左思赋而奉酒辍笔，唐有李白见崔颢诗无作而返（后有详论），如此清澈，令人敬仰。白居易有诗句"一缄疏入掩谷永，三都赋成排左思"，显然也是十分敬仰左思的。

如果说白居易的"长安米贵"与左思的"洛阳纸贵"有关，就出现了逻辑上的混乱。虽然"纸贵"在前，"米贵"在后，但是按照上述故事情节，当白居易初谒顾况时，并不知道后者会说出"长安米贵"。但是，两个故事又是这么类似，是否巧合，还是值得怀疑。《晋书》是官方史书，可信度较大，"洛阳纸贵"当属事实。"长安米贵"当是民间撰写，故事或许会有所出入。如果是这样，我们可以假设白居易曾经两次诗谒顾况。首次去时，顾况说出了"长安米贵"，白居易因此想到了"洛阳纸贵"的故事，然后是招隐诗、"离离山上苗"。如此这般，故事的逻辑性就通了。还有一种可能，因为该诗实在太出色了，后人按照"纸贵"的故事，照猫画虎杜撰了"米贵"的故事。

如果白诗"离离"二字取左诗之义，又是何等景象呢？"郁郁涧底松，离离山上苗"的下句是"以彼径寸茎，阴此百尺条"。大概意思是，茂盛的松树长在山涧下，细弱的小苗长在山头上，山头径寸之苗却遮盖了涧下百尺之松。此诗表达了诗人对门阀制度的不满：民间寒微儿孙，即便有才也无出头之日；世家大族子弟，即便无才也能占据要位。可见，此处的"离离"绝非盛多茂密之状。

"离离"，同样两个字，放在不同的诗句里，却代表了不同的意思，这不太符合常理，我们可以换个角度讨论问题。根据《汉典》，离本义鸟名，通过假借可改变词性：假借为"剺"，便是离开之义；假借为"罹"，便是遭受之义。在王秀梅《诗经译注》（2016）中，"渔网之设，鸿则离之""有兔爰爰，雉离于罗"指遭受；"有女仳离，嘅其叹矣""琐兮尾兮，流离之子"指分离。按照王秀梅（2016）的解释，当"离离"用于描述草木时，其义与离开更为接近，只是用来表示它们的空间状态，无关于繁茂或细弱，如"彼黍离离，彼稷之苗"。而且，只有亲临其境，才能看得到草木分开的"离离"之状态，岂不是更有诗义？当其用于"原上草"时，可以是"棵棵""丛丛""点点"，而不应该是繁茂。况且，曾经被火烧过的土地上，来年春天长出青草，其义当为顽强，用"繁茂"来描述，感觉有点得之太易。

"离离"究竟何义，或许不必溯源穷流，但是，探索是令人激动和快乐的，特别是"山重水复疑无路，柳暗花明又一村"的时候。

四、何处之光

静夜思　李白

床前明月光，疑是地上霜。

举头望明月，低头思故乡。

《唐诗鉴赏辞典》认为："这是一首国人家喻户晓的唐诗。它的内容是那样家常，语言是那样浅显，毫无雅人深致，深受妇女儿童的欢迎，却偏偏出自大诗人李白之手，这一现象，令某些风雅自命的文士沮丧不已。然而，它的广传却有颠扑不破的道理。"关于诗义，已有无数文人笔墨，无须多言，关于诗音，笔者倒是有话要说。

王景略《唐诗三百首全解》（2013）认为："诗的第一个字'床'，究竟所指何物？一般都将其解为卧具，私认为不妥。床，向来有坐具、卧具、井栏三种说法……但问题是，无论床所代表坐具还是卧具，都应在室内，既然已到下霜之时，夜寒可知，为什么诗人要开着门和窗，可以直接看到明月呢？而且既在室内，有怎么会疑心月光照在地上，乃是下了霜呢……因此，私认为此处的床当指井栏……井在室外，诗人夜间思乡难眠，于井边见月光而疑是下霜，这样解释比较恰当。"

笔者认同人在室外，但不认同床乃井栏之说法。

本诗流传有宋明等不同诗集版本，李白原版已经难以确认。在目前各种版本中，"床"字是没有异义的，但是，既然其他字可以被改动，"床"字为何不会被改动呢，原诗首字就是"床"吗？

本诗首句押韵，一二四句韵脚"光、霜、乡"押"阳"韵，首字"床"也属"阳"韵。也就是说，"床"犯同句五字大韵之病，属中度音病。八病源于对五言诗的思考，李白应该心知肚明。严羽《沧浪诗话》曰："对句好可得，结句好难得，发句好尤难得。"发句好本就难得，音病更当尽量回避，尽管李白作诗不拘小节，但也不该出此病句。

本人认为，"床"或许从"窗"而来。平水韵中，"窗"属"江"韵，与"光、霜、乡"互为邻韵，不犯音病，诗义也似乎更好，起码更加合理。话说两头，对于诗音而言，唐音取"窗"更佳，今音取"床"更佳。在普通话中，"光、霜、乡"皆为阴平，"床"为阳平，虽皆属平声，但声调明显有别，听起来节奏感更好，反倒是阴平之"窗"字则有大韵之嫌。

时代变了，声音也变了，诗歌理论当然也应该与时俱进，同步发展。

第二节 典故

一、李白之憾

黄鹤楼　崔颢

昔人已乘黄鹤去，此地空余黄鹤楼。
黄鹤一去不复返，白云千载空悠悠。
晴川历历汉阳树，芳草萋萋鹦鹉洲。
日暮乡关何处是，烟波江上使人愁。

黄鹤楼位于湖北武昌蛇山黄鹄矶上，面对长江，与岳阳楼、滕王阁并称为江南三大名楼。崔颢、李白、白居易、贾岛、陆游、杨慎、张居正等曾经登临吟咏。黄鹤楼始建于三国时期，历代屡加重修，现存建筑重建于1985年。

元人辛元房《唐才子传》曰："（崔颢）游武昌，登黄鹤楼，感慨赋诗。及李白来，曰：'眼前有景道不得，崔颢题诗在上头。'无作而去。"李白一定从崔颢《黄鹤楼》里看到了什么，否则不会耿耿于怀，频频下笔隔空对诗，但终生未能如愿超越。李白到底看到了什么，自己不曾明说，后人却是议论纷纷，各持一词，至今没有令人信服之结论，可谓千古诗坛第一迷案。

严羽曰："唐人七言律诗，当以崔颢《黄鹤楼》为第一。"然而，论点凿凿有言，论据空空无语。蘅塘退士《唐诗三百首》将《黄鹤楼》列为七律诗中的第一首，十分认可该诗的历史地位。古诗之中，唐诗为上；唐诗之中，近体为上；近体之中，七律为上；唐人七律第一，堪称天下第一。然而，如果没有李白的"无作而去"，后人会给予《黄鹤楼》如此之高的评价吗？

李白登黄鹤楼"无作而去"的故事，真假难分，证据难考。但是，李白留下来的两首七律诗，无疑皆因《黄鹤楼》而作，某些诗句几乎就是崔诗的翻版，足以见得李白对崔诗的羡慕和敬佩。

鹦鹉洲　李白

鹦鹉来过吴江水，江上洲传鹦鹉名。
鹦鹉西飞陇山去，芳洲之树何青青。
烟开兰叶香风暖，岸夹桃花锦浪生。
迁客此时徒极目，长洲孤月向谁明。

登金陵凤凰台　李白

凤凰台上凤凰游，凤去台空江自流。
吴宫花草埋幽径，晋代衣冠成古丘。
三山半落青天外，二水中分白鹭洲。
总为浮云能蔽日，长安不见使人愁。

诗仙李白推崇备至，宋人严羽奉为唐诗七律第一，清人蘅塘退士置其七律诗首席，《黄鹤楼》必有超绝之语，过人之处。后人观点大概率是受到了李白的影响，或者说，是李白把《黄鹤楼》推向了神位。但是，迄今似乎无人点透其中奥妙，至少无人能够明示令人信服的缘由。

李白眼中，该诗妙处应该藏在诗的上半部分。崔诗《黄鹤楼》中，前四句连同诗名，竟然"黄鹤"有四，"楼""去""空"各二。李诗《鹦鹉洲》如法炮制，前四句连同诗名，四个"鹦鹉"，以及"江""洲"各二。《登金陵凤凰台》更是变本加厉，前三句连同诗名，四个"凤"字，以及"凰""台"各三，还留用了崔诗中的"去""空"各一。诗中特别是短诗之中重复用字，本是诗之大忌，崔、李二人皆为诗坛高手，犯忌如此堂而皇之，甚至有点招摇过市，定是故漏破绽，内有暗语。

《黄鹤楼》第一句的原作，古有争议，有人认为昔人乘"白云"而去，有人认为昔人乘"黄鹤"而去。金圣叹《选批唐诗》曰："有本乃作'昔人已乘白云去'大谬！不知此诗正以浩浩大笔，连写三'黄鹤'字为奇耳。"施蛰存《唐诗百话》（2017）认为，昔人乘"白云"当为正解，以便与"黄鹤"在一、二联中皆达成对偶。然而，不管昔人乘坐何物，"黄鹤"作为解诗的主要线索应该是不会错的。

金圣叹说，连写三个黄鹤为奇耳，何以为奇，未明其因，可见金氏亦未得正解。又曰："通解细寻，他何曾是作诗，直是直上直下，放眼恣看，看见道理却是如此。于是立起身，提笔濡墨，前向楼头白粉壁上，恣意大书一行。既已书毕，亦便自看，并不解其好之与否，单只觉得修已不须修，补已不须补，添已不可添，减已不可减，于是满心满意，即便留却去休。固实不料后来有人看见，已更不能跳出其笼罩也。且后人之不能跳出，亦只是修补添减，俱用不着，于是便复袖手而去，非谓其有字法、句法、章法，都被占尽，遂更不能争夺也。"一蹴而就，气势超群，非字法、句法、章法之功，评价甚高。

论及前两联，曰："看他妙于只得一句写楼，其外三句皆是写昔人。三句皆是写昔人，然则一心所想，只是想昔人；双眼所望，只是望昔人，其实曾更无闲心管到此楼，闲眼抹到此楼也。试想他满胸是何等心期，通身是何等气概……一是写昔人，三是想昔人，四是望昔人，并不曾将楼挂到眉睫上。"前两联四句诗中，一句写楼，三句写昔人。可见，昔人才是焦点，而昔人是谁，金圣叹文中未提。

论及后两联，曰："前解，自写昔人。后解，自写今人。并不曾写到楼。此解，又妙于更不牵连上文，只一意凭高望远，别吐自家怀抱，任凭后来读者，自作如何会通，真为大家规摹也。五、六（句），只是翻跌'乡关何处是'五字，言此处历历是树，此处萋萋是洲，独有目断乡关，却是不知何处。他只于句上横安得'日暮'二字，便令前解四句二十八字，字字一齐摇动入来，此为绝奇之笔也。"前四句写昔人，后四句写今人，亦不曾写楼。上下两处，互不牵连，各求其意。昔人和今人，果真没有牵连？前曾说"提笔濡墨"，"恣意大书"，后又提"更不牵连上文"，"一意凭高望远"，似乎说不过去。

今古论《黄鹤楼》者甚多，文章目不暇接，论说莫衷一是。然而，多数观点就事论事，仅从字法、句法、章法论起，虽然也是惟妙惟肖，头头是道，但终究难以道出该诗何以冠绝古今。若言该诗，"意得象先，神行语外，纵笔写去，遂擅千古之奇"（清人沈德潜），"意境悠远，气概浑然"（谢有顺，2020），"促人深思浮想，使人感慨万端"（程季平，2018），"景物是如此鲜明……实乃顺理成章"（周啸天等，

2012），等等，或非溢美之词。但是，如果把这些评语论句放在李白杜甫的许多佳作之中，应该也不为过。

《黄鹤楼》纵有千般之好，毕竟诗中特别是前两联中存有诸多"低级漏洞"，通常情况下这些漏洞不该出于高手笔下，实属反常。连同诗名，"黄鹤"有四，"楼""空"各二，屡屡犯重。"空悠悠"，句末三平声，声调禁忌。"黄鹤一去""白云千载"本是好对，"复返""悠悠"却戛然而止，要知道，对于崔颢来讲，在不影响诗义的前提下，把它们改成对仗并不是一件难事。诗人似乎时时告诫读者，此处有"诈"。

"晴川历历汉阳树，芳草萋萋鹦鹉洲"广受赞誉，如"结构简单，对仗工整，正盛唐之气象"等等，然笔者有不同看法，"芳草萋萋"未必好句。《诗人玉屑》曰："诗有三偷，偷语最是钝贼……偷意虽可罔，情不可原……偷势才巧意精，各无朕迹。"《诗经》已有"卉木萋萋"，"芳草萋萋"当属偷意，情不可原。全诗仅此一联纯写景，平铺直叙，貌似没有高明之处，其内若无玄机，岂不笨拙。

一诗四联，前三联皆有瑕疵，尾联却惊艳无比。"日暮乡关何处是，烟波江上使人愁"，意境非凡，令人浮想联翩。前句留"何处是"，后句留"使人愁"，填入其他字词，或许可得好句。

若论文章高低，意境深浅，无人能出李杜之右，崔颢此诗能够孤峰突起，定有弦外之音，或拜可遇不可求所赐？笔者所观众人诗论，金圣叹当是最为贴近李白眼中之物，前两联中"妙于只得一句写楼，其外三句皆是写昔人"，若解得昔人面目，或可解李白登楼"无作而去"之谜。

后人另有解读，王景略《唐诗三百首全解》（2013）认为："诗咏黄鹤楼，借景抒情，发'日暮乡关何处是'的思乡之情，但诗的主旨却并非简单的思乡，而是感慨自身之不遇。深入剖析，这其实是一首吊古伤今之作。那么吊古何在呢？不在'昔人'，而在'鹦鹉洲'。诗人登黄鹤楼其实是虚，望鹦鹉洲是实，因为他由鹦鹉洲联想到了汉末著名的词赋家祢衡。"

祢衡，名士加狂士，因为不肯附和权贵，终招杀身之祸。相传，东汉末年，祢衡在其主大会宾客时，即席挥笔写就一篇"锵锵戛金玉，句句欲飞鸣"（李白诗）的《鹦鹉赋》，其死后葬于该洲，鹦鹉洲因此得名。崔颢借"鹦鹉洲"地名，暗示祢衡不幸，道出诗人自身所不遇。前人典故用得精彩，后人论诗解得痛快。然而，吊古"不在昔人"，当属判断有误。崔颢用一半诗句，反复强调"黄鹤"，意在何处，当如金圣叹所解，昔人也。

昔人是谁？南朝任昉《述异记》载有神话故事：学道之人荀镶，在黄鹤楼上遇仙人驾鹤而至，"宾主对欢"，仙人"跨鹤腾空，眇然烟灭"。这个驾鹤之宾是崔颢所指、李白所见的昔人吗，如果是，何必又接连三个"黄鹤"呢。李白诗中，《鹦鹉洲》有三个"鹦鹉"，《凤凰台》有四个"凤"字，与崔诗三个"黄鹤"异曲同工。可见，"黄鹤"才是正解，"黄鹤"背后应当暗含典故。

北朝魏收《魏书》有言："昔李斯忆上蔡黄犬，陆机想华亭鹤唳，岂不以恍惚无际，一去不还者乎。"或是崔颢"黄鹤"所引典故。

上蔡黄犬。秦二世二年（公元前208年），秦朝丞相李斯被判腰斩，临刑前对其次子曰："吾欲与若复牵黄犬俱出上蔡东门逐狡兔，岂可得乎？"（《史记·李斯列传》）意思是说，（今日死到临头）我还想与儿子你牵着黄犬，在家乡上蔡的东门外猎杀狡兔。但是，这样的日子还能再得吗？

华亭鹤唳。晋惠帝太安元年（302年），陆机（陆逊之孙，著名文人）领兵于河桥战败后，受到他人谗害，被判死刑。临刑前，如同李斯附体，叹息道："欲闻华亭鹤唳，可复得乎？"（南朝刘义庆《世说新语》）意思是说，要想再听听家乡华亭的鹤鸣声，还能听到吗？

因"上蔡黄犬""华亭鹤唳"道理雷同，经常被后人同时提起。南朝谢灵运《山居赋》有"孰如牵犬之路（同上蔡黄犬）既寡，听鹤之途（同华亭鹤唳）何由哉"之感慨；李白《行路难·其三》也有如此诗句："陆机雄才岂自保？李斯税驾苦不早。华亭鹤唳讵可闻？上蔡苍鹰何足道？"

《黄鹤楼》或取《魏书》所论之"黄犬""鹤唳"前字，明示"黄鹤"，暗指"黄"与"鹤"。一个鸟名，两个典故，可遇不可求，几乎无法复制，难怪李白"无作而去"。

解开"黄鹤"之谜，其他疑问便可迎刃而解。驾鹤而去的昔人，或指李斯和陆机，一再强调"黄鹤"，提示话中有话。"（黄鹤）一去不复返"，引《魏书》同文"一去不还者乎"之语，点明典故来源。颔联对句"空悠悠"不作对偶且句末三平声，或故漏破绽，再次提示。

下半部分："晴川历历汉阳树"，或引张九龄诗《奉和圣制早发三乡山行》第二、三句"……山川历历在清晨。晴云稍卷寒岩树……"，同样暗示仕途坎坷；"历历"，指历经，与"千载"时间相呼应；"鹦鹉洲"亦指地下（祢衡）冤魂；尾联，"乡关何处"或指"上蔡、华亭"，"使人愁"既是凭吊古人，又是感叹自己。

张九龄长崔颢26岁，曾任宰相，因获谗言而被罢相，黜为荆州长史。本诗，明引其诗，暗指其人，与"鹦鹉洲"有异曲同工之妙。

《黄鹤楼》叙事无拘无束，写景中规中矩，前者迷雾重重，后者点到为止。前三联诗句，四个昔人故事，皆指官场险恶，共鸣李白之心，冠绝古今，登峰造极。如果仅从字面分析，绝然看不出所隐典故，其风格手法或自成一体。据金圣叹《选批唐诗》所载，崔颢"少年为诗，属意浮艳，多陷轻薄。晚岁，忽变常体，风骨凛然"。然而，不管少时还是晚年，其骨子里的本性是难以改变的，其快意人生的风格，与李白大有相似之处，惺惺惜惺惺，最懂崔颢者，非李白莫属也。

或许，李白从崔诗中看到了更多东西，然而，"黄鹤"暗指"黄犬鹤唳"当在其中。若不是有李白《鹦鹉洲》《凤凰台》二诗为证，后人怎肯对《黄鹤楼》高看一眼，后人若不解"黄鹤"之谜，又如何解得《黄鹤楼》之义。笔者所解《黄鹤楼》，仅是一家之言，或跟李白之解相差甚远。

有人指出，崔颢《黄鹤楼》效仿沈佺期《龙池》而作：

龙池　沈佺期

龙池跃龙龙已飞，龙德先天天不违。

池开天汉分黄道，龙向天门入紫微。

邸第楼台多气色，君王凫雁有光辉。

为报寰中百川水，来朝此地莫东归。

　　龙池。金圣叹说："玄宗为平王时，赐第隆庆坊，坊南平地，忽变为池，日以浸广，有龙时见其中。及帝即位，作《龙池乐》。"论及前四句，又曰："凡下五'龙'字，奇绝矣。分外又下四'天'字，岂不更奇绝耶……细玩其落笔，先写'龙池'二字，三、四承之，便写一句池，一句龙，已是出色精严矣。"等等。

　　沈佺期为宫廷诗人，《龙池》乃歌功颂德之作，真龙天子，至高无上，五"龙"四"天"，再多也不为过，《黄鹤楼》与其不是同类。崔诗四个"黄鹤"，若没有暗含神奇故事，李白绝不会一再效仿。李白效仿崔颢，是在告诉崔颢：君若有心，我乃知音；君若无心，我有其音。若说崔诗效仿沈诗，不在"字法、句法、章法"，而在"偷势"，"才巧意精，各无朕迹"。

　　李白常以黄鹤楼为诗材，如"故人西辞黄鹤楼，烟花三月下扬州"，"黄鹤楼中吹玉笛，江城五月落梅花"，"雪点翠云裘，送君黄鹤楼"。或许因为难以超越而感触至深，李白对《黄鹤楼》耿耿入怀，直到晚年仍念念不忘。如，李白58岁作《江夏赠韦南陵冰》"我且为君槌碎黄鹤楼，君亦为吾倒却鹦鹉洲"，弦外之音：呜呼，天下若无黄鹤楼，岂不美哉。再如，59岁作《庐山谣寄卢侍御虚舟》"手持绿玉杖，朝别黄鹤楼"，此行未必真从黄鹤楼而来，而是心里放不下崔诗《黄鹤楼》。

　　论及典故，宋人《诗人玉屑》曰："用事要无迹。杜少陵云：'作诗用事，要如禅家语，水中著盐，饮水乃知盐味，此说诗家秘要藏也。'如'五更鼓角声悲壮，三峡星河影动摇'，人徒见凌轹造化，不知乃用事也。"《黄鹤楼》用事（典故）无迹，可谓天下第一，若世人不解，反而适得其反，幸亏李白慧眼识珠，留给后人无限遐想。

　　再看李白《凤凰台》，世人皆说"三山半落青天外，二水中分白鹭洲"妙不可言，但是，尚无人指出该诗背后典故。凤凰，百鸟之王，雄者为凤，雌者为凰；诗中之"凤"，当有所指，他人还是自己，或者仅仅地名而已？若《黄鹤楼》之"黄鹤"不藏典故，当在《凤凰台》之下；若《凤凰台》之"凤"藏有典故，或可与《黄鹤楼》比肩。

二、义山之隐

锦瑟　李商隐

锦瑟无端五十弦，一弦一柱思华年。

庄生晓梦迷蝴蝶，望帝春心托杜鹃。

沧海月明珠有泪，蓝田日暖玉生烟。

此情可待成追忆？只是当时已惘然。

《锦瑟》为李义山晚年的无题诗（"锦瑟"只是取起首二字，并非题目），文笔秀丽，辞藻华美，诗义扑朔迷离，历来众说纷纭，亦为诗坛千古谜案之一。金人元好问有诗曰："望帝春心托杜鹃，佳人锦瑟怨华年。诗家总爱西昆好，独恨无人作郑笺。"郑笺，指东汉郑玄所作《毛诗传笺》，此处泛指对古籍的笺注。谢有顺（2020）说："李商隐尽管在唐代诗人中地位不及李白、杜甫、白居易，但其作品的影响之大也不亚于他们。"施蛰存（2017）认为："在唐诗中，李商隐不能说是最伟大的诗人，因为他的诗的社会意义，远不及李白、杜甫、白居易的诗。但我们可以说李商隐是对后世最有影响的唐代诗人，因为爱好李商隐诗的人比爱好李、杜、白诗的人更多。"

叶嘉莹《情深辞婉诗成迷》（2021）认为，《锦瑟》是"李商隐作品中后人分歧最大、争议最多的一首诗。有人说是爱情诗，有人说是政治诗，有人说是悼亡妻的，有人说是泄积怨的，有的说此一句指令狐楚，彼一句指李德裕……李商隐诗难懂的另一重要原因，还在于他频繁地用典，因此读他的诗，首先要弄清楚诗中典故的本来意义。"然而，面对同样的典故，不同的人会有不同的视角，即便正确解读了典故的本来意义，也未必就是诗人的当时心声。

今人解此诗者，虽然也是各持一端，但多倾向于自伤身世之说。自伤身世，是指对自我身世的悲伤感怀。李商隐身世之中，值得自伤之处实在不少，但对其影响最大的莫过于他深陷党争之苦，特别是与令狐家的难以化解的恩恩怨怨。笔者认为，《锦瑟》不是自伤身世，而是道白心声，所道白的对象恰恰就是当时高居宰相之位的令狐绹。也就是说，

《锦瑟》感怀的是作者与令狐家之间的千丝万缕的交集，当然也可以看成是自伤身世。解读《锦瑟》之前，根据有关文献，我们简略回顾一下李商隐的坎坷一生。

李商隐出生时（813年），李家最多算是一个小官僚家庭，其父任某地县令，后又转任观察使幕僚。李商隐九岁时，父亲去世，因为没有亲戚可以依靠，身为家中长子的他，只得为人抄书、舂米，以维持家计。

李商隐自幼可作文章，16岁时，以所写文章投献太平节度使令狐楚（曾任宰相）。令狐楚赏其才华，深加礼遇，待其如子，征辟他入幕为巡官，保举他到上都长安参加科举考试。李商隐能写古文，不讲究对仗，令狐楚能写奏章，将其写作经验传授给李商隐。在令狐楚及其子令狐绹（长李商隐18岁）的帮助和斡旋下，李商隐24岁时，终于进士进第，获得脱下平民衣服、走向仕途的机会。不幸的是，令狐楚于当年因病去世。

第二年，李商隐受邀投考泾原节度使王茂元幕下。王茂元爱其才华，将女儿嫁其为妻。王家与令狐家分属李（李德裕）、牛（牛僧孺）二党，当时恰逢李党掌权。李商隐既为李党从事，牛党极为鄙薄。按后晋刘昫《旧唐书》所言，"时令狐楚已卒，子绹为员外郎，以商隐背恩，尤恶其无行。"虽然令狐绹已对李商隐心存芥蒂，但二人一直存在以李商隐为主动方的礼节性往来。

不久后（843年），王茂元去世，李商隐来到京师，但朝廷久久不给安排职务。846年，唐武宗李炎去世，唐宣宗李忱在宦官支持下灵柩前即帝位。

董乃斌《李商隐传》（2012）说："史载：宣宗一向认为李德裕专权最是可恨，又畏惧他的威严……会昌六年（846）三月唐宣宗即位，过了不到一个月，就迫不及待地将李德裕撵出了朝廷，改任荆南节度使。几个月后，解除'同平章事'的职务，调任闲职东都留守……一直到将他贬为崖州司户参军为止。崖州即今天的海南岛，治所就在今海口市……李德裕在海南苦度两年多时光，终于未能返回大陆，大中三年（849）末，寂寞地死在了岛上。

"受李德裕的牵连，凡视为李党的人物，当然也都纷纷遭到贬谪。一朝天子一朝臣，这是专制体制下的一条铁律。"

与李德裕关系密切的郑亚，便是遭到贬谪的其中一人。"大中元年（847）二月，郑亚被免去给事中职务，改任桂州刺史兼桂管防御、观察等使。他在接到任命后，很快向李商隐发出了邀请，希望他加盟幕府，给他的职务是观察支使、掌书记。"此时，李商隐正在秘书省任校书郎职务，最终接受了郑亚的邀请。

848年，郑亚继续被贬，李商隐无奈回到长安。849年，京兆尹卢弘正奏请李商隐为京兆府掾曹，分管奏章之事。850年，令狐绹升任宰相，李商隐几次上启陈说内心苦衷，令狐绹不予理睬。不久，卢弘正出镇徐州，李商隐又跟随去任掌书记。次年，卢弘正调离徐州，李商隐罢徐州府职又入朝，他以文章干谒令狐，于是被补为太学博士。太学博士是个冷官，但官品不低，是个安置闲散无用人才的地方。851年，李商隐入东川节度使柳仲郢幕府任职，代掌书记。855年，柳仲郢被征调回京，并推荐李商隐为盐铁推官。

按照董乃斌（2012）的说法，"大中十二年（858）年底，或至迟次年春初……李商隐孤寂而安静地病故在自己家中。家人收拾他的床铺，在商隐枕边发现一张泪痕斑斑的纸，上面写着一首不知何时完成的、连题目也没有的七律诗……这就是千古名篇，至今脍炙人口的《锦瑟》。"年仅四十五岁，才华横溢、不谙官道的李商隐就这样离开了人间。

以上描述当有一些猜测或杜撰的成分，但从他的遭遇中可以大致看出：李商隐深受党争之害，心中当是苦不堪言；其品行不为史书认可，被《旧唐书》贬以"无持操，恃才诡激，为当涂者所薄"。《锦瑟》既然遮遮掩掩，欲言又止，定是有难言之隐，内中秘密或许只有知情人才可理解，外人所解也只能是雾里看花终隔一层。

施蛰存（2017）指出："李商隐的诗，有许多题作《无题》《有感》《读史》的，这些诗题，并不像历来诗人那样，用以说明诗的内容。为了记录他的恋爱生活，或者发泄他的单相思情绪，他写了一首隐隐约约的诗，并不要求读者完全明白，于是加上一个题目：《无题》。如果他在社会生活、政治生活方面有所感触，也用艳情诗的外衣写下来，也题之为《无题》或《有感》。如果他对当时的政治、国家大事有所愤慨，他就用借古喻今的手法作诗，题之曰《读史》。"

叶嘉莹（2021）说："为什么李商隐留下了那么多不敢说的像谜语一样的诗呢？因为对国家的腐败、对官员的贪赃枉法还敢说，但是对于跟你有亲密关系、跟你有密切感情的人，你不能说，也不忍说。而什么事情是不能说也不忍说的呢？刚才我们讲他得到令狐楚的欣赏……可是从此以后，李商隐就掉在牛、李两党之间，而这种感情对李商隐来讲是难以说出的。"但是，对于一个人特别是一个诗人而言，受了这么多年屈辱，怎么能忍得住不说呢？明示不可，暗喻还不可以吗？

如果《锦瑟》抒发的是李商隐与令狐家的恩怨，那么，起承转合的每一句诗都应该围绕这个主题，特别是中间两联的四个典故。

首联，"锦瑟无端五十弦，一弦一柱思华年"。

首句"锦瑟无端五十弦"的典故出于《汉书·郊祀志上》，曰："泰帝使素女鼓五十弦瑟，悲，帝禁不止，故破其瑟为二十五弦。"意思是说，瑟本有五十弦，泰帝伏羲因其音太过悲哀，下令去掉一半，留下二十五弦。此处，或许代表了李商隐与令狐绹的关系，本是心心相印，声声和谐，如今却各奏其音，各行其道。而自己，则是被去掉的二十五弦，只能瑟外空鸣。"一弦一柱思华年"，指点点滴滴往事涌上心头。

颔联出句，"庄生晓梦迷蝴蝶"。沈善增《还吾庄子》（2021）言："这大概是《庄子》中最著名的一则故事……夜里庄周做了一个梦，变为蝴蝶，活泼洒脱，完全是只蝴蝶；自己感到非常得意，不知道有什么庄周。一会儿醒过来，吃惊失望，还是那个庄周；不知道是庄周做梦变为蝴蝶呢，还是蝴蝶做梦变为庄周呢？庄周与蝴蝶，那是一定有分别的，不能彻底相知的，这就叫'物'的分化。"李商隐引用这个典故，或许是指：世人皆说我是李党，实际上我本人都很迷惑自己是李党还是牛党，我本无党争之心，更不会为了名利而卖身投靠。

颔联对句，"望帝春心托杜鹃"。出自东晋常璩《华阳国志》之典故，古蜀国："有王曰杜宇，教民务农。杜宇称帝，号曰望帝……其相开明，决玉垒山以除水害，帝遂委以政事，法尧舜禅授之义，遂禅位于开明。帝升西山隐焉。时适二月，子鹃鸟鸣，故蜀人悲子鹃鸟鸣也。……巴亦化其教而力农务，迄今巴、蜀民农时，先祀杜主君。"此典故是对望帝杜宇的歌颂。望帝教民务农，学尧舜禅授之义，即便已经过世，每年还化作杜鹃来提醒民众务农为生。如果此诗写给令狐家人，此句诗则指：不忘当年令狐楚教化提携之恩。

颈联出句，"沧海月明珠有泪"。西晋张华《博物志》曰："鲛人，水居如鱼，不废织绩，其眼能泣珠。"鲛人啼泪成珠的故事，可参见盛唐李颀的七言古诗《鲛人歌》。

鲛人潜织水底居，侧身上下随游鱼。

轻绡文彩不可识，夜夜澄波连月色。

有时寄宿来城市，海岛青冥无极已。

泣珠报恩君莫辞，今年相见明年期。

……

"有时寄宿来城市"与李商隐入令狐楚幕府何等的相似，"啼珠报恩君莫辞"或许正是李商隐所表达的诗义。赵昌平《唐诗三百首全解》（2015）言："'沧海月明珠有泪'，颇切以后商隐与令狐绹、令狐楚父子关系。他虽遭误解，但不忘旧恩，对令狐氏之感戴常形诸诗文，恰似鲛人泣珠满盘以遗主人。"岂止"沧海明月泪有珠"颇切李商隐与令狐家人的关系，笔者认为，其他诗句同样颇切作者与令狐家人的关系。

颈联对句，"蓝田日暖玉生烟"。周公旦《周礼》曰："玉之美者曰球，其次为蓝。"蓝田，地名，距离长安不远，因出美玉而得名。具体典故，众说不一，笔者认为，取白居易《放言五首·其三》。

赠君一法决狐疑，不用钻龟与祝蓍。

试玉要烧三日满，辨材须待七年期。

周公恐惧流言日，王莽谦恭未篡时。

向使当初身便死，一生真伪复谁知？

王贺《白居易诗》（2013）解曰："试玉：检测玉石的真伪，相传真正的玉石火烧三日而不热。辨材：辨别木质的优良，相传优良的豫章木须生长七年才能看出……真理需要时间检验,真相更需要时间来揭示,这就是此诗的主旨。"日久见人心,这不正是李商隐想对令狐绹所表达的意思吗?采玉蓝田,试玉火烧,烧而生烟,三日方见真伪,从而有"蓝田日暖玉生烟"。

尾联,"此情可待成追忆?只是当时已惘然"。前几联讲得通,尾联便可迎刃而解了。往事可追,此情可忆,木已成舟,悔也惘然。对照首联,亦形成呼应。

李商隐《无题》诗中,典故运用常常比较隐晦,如同谜语一样令人费解。甚至有人怀疑,其典故本身所代表的意义,不一定是李商隐企图在他的诗中所显示的意义。金圣叹认为,作诗不应无故写景,同理,作诗不应无故用典。如果我们不解诗义,不应该是典故自身的问题,对于同一句诗,作者所引用和我们认为的可能不是一个典故。即便同一个典故,我们可能与作者的理解也不一样。

"望帝春心托杜鹃"所用典故的指向性很强,但也可以有不同理解。杜鹃是杜鹃科鸟类的通称,有别名布谷、子规、杜宇、催归等。如果将诗句理解为望帝告诫巴蜀人民不忘务农,杜鹃就是布谷鸟,如陆游诗"时令过清明,朝朝布谷鸣",或周紫芝诗"田中水涓涓,布谷催种田"。如果理解为望帝有思归之意,杜鹃就是催归鸟,如谢枋得诗《春日闻杜宇》:"杜鹃日日劝人归,一片归心谁得知。望帝有神如可问,谓予何日是归期。"

"蓝田日暖玉生烟"所用典故的指向性较为模糊。有人认为引用的是东晋干宝《搜神记》中"杨伯雍蓝田种玉"的故事,指好人当有好报。有人认为引用的是西晋陆机《文赋》中"石韫玉而山辉,水怀珠而川媚"的描述,指良玉生烟。笔者认为引用的是白居易的"试玉要烧三日满",指日久见人心。

李商隐与令狐家的恩怨为何不能直说,非要煞费苦心引用大量难解之典故而抒发情志呢?其心理活动又有什么特点呢?

杨丽丽《假装心理学》(2013)有言:"在现实世界里,谁敢说自己从未装过假?人人都有尽可能收集对自己有利的信息,而规避那些对自己有害的信息的心理倾向。在这种心理的支配下，用撒谎，或者装假的形式把自己保护起来，也就不足为怪了。

"法国思想家拉罗什富科如是说：'任何场合中的任何人都想给别人留下自认为较为合适的印象，于是人人都伪装自己的面貌和外表，故此社会就是一个被伪装过的东西。'

"纵览古今中外，深谙作秀之道的名人数不胜数……李白斗酒诗百篇，做的是愤世嫉俗的秀，假如他入朝为官，或许他还写不出什么佳作；陶渊明寄情山水，做的是怀恋朝堂的秀，如果不与外界有联系，多美的桃花源也留不住他的心。"

给世人留下"合适的印象"，或许也是李商隐作无题诗时的心理活动。或者说，按照当时主流社会的观点，李商隐的有关行为是非常不合适的。李商隐16岁投令狐楚（牛党人物）幕下，后者视如己出，资助钱财，纳入幕僚，教授对仗之法，保举进京赶考，甚至斡旋进士及第之路。李商隐24岁进士及第，令狐楚当年病故，令狐绹辞官为父守孝三年。转过年头，李商隐便投在令狐家政敌王茂元（李党人物）幕下，且做了人家的乘龙快婿。此时，正是李党天下，此举虽算不上卖主求荣，至少让人感觉有些背信弃义。试想一下，如果没有令狐家人的相助，李商隐能进士及第吗，很可能连进京考试的资格都没有。如果李商隐不是进士出身，还会被王茂元招入幕下吗？至少不会招为女婿吧。如果当时是牛党当道，李商隐会投入李党人物的幕下吗？很难说。唐初左丞魏徵诗曰："季布无二诺，侯嬴重一言"，李商隐此举，当是差之甚远。

按今人观点，李商隐的这个行为或许情有可原，找份好工作，讨个好老婆，这也是人生大事。而且，李商隐只是一个小人物，不想也不够资格，很可能也并没有真正卷入党争之中。然而，在尊崇儒家思想的时代，一个人特别是一个清流，人品和荣誉是第一位的，如果被冠以"无持操"或非君子的恶名，一定会威信扫地，令人不齿。

李商隐看似上班时心猿意马，下班后风花雪月，并以写情诗甚至是写艳诗见长，然而，从其所行公文可以看出，他工作十分认真，从其有关诗文中可以看出，他与妻子的感情颇深。正如施蛰存（2017）所言：

"后来对李商隐的生平遭遇,经过深入研究,发觉李商隐并不是一个风流浪子,他的那些艳诗,在很大的程度上可能是有隐喻的。"假装风流,也是为了淡化自己历史"不清"的难言之隐。

从以下无题诗中,或许也可以看出些许端倪。

> 昨夜星辰昨夜风,画楼西畔桂堂东。
> 身无彩凤双飞翼,心有灵犀一点通。
> 隔座送钩春酒暖,分曹射覆蜡灯红。
> 嗟余听鼓应官去,走马兰台类转蓬。

直观的感觉,此诗写的是一场通宵宴会,或许还有歌女侍酒。一联写的是时间、地点;二联写的是男女之情,虽心心相印,却不能比翼双飞;三联写的是宴会中的有关活动,送钩、射覆皆游戏;四联是感叹,报晓鼓声响起,无聊公事又来。诗中第二联特别是其对句"心有灵犀一点通"是千古名句,常被后人引用。

写作此诗时,王茂元已经去世,李商隐的妻子即王茂元之女尚在,如此赤裸裸描写男女之情,实属不该。董乃斌《李商隐传》(2012)认为,该诗"道出了他对整个官场生活的观察所得,艺术地刻画了这个官场中人与人的关系,在描写和刻画中巧妙地透露了他的讥讽,而最后则表达了他无奈失望却不肯同流合污的态度。这是一首字面上热热闹闹的诗"。字面上热热闹闹,字面下寒风凛冽,可见此时李商隐的心里面是多么凄凉和孤独。如果,我们把此诗看作党争之辨,也未尝不可。

一联。出句,连用两个"昨夜",或许强调是过去的事情。对句,宴会地点当属秦楼楚馆,或代表自己的处境,夹在华贵的花楼和桂堂之间,暗示自己地位低下,牛李二党皆高不可攀,即便可望也不可及。

二联。可以解释为,我没有在两党之间双飞,你应该能够洞察到这一切。如果"翼"拟音为"臆",出句"无臆"对句"有心",可解释为:您若有心,便知我乃无臆。"臆"从意,与"翼"同为入声职部韵。

三联。"藏钩""射覆"皆类似于猜谜游戏,"隔座""分曹"都是分队隔群的意思,或暗示两党之争皆如游戏一般,无非是站队不同,相互猜疑,自己毫无兴趣。

四联。或指，曾经分属李党牛党阵营，只不过是生活所需，没有其他奢望，更没有什么政治野心。

李商隐的无题诗，经常似是而非，欲言又止，令人费解，我们只能是按图索骥，很难看到诗人内心的真实景象。按照《假装心理学》的理论，李商隐宁愿扮演一个不求上进的浪子形象，也不愿意被人指责为背信弃义的叛徒。因为这个所谓的背信弃义，不仅令整个社会所不齿，还让自己吃够了实实在在的苦头。浪子尚可回头，而政治上的背叛，则永无回头之日，可谓"一失足成千古恨"。从另一个方面讲，李商隐对自己曾经的"不仗义"、至少是有些轻率的行为，是倍加悔恨的，否则也不会一生耿耿于怀，常常自责。一个人犯错不可怕，怕的是不知悔过，不断反省自己的不足，努力洗刷自己的灵魂，便可立地成佛。也就是说，李商隐在这方面是值得敬佩的，他终究还是个堂堂君子，何况他还是那么的才华横溢。

金圣叹选批七律唐诗，取李商隐诗二十九首，排在许浑之后，位居第二，因杜甫诗有专论，不在其列。仅就金氏诗选数量而言，李商隐的诗在唐人七律中排位第三。《唐诗三百首》中，杜甫诗数量最多，其次分别是王维、李白、李商隐。可见，李商隐诗对后世影响巨大。

"李商隐的诗像谜语一样，是很难解的，可是它的美是很吸引人的。从诗学来讲，杜甫以后学杜甫学得最好的就是李商隐。"（叶嘉莹，2021）"李商隐极能组织绮丽的辞藻，他运用的单字和语词，浓淡，刚柔，非常匀称，看起来犹如一片古锦上斑斓的图案。……李商隐的诗，尽管我们不能理解其诗意，但是它们的声、色同样有魅力，能逗取我们的爱好。"（施蛰存，2017）

杜甫是音韵大师，李商隐用音同样讲究明快流畅，确有不少杜诗的味道，两者相比，杜诗端庄，李诗华丽。施蛰存（2017）选取了李商隐八联"历代以来众口传诵的名句"（见表6-1），皆为对句，半数取自无题诗，诗音请读者自行解读。

表 6-1 李商隐名句选

序号	诗名	诗句
1	无题	身无彩凤双飞翼,心有灵犀一点通。
2	无题	梦为远别啼难唤,书被催成墨未浓。
3	无题	春蚕到死丝方尽,蜡炬成灰泪始干。
4	无题	神女生涯原是梦,小姑居处本无郎。
5	安定城楼	永忆江湖归白发,欲回天地入扁舟。
6	回中牡丹	水亭暮雨寒犹在,罗荐春香暖不知。
7	春日寄怀	纵使有花兼有月,可堪无酒又无人。
8	重过圣女祠	一春梦雨常飘瓦,尽日灵风不卷旗。

第三节 诗人

伯特《别去读诗》(2020)说:"也许我们需要在学校里学习诗歌——毕竟,诗歌是门古老而复杂的艺术,有专门的研究学者。也许只有在学校外,我们才能了解诗歌的真相,因为它是直觉和本能的产物,正如拉丁文谚语所说:'诗人是天生的,不是后天造就的。'"

中国古代诗歌浩瀚无垠,不计其数,何诗为佳,何诗为劣,仅仅作为业余爱好者的我们是难以评判的。我们读过的诗,多数是行家里手遴选或推荐的,特别是初学古诗之时。如前所述,《关雎》被选为《诗经》的开篇之作,不应该是随机事件,对于唐诗诗选来讲,同样如此。表6-2列举了一些诗选中排序在先的诗作,对它们进行分析,或许有助于我们理解诗人们的情怀。排序以作者为依据,如明人李攀龙《唐诗选》中最先出现的诗人是魏徵,其次是张九龄、陈子昂;分类是指排序诗歌的诗体，如《唐诗选》最先出现的诗体是五古诗，《全唐诗》最先出现的是皇帝诗。

表 6-2　不同诗选的开篇之作

作者 / 生年	资料来源	分类	开篇	第 2 首	第 3 首
李攀龙 / 明，1514	《唐诗选》	五古	魏徵	张九龄	陈子昂
金圣叹 / 明末，1608	《选批唐诗六百首》	/	杜审言	李峤	沈佺期
彭定求 / 清，1645	《全唐诗》	皇帝	李世民	李治	李显
沈德潜 / 清，1673	《唐诗别裁论》	五古	魏徵	虞世南	李贤
蘅塘退士 / 清，1711	《唐诗三百首》	五古	张九龄	李白	杜甫
周啸天等 /1948	《唐诗鉴赏辞典》	/	魏徵	李世民	虞世南

明人《唐诗选》将魏徵《述怀》选为开篇之作，清人《唐诗别裁论》、今人《唐诗鉴赏辞典》同样如此。关于该诗，《唐诗别裁论》曰："气骨高古，变从前纤靡之气，盛唐风格，发源于此。"《唐诗鉴赏辞典》言："首开时代风气的作品不出自纯粹的诗人，而出自政治上的风云人物，这一事实耐人寻味。"笔者认为，该诗若非出于魏徵笔下，或许不会列在众诗之首，甚至也不会得到"首开时代风气"之评价。上述几部诗选的开篇之作，主要看重的应该是作者本人，而非诗作。除了金圣叹诗选外，其他诗选开篇之作的作者还有李世民、张九龄，同样是以人选诗。魏徵、李世民、张九龄，何许人物？

魏徵。魏徵出生在隋末动乱时代，曾在李密幕下供职，后随李密投唐，并成为唐太宗贞观时代的名臣。唐高祖李渊即位之初，华山以东有一些李密旧部不肯降唐，魏徵便自告奋勇去说服他们，临行之际，以诗《述怀》，表达自己不畏艰难险阻、誓报知遇之恩的情怀。唐太宗登基后，擢升魏徵为谏议大夫，后升为尚书左丞。魏徵有治国才干，性情耿直，从不退缩屈服。犯颜直谏，是魏徵的突出特点之一。

李世民（唐太宗）。唐朝第二位皇帝，历史上最令人崇敬的伟大帝王之一。唐太宗在位期间，英明决策，广施仁政，重用贤才，谨慎自律，从谏如流，引领中华民族成就了空前强大和繁荣的贞观盛世。

张九龄，进士及第，唐代文学家、诗人、名相。担任宰相期间，不避利害，敢于谏诤，为开创"开元之治"之盛世做出了积极贡献。后因李林甫谗言而被罢相，黜为荆州长史。唐玄宗虽曾罢黜张九龄，对其人格风度，却颇为欣赏。根据《旧唐书》记载，张九龄去世后，唐玄宗对宰相推荐之士，总问"风度得如九龄否？"因此，张九龄一直为后世人所崇敬、仰慕。

　　魏徵、张九龄，皆为朝内重臣，治国高手，更为关键的是，二人皆耿直忠厚，谏争如流。谏争如流者，难免冒犯龙颜，若能全身而退，必是圣上海纳百川，从谏如流。从谏如流，李世民就是此类帝王的典范。臣子谏争如流，君王从谏如流，这样的国家没有道理不能兴盛。才华横溢的诗人们，哪一个不希望做出像魏徵这样的盖世功绩，哪一个不希望遇到像李世民这样的千年明君？

　　魏徵冒死招降乱军的壮举，定然会在浪漫的诗人们心中激起层层波浪，选择《述怀》作为开篇之作，也便是理所当然了。而且，魏徵是集政治家、思想家、文学家、史学家于一身的旷世奇才，诗作水平虽难比李杜，但也必是一流无疑。且看其作如下。

述怀　魏徵

　　中原初逐鹿，投笔事戎轩。纵横计不就，慷慨志犹存。
　　杖策谒天子，驱马出关门。请缨系南越，凭轼下东藩。
　　郁纡陟高岫，出没望平原。古木鸣寒鸟，空山啼夜猿。
　　既伤千里目，还惊九逝魂。岂不惮艰险？深怀国士恩。
　　季布无二诺，侯嬴重一言。人生感意气，功名谁复论。

　　第一、二联，写投笔从戎，不畏挫败。第三、四联，写豪气勃发，请缨出战。第五、六联，写沿途风景，征途艰险。

　　第七联"既伤千里目，还惊九逝魂"，引前人诗句，感言对故国的怀念和个人吉凶未卜的意识。说明了作者的成熟和警觉，为国出生入死，绝非基于赳赳武夫的一腔热血。第八联"岂不惮艰险？深怀国士恩"，说明士大夫受到国士（国家栋梁之才）之待遇，必当踌躇满志，视死如归，竭力报效君主的信任和赏识。

第九联"季布无二诺,侯嬴重一言",用两个典故阐述了自己的人生价值观。汉初季布,以信守诺言而闻名于关中;战国侯嬴,有感于信陵君的知遇之恩,终于以死相报。中国古代历史上,信守诺言的故事不胜枚举,这也是君子和小人的重要区别之一。第十联"人生感意气,功名谁复论",既是第九联的延展,也是对全诗的总结,点明了主题即如何看待功名的问题。"人生感意气"当指知遇之恩,与"身怀国士恩"相呼应,既然受到重用,必当不负重任,不惮艰险,学季布侯嬴,不惜以命兑现诺言。

知恩图报,志勇双全,热血沸腾又临危不乱,崇敬意气又担当责任,哪个帝王不喜欢这样的臣子。而性格耿直,谏争入流,则只有像李世民这样的明君才能予以赏识。

我们再看排在《唐诗选》第二顺位、《唐诗三百首》第一顺位的《感遇》。

感遇　张九龄

兰叶春葳蕤,桂华秋皎洁。欣欣此生意,自尔为佳节。

谁知林栖者,闻风坐相悦。草木有本心,何求美人折。

张九龄晚年,因遭谗而受到政治打击,作十二首《感遇》诗,该诗为其中一首。

第一、二联,诗人以兰草、桂树自喻,表示性情高洁、气节超逸、不求人知的本心。"兰叶春葳蕤,桂华秋皎洁。"佳句,兰叶为草,桂华为木;住地多桂,就地取材;春秋比喻时光流失;葳蕤为叠韵,皎洁为双声。

第三联,有谁知道林中隐士(或指本人)正与兰桂(风指花香)相对而悦呢?表示作者对政治打击已经淡然处置。

第四联,草木本就美好,不求美人折下来予以证明。诗人以兰、桂自况,也自嘲为隐士,不求他人赏识,这里的"美人"则比喻君王。表面上看,作者不求他人赏识,不求君王重用。但是,自比兰、桂,则道出了自己遭贬实属不公。

魏徵、李世民、张九龄,都不属于"纯粹"的诗人,但是,他们的诗却被选为诗选的开篇之作。由此可见，入朝为官、建功立业是读书人的普遍理想，然而，太多的案例说明，学富五车的诗人们常常不被重视，甚至遭人误解，越是"纯粹"的诗人似乎越不适合做官。难道，诗人特别是"纯粹"的诗人不适合入朝为官吗？或者说，诗人都具备哪些特质？他们又是如何能够写出美妙的诗句来呢？

摩尔在其《国王 武士 祭司 诗人》（2018）一书中，讨论了幼稚男孩如何成长为成熟男人，该书认为，成熟男人具有四个气质原型，国王、武士、祭司、诗人，每个人身上都具备这四个原型，只是比例或倾向性不同而已。

国王是其他三种原型的基础，而且以完美的比例包含了其他三种原型，完整的国王具有两个功能，制定秩序和赐福。武士，代表了进取心，一往无前，同时还要保持足够的警觉。祭司，代表了意识、洞察力、深思和反思。

"诗人是一个钟情于游戏和展示的原型，是一个展现健康的原型，是一个沉浸于感官的快乐、不为自己的身体感到羞耻的原型。因此，诗人是非常耽于感官享受的——对物质世界的精彩景象有着强烈的感觉和敏感性……无论什么事，他都能从审美的角度来感受。对他来说，整个生活就是艺术。他的兴趣点和武士、祭司以及国王正相反，其他这些能量更关注界限、控制、命令和纪律……

"如果我们能够正确地获得诗人能量，同时让我们的自我结构保持稳健，我们就会对我们的生活、我们的目标、我们的工作、我们的成就，感到有所牵挂、有所联系，也能够做到热情投入、感同身受、精力充沛、浪漫多情。正是与诗人能量的正确联结，赋予我们意义感——我们称之为灵性；正是诗人能量，会成为我们为自己和他人建设美好世界的希望之源。他是一个理想主义者，也是一个梦想家。他是那个真心想让我们拥有锦绣人生的人。诗人原型会对你说：'我把你带到这个世界，也希望你拥有丰富多彩的人生。'……

"诗人能量同样需要与其他能量为伍。诗人缺乏界限意识，在他混乱的感觉和感官愉悦中，需要由国王来为其划定界限、建立结构、化乱为治，这样诗人能量才能导引创造性。没有界限的诗人能量就会变成负面的、破坏性的东西。诗人也需要武士的支持，以便能够果敢地挥利剑斩情丝，从让人迈不动脚步的感官享乐的罗网中挣脱出来，做到果断行动、超然物外。诗人也需要由武士来为其摧毁金色庙宇，因为这只会让其过分恋恋不舍。诗人也需要祭司帮助他从情绪的罗网中挣脱出来，以便能够冷静地省思，获得对事物更加客观的看法；能够拉开一定的距离，至少能保证让他看到更加完整的画面，感受到隐藏在表象下的真实。"

人们常说，诗人习惯于庙堂和江湖之间的徘徊，何去何从，则取决于在不同外部环境下，诗人内心深处不同力量抗衡博弈的结果。诗人力量主导的文人，特别是"纯粹的"诗人从政时，诗人力量中漠视界限、钟情于游戏和展现等等本质，或许会成为他们立足于庙堂的负面力量。

诗人是理想主义者和梦想家，具有开放的思维，缺乏界限意识，倾向于我行我素。如果国王是秩序的维持者，诗人则是秩序的挑战者；如果武士代表了专注和警觉，诗人则代表了任性和浪漫；如果祭司代表了理性和洞察力，诗人则代表了感性和敏感性。所有人当然也包括诗人在内的思想和行为是一个矢量，其大小和方向，不仅取决于不同力量的比例，还取决于总体力量的大小。

顾随《中国古典诗词感发》（2012）言："人最难得是个性强而又了解人情。诗人多半个性强，而个性强者多不了解人情，只知有己，不知有人，如老杜即不通人情。诗人需个性强而又通达人情，且生活有诗味——然若按此标准，则古今诗人不多。"

世界上并没有纯粹的诗人，正像没有纯粹的祭司、武士，乃至国王一样。我们之所以称他们为诗人，只不过他的个性或者说他们身上诗人的力量更加强大而已。在所谓纯粹的诗人身上，诗人的力量占据更大优势，他们诗歌中的精华，也是诗歌力量的体现。诗歌的精华在于诗歌本身，是激情、本能、机敏、艺术、梦想、叛逆，是生动的画面，是诗人笔下流淌出来的美妙声音。诗人就是诗人，无论什么事，他们都倾向于从审美的角度来感受，对物质世界的精彩景象有着强烈的敏感性。诗人能够看到我们所看不到的色彩和形状，能够听到我们所听不到的韵律和节奏。从广义的角度分析，一切艺术家都是诗人，其区别主要体现在其所敏感的元素的不同。除了节奏、平衡等共有元素外，画家或许对色彩更加敏感，雕刻家和舞蹈家或许对形状更加敏感，音乐家和诗人或许对声音更加敏感。

《物种起源》说："歌德曾经这样说过：'自然为了要在一边消费，因此，就被迫要在另一边节约。'我认为，这种说法在某种范围内也同样适用于我们的家养动物。如果养料过多地流向一个或少数几个器官，那么，至少可以说，流向其他器官的养料就不会充足了，因此，要获得一头产乳多而又容易长胖的牛是很困难的。"

推而广之，歌德之言在某种范围内也应该适用于我们每一个人，当然也包括诗人和他们的作品。一个人，自身诗人力量越大，其他力量就会越小。诗人就是诗人，就像所有艺术家一样，他们带给我们丰富的生活，让我们感受感官的愉悦。如果让他们做国王，他们缺乏边界意识，无法控制全局；如果让他们做武士，他们迷恋感官享乐，无法做到果断行动，超然物外；如果让他们做祭司，他们容易情绪化，无法完整客观地看清事物。当然，诗人能够提供给我们的东西，其他人也难以提供，各就其位各尽其责的世界，才是协调平衡的世界。

同理，作为一种文学体裁，诗歌在声音上面被注入了更多的能量，在其他方面的能量就会相对被削弱。如果我们希望诗歌既有美妙的声音，又有伟大的思想和哲理，不是没有可能，但是非常困难，如同一个农夫幸运地获得了"一头产乳多而又容易长胖的牛"一样困难。如果我们在欣赏、创作、讨论诗歌，特别是在语文课上教孩子们习学诗歌时，把关注力集中于其他方面，而忽视了语言的声音艺术，就有点舍本逐末了。

第七章　古为今用

今天讨论古诗，诗音问题是不能回避的。本人于鲁西地区长大，作为一种曲艺形式，山东快书是自己青少年时期的最爱，《武松打虎》则是时时挂在嘴边。甭说里面内容如何，即便是听到半月板叮叮当当的响声，或者随口说起"当里个当，当里个当，当里个当里个当里个当"的开场白时，便会兴奋不已。恢复高考次年，笔者考入上海某大学后，问及本地同学所爱曲艺，独角戏自然是情有独钟。看看他们沉浸在独角戏中的状态，跟本人听山东快书如出一辙。上海同学还说，如果到现场观看表演，那才叫声情并茂，让人欲罢不能。本人初来乍到，不谙当地语言，自然不敢苟同。许多年后，当本人自认为已经熟悉上海话，甚至可以操着洋泾浜的口音与本地人交流时，观看了一次独角戏现场表演。本人感觉，正如本地同学所言，独角戏的确很有趣，完全不输于相声，角儿的表演更是如此。现场观看表演时，自己也会开怀大笑，但是笑不出眼泪，笑点也明显低于本地观众。因为在骨子里，俺还是山东人，尽管已经在上海学习生活多年，无论是在语音还是在文化方面，依然无法真正融入这个世界。进一步讲，如果这时让本人撰写一个独角戏的小段子，肯定比登天还难。

今天，普通话已经普及，对于已经习惯于用普通话思维和交流的人来讲，如果模仿唐音，依照古代诗歌的形式，能作出好诗词吗？经过一千多年的演变，今音与唐音发生了很大的变化。借助平水韵等古代文献，我们或许可以知道在唐音里哪些字属于同一韵部，乃至哪些字属于同一声纽，但是我们却无法确定其真正读音。如果连如何发音都无法确定，如何利用它们创作出发自肺腑的优秀诗歌呢？

　　上海古籍出版社《诗韵新编》之编写说明中有言："诗韵不可能是一成不变的东西。它应该随着语言的发展而不断改进，不断添加新的血液，否则诗歌就跟不上时代。我国自有文字记载以来，唐、虞、殷、周时代的民歌已经见到有韵，《三百篇》是周代诗歌的总汇，也就是因为有韵，才能入乐。以后的楚辞、汉赋，唐诗、宋词，元、明戏曲等作品的韵字，都是一面步武着前人遗迹，一面又有演变和发展。"

　　与唐代相比，今天分明别是一种时代，今人分明别是一种心态，今字分明别是一种音韵，今文分明别是一种言语。于诗音而言，我们已经无法听到唐音本味，以至于无法真正去领略唐诗的风采，但是，我们或许可以借鉴古代优秀诗歌的经验和规律，用今天的声音写出适合今人的优秀诗歌。

　　中国古代诗词是一个巨大的文学宝库，等待我们去探索开发乃至发扬光大。今天，我们有比古人更加先进的语言工具，汉语拼音的创建对字音的描述更加准确，声学研究的结果让我们更加接近声音的本质，检索手段的进步使我们获得文献资料更加便利，结合现代科学成果和工具，我们也应该能够使古代诗歌焕发青春。

　　近体诗是中国古代诗歌理论和实践的巅峰，四声八病则是其核心理论之一。我们甚至可以说，四声八病的理论依然没有过时，近体诗的形式依然有勃勃生机，但是，这并不意味着在写诗词时可以直接照搬古代理论，因为普通话在调、韵、纽三要素方面，与古音之间均存在不小差异。

　　在声调方面，今音和古音，或者说普通话跟平水韵的最大区别在于入声字的消失。平水韵有平、上、去、入四声，普通话有阴平、阳平、上、去四声，虽然同为四声，对于习作古诗而言，差别很大。古人用音，分为两类，平为平声，上、去、入为仄声；今人用音，亦分两类，阴平、阳平为平声，上、去为仄声。汉字声调的变化，给古诗特别是近体诗写作带来诸多不变。

　　除了入声字消失外，平声分化是今人创作诗词应该考虑的问题。近体诗要求押平声韵，在平水韵中，平声没有阴、阳之分。如在"庚"韵部中，"清""情"发音应该是相同或十分相近的，而在普通话里，两者有明显的区别。古诗十分讲究韵的声调，近体诗押韵更是如此。古体诗押韵较宽，可转韵，可邻韵通押，可押平声韵，也可押仄声韵。古体诗虽然可押仄声韵，但是，不同声调即上、去、入三声一般不相押（转韵是另一个概念），也就是说，押韵不改声调是古人作诗的倾向性原则。用普通话写近体诗，如果阴平、阳平互押，似乎不符合押韵不改声调的原则，虽然二者皆属平声，但毕竟音调相差不小。今人写近体诗，韵脚阴阳独用（不混用）或许更符合近体诗感觉。

从音病角度分析，平声的阴阳分化可以减轻韵病的症状。在平水韵中，"秋""愁"属相同韵部，若二字出现在同一联诗句中，便是韵病（首句押韵、叠韵者除外）：若一字为韵字，则犯大韵病；若二字皆非韵字，则犯小韵病。所谓八病，是因为容易形成除韵脚之外的杂律，从而干扰主律的节奏。对于今音而言，二字虽皆为平声，但"秋"为阴平，"愁"为阳平，声调相差明显，或许不属韵病，至少病症较轻。

鹤膝问题。鹤膝，指相邻两联的白脚字为相同声调，即白脚押调，古人视其为诗之重病。普通话虽有四个声调，但是对于古诗写作而言，只能算平、上、去三个声调，因为阴平、阳平是不分的。以普通话作古体仄韵（上、去）诗，鹤膝问题还好处理。如押上声韵时，白脚字可以去、阴平、阳平间而用之。阴平、阳平虽然皆为平声，但声调上毕竟有明显区别。以普通话作平声韵诗，问题比较棘手。韵脚用平声，白脚只有上、去二声可用，为避鹤膝，只能上、去间隔用之。实际上，这也是"有规律的变化"，也算杂律，尽管程度上小于鹤膝。

"普通话有39个韵母。其中23个由单元音或复合元音充当，16个由元音附带鼻辅音韵尾构成。"（林鸿，2005）2019年教育部颁发的《中华通韵》之十五韵（不含er），是将39个韵母中音韵相近的字归入一个韵部，每个韵部选择一个字作为代表。例如，归入"安"韵部的韵母有"an""ian""uan""üan"；归入"英"韵部的韵母有"eng""ing""ueng"。十五韵内，又分平（阴阳合并）、上、去三类声调，故而，十五韵共计45个韵部。相较106韵部的平水韵而言，45韵部已是大大简化，今人写作诗词，选字用词也更加容易了。但是，唐诗特别是近体诗是在唐韵（或平水韵）基础上发展起来的，如果用十五韵作诗词，能够再现旧时的韵味吗？应该不是一件容易的事。

　　诗音八病中强调的是对主韵的保护，同联诗中若出现两个韵部相同的字，便会形成明显的句内韵，或可干扰主韵，故称韵病。古音如平水韵，没有精确的标音工具，同一韵部字的音韵（母）是否完全一致，似乎没有定论。但是，对于普通话而言，相同韵部的音韵显然有一定的差别，如同为"安"韵部的"甘，gān"跟"宽，kuān"。用今音写作诗词时，如果"甘""宽"出现在同联诗句中时，是否属于韵病呢？笔者不解。若属于韵病，二者音韵有异；若不属韵病，二者韵部相同。反过来说，诗词特别是近体诗强调主韵的韵律，用普通话写诗词，相同韵部之不同韵母混押，如"an"跟"uan"混押，是否韵律不足呢？笔者亦不解。

　　最后讨论声纽问题。中国传统音韵学上有声纽36个，如今普通话合并为22声母，今音不但声母更少，而且标音手段科学，标音更加准确。音纽之病特别是旁纽，古人似乎早已不以为病。但是，今音声母更少，纽病出现的可能性更大，写诗词特别是写近体诗时，或许也应适当注意。

　　古诗词是我国传统文化的重要组成部分，是中华民族繁荣昌盛的显著标志，也是世界传统文化中蕴藏丰富的艺术宝库。时代越是发展，社会越是进步，传统文化越是不能忽视。中华诗词特别是独树一帜的近体诗需要发扬光大，需要注入新鲜血液，需要人们利用科学技术和认知手段的进步，更加深入地去发掘和探索。诗歌是声音的艺术，对于中国古代诗词而言，仅仅研究诗义是远远不够的。关于汉语诗歌诗音方面的问题还有许多未解之谜，探索研究中国古诗诗音，不仅能够让我们更好地理解和学习诗词，对于新诗的写作应该也有不小的借鉴作用。

附 表

附表1 《词林正韵》前十四部

韵部	平声		上声		去声	
	广韵	平水韵	广韵	平水韵	广韵	平水韵
第一部	一东	一东	一董	一董	一送	一送
	二冬	二冬	二肿	二肿	二宋	二宋
	三钟				三用	
第二部	四江	三江	三讲	三讲	四绛	三绛
	十阳	七阳（下）	三十六养	二十二养	四十一漾	二十三漾
	十一唐		三十七荡		四十二宕	
第三部	五支	四支	四纸	四纸	五寘	四寘
	六脂		五旨		六至	
	七之		六止		七志	
	八微	五微	七尾	五尾	八未	五未
	十二齐	八齐	十一荠	八荠	十二霁	八霁
					十三祭	
	十五灰	十灰	十四贿	十贿	十八队	十一队
	十六咍		十五海		十九代	
					二十废	
					十四泰*	九泰

续表

韵部	平声 广韵	平声 平水韵	上声 广韵	上声 平水韵	去声 广韵	去声 平水韵
第四部	九鱼	六鱼	八语	六语	九御	六御
	十虞	七虞	九麌	七麌	十遇	七遇
	十一模		十姥		十一暮	
第五部	十三佳*	九佳	十二蟹	九蟹	十五卦*	十卦
	十四皆		十三骇		十六怪	
					十七夬	
					十四泰*	九泰
第六部	十七真	十一真	十六轸	十一轸	二十一震	十二震
	十八谆		十七准		二十二稕	
	十九臻					
	二十文	十二文	十八吻	十二吻	二十三问	十三问
	二十一欣		十九隐		二十四焮	
	二十三魂	十三元	二十一混	十三阮	二十六慁	十四愿
	二十四痕		二十二狠		二十七恨	
第七部	二十二元	十三元	二十阮	十三阮	二十五愿	十四愿
	二十五寒	十四寒	二十三旱	十四旱	二十八翰	十五翰
	二十六桓		二十四缓		二十九换	
	二十七删	十五删	二十五潸	十五潸	三十谏	十六谏
	二十八山		二十六产		三十一裥	
	一先	一先（下）	二十七铣	十六铣	三十二霰	十七霰
	二仙		二十八狝		三十三线	

续表

韵部	平声		上声		去声	
	广韵	平水韵	广韵	平水韵	广韵	平水韵
第八部	三萧	二萧（下）	二十九筱	十七筱	三十四啸	十八啸
	四宵		三十小		三十五笑	
	五肴	三肴（下）	三十一巧	十八巧	三十六效	十九效
	六豪	四豪（下）	三十二皓	十九皓	三十七号	二十号
第九部	七歌	五歌（下）	三十三哿	二十哿	三十八个	二十一个
	八戈		三十四果		三十九过	
第十部	十三佳*	九佳	三十五马	二十一马	十五卦*	十卦
	九麻	六麻（下）			四十祃	二十二祃
第十一部	十二庚	八庚（下）	三十八梗	二十三梗	四十三映	二十四敬
	十三耕		三十九耿		四十四诤	
	十四清		四十静		四十五劲	
	十五青	九青（下）	四十一迥	二十四迥	四十六径	二十五径
	十六蒸	十蒸（下）	四十二拯		四十七证	
	十七登		四十三等		四十八嶝	
第十二部	十八尤	十一尤（下）	四十四有	二十五有	四十九宥	二十六宥
	十九侯		四十五厚		五十候	
	二十幽		四十六黝		五十一幼	
第十三部	二十一侵	十二侵（下）	四十七寝	二十六寝	五十二沁	二十七沁
第十四部	二十二覃	十三覃（下）	四十八感	二十七感	五十三勘	二十八勘
	二十三谈		四十九敢		五十四阚	
	二十四盐	十四盐（下）	五十琰	二十八琰	五十五艳	二十九艳
	二十五沾		五十一忝		五十六㮇	
	二十六严		五十二俨		五十七验	

续表

韵部	平声		上声		去声	
	广韵	平水韵	广韵	平水韵	广韵	平水韵
	二十七咸	十五咸（下）	五十三豏	二十九豏	五十八陷	三十陷
	二十八衔		五十四槛		五十九鉴	
	二十九凡		五十五范		六十梵	

注：*代表部分；（下）指下平声。

附表2 《词林正韵》后五（入声）部

韵部	广韵	平水韵	韵部	广韵	平水韵
第十五部	一屋	一屋	第十八部	八物	五物
	二沃	二沃		九迄	
	三烛			十月	六月
第十六部	四觉	三觉		十一没	
	十八药	十药		十二曷	七曷
	十九铎			十三末	
第十七部	五质	四质		十四黠	八黠
	六术			十五辖	
	七栉			十六屑	九屑
	二十陌	十一陌		十七薛	
	二十一麦			二十九叶	十六叶
	二十二昔			三十怗	
	二十三锡	十二锡	第十九部	二十七合	十五合
	二十四职	十三职		二十八盍	
	二十五德			三十一业	十六叶
	二十六辑	十四缉		三十二洽	十七洽
				三十三狎	
				三十四乏	

附表3 首尾字纽押例句（按普通话取本、邻纽押）

作者	诗名	例句
白居易	长恨歌	春宵苦短日高起，从此君王不早朝
白居易	长恨歌	回眸一笑百媚生，六宫粉黛无颜色
白居易	赋得古原草送别	野火烧不尽……远芳侵古道
白居易	赋得古原草送别	又送王孙去，萋萋满别情
白居易	放言（一）	何须恋世常忧死，亦莫嫌身漫厌生
白居易	邻女	白日姮娥旱地莲……碧纱窗下绣床前
白居易	南湖早春	风回云断雨初晴，返照湖边暖复明
白居易	钱塘湖春行	几处早莺争暖树，谁家新燕啄春泥
白居易	七夕	烟霄微月澹长空，银汉秋期万古同
白居易	琴茶	琴里知闻唯渌水，茶中故旧是蒙山
白居易	问刘十九	晚来天欲雪，能饮一杯无
白居易	遗爱寺	时时闻鸟语，处处是泉声
白居易	早冬	十月江南天气好，可怜冬景似春华
白居易	早冬	霜轻未杀萋萋草，日暖初干漠漠沙
白石	过垂虹	曲终过尽松陵路，回首烟波十四桥
岑参	逢入京使	故园东望路漫漫，双袖龙钟泪不干
常建	题破山寺后禅院	曲径通幽处，禅房花木深
常建	题破山寺后禅院	山光悦鸟性，潭影空人心
常建	题破山寺后禅院	万籁此俱寂，惟余钟磬音
陈叔宝	玉树后庭花	妖姬脸似花含露，玉树流光照后庭
陈与义	微雨中赏月桂独酌	一壶不觉丛边尽，暮雨霏霏欲湿鸭
陈子昂	度荆门望楚	城分苍野外，树断白云隈
崔颢	长干行（一）	妾住在横塘 / 停船暂借问

作者	诗名	例句
崔颢	行经华阴	岧峣太华俯咸京，天外三峰削不平
		仙人掌上雨初晴 / 河山北枕秦关险
崔郊	赠婢	公子王孙逐后尘……从此萧郎为路人
崔涂	巴山道中除夜有怀	乱山残雪夜……渐与骨肉远
崔涂	春夕	水流花谢两无情，送尽东风过楚城
		自是不归归便得，五湖烟景有谁争
崔涂	孤雁	关月冷相随……孤飞自可疑
戴叔伦	江乡故人偶集客舍	翻疑梦里逢 / 风枝惊暗鹊
		羁旅长堪醉，相留畏晓钟
杜甫	别房太尉墓	低空有短韵 / 对棋陪谢傅
杜甫	春宿左省	星临万户动，月傍九霄多
		明朝有封事，数问夜如何
杜甫	春望	国破山河在……感时花溅泪
		恨别鸟惊心……浑欲不胜簪
杜甫	春夜喜雨	随风潜入夜，润物细无声
		晓看红湿处，花重锦官城
杜甫	初冬	干戈未偃息，出处遂何心
杜甫	登高	无边落木萧萧下……万里悲秋常作客
		不尽长江滚滚来……百年多病独登台 / 艰难苦恨繁霜鬓，潦倒新停浊酒杯
杜甫	登岳阳楼	亲朋无一字，老病有孤舟
杜甫	渡荆门离别	山随平野尽，江入大荒流
		月下飞天镜，云生结海楼
杜甫	奉济驿重送严公四韵	远送从此别……几时杯重把
		江村独归处，寂寞养残生

续表

作者	诗名	例句
杜甫	阁夜	五更鼓角声悲壮……卧龙跃马终黄土
		野哭千家闻战伐，夷歌数处起渔樵
杜甫	江汉	片云天共远，永夜月同孤
杜甫	江南逢李龟年	正是江南好风景，落花时节又逢君
杜甫	绝句（一）	窗含西岭千秋雪，门泊东吴万里船
杜甫	绝句（二）	迟日江山丽，春风花草香
杜甫	客至	舍南舍北皆春水……花径不曾缘客扫
		盘飧市远无兼味，樽酒家贫只旧醅
杜甫	旅夜抒怀	细草微风岸……星垂平野阔
杜甫	贫交行	翻手作云覆手雨，纷纷轻薄何须数
杜甫	秋兴	江间波浪兼天涌，塞上风云接地阴
杜甫	水槛遣心	细雨鱼儿出，微风燕子斜
		城中十万户，此地两三家
杜甫	蜀相	出师未捷身先死，长使英雄泪满襟
		映阶碧草自春色，隔叶黄鹂空好音
杜甫	宿府	永夜角声悲自语……已忍伶俜十年事
杜甫	题壁上韦偃画马歌	戏拈秃笔扫骅骝，欻见骐驎出东壁
杜甫	天末怀李白	鸿雁几时到，江湖秋水多
杜甫	望岳	造化钟神秀，阴阳割昏晓
杜甫	野望	踏马出郊时极目，不堪人事日萧条
杜甫	咏怀古迹（一）	支离东北风尘际，漂泊西南天地间
		三峡楼台淹日月，五溪衣服共云山
杜甫	咏怀古迹（二）	最是楚宫俱泯灭，舟人指点到今疑

作者	诗名	例句
杜甫	咏怀古迹（三）	群山万壑赴荆门……一去紫台连朔漠
		画图省识春风面，环佩空归月夜魂
杜甫	咏怀古迹（四）	岁时伏腊走村翁/武侯祠屋常邻近
杜甫	咏怀古迹（五）	诸葛大名垂宇宙，宗臣遗像肃清高
杜甫	月夜	清辉玉臂寒/何时倚虚幌
杜甫	月夜忆舍弟	有弟皆分散，无家问死生
杜牧	赤壁	折戟沉沙铁未销，自将磨洗认前朝
杜牧	登乐游原	万古销沉向此中……五陵无树起秋风
杜牧	及第后寄长安故人	秦地少年多酿酒，却将春色入关来
杜牧	寄扬州韩绰判官	青山隐隐水迢迢，秋尽江南草未凋
		二十四桥明月夜，玉人何处教吹箫
杜牧	金谷园	日暮东风怨啼鸟，落花犹似坠楼人
杜牧	泊秦淮	烟笼寒水月笼沙，夜泊秦淮近酒家
		商女不知亡国恨，隔江犹唱后庭花
杜牧	齐安郡后池绝句	尽日无人看微雨，鸳鸯相对浴红衣
杜牧	遣怀	十年一觉扬州梦，赢得青楼薄幸名
杜牧	秋浦途中	萧萧山路穷秋雨，淅淅溪风一岸蒲
杜牧	秋夕	银烛秋光冷画屏，轻罗小扇扑流萤
杜牧	送隐者一绝	公道世间唯白发，贵人头上不曾饶
杜牧	题齐安城楼	鸣轧江楼角一声，微阳潋潋落寒汀
杜牧	题乌江亭	江东子弟多才俊，卷土重来未可知
杜牧	西江怀古	千秋钓舸歌明月，万里沙鸥弄夕阳
杜牧	赠别（一）	豆蔻梢头二月初/春风十里扬州路
杜秋娘	金缕衣	花开堪折直须折，莫待无花空折枝

续表

作者	诗名	例句
杜荀鹤	春宫怨	日高花影重/相忆采芙蓉
高骈	山亭夏日	绿树阴浓夏日长，楼台倒影入池塘
高适	东平别前卫县李寀少府	黄鸟翩翩杨柳垂，春风送客使人悲
高适	东平别前卫县李寀少府	怨别自惊千里外……云开汶水孤帆远
高适	东平别前卫县李寀少府	论交却忆十年时……路绕梁山匹马迟
高适	别董大	莫愁前路无知己，天下谁人不识君
高适	送李少府贬峡中王少府贬长沙	嗟君此别意何如，驻马衔杯问谪居
顾况	宫词	玉楼天半起笙歌……月殿影开闻夜漏
韩翃	寒食	春城无处不飞花，寒食东风御柳斜
韩翃	同题仙游观	风物凄凄宿雨收/山色遥连秦树晚
韩翃	同题仙游观	何用别寻方外去，人间亦自有丹丘
韩偓	春尽	人闲易有芳时恨，地迥难招自古魂
贺知章	回乡偶书	少小离家老大回，乡音无改鬓毛衰
贺知章	回乡偶书	乡音无改鬓毛衰……笑问客从何处来
贺知章	咏柳	碧玉妆成一树高……不知细叶谁裁出
胡令能	小儿垂钓	侧坐莓苔草映身/路人借问遥招手
胡令能	小儿垂钓	蓬头稚子学垂纶……怕得鱼惊不应人
皇甫冉	春思	家住层城临汉苑……机中锦字论长恨
黄庭坚	寄黄几复	桃李春风一杯酒，江湖夜雨十年灯
黄庭坚	见二十弟倡和花字漫兴	落絮游丝三月候，风吹雨细一城花
贾岛	题李凝幽居	鸟宿池边树，僧敲月下门
贾岛	题李凝幽居	过桥分野色，移石动云根
贾岛	雪晴望晚	倚杖望晴雪，溪云几万重

续表

作者	诗名	例句
贾岛	寻隐者不遇	松下问童子……只在此山中
		言师采药去……云深不知处
寇准	春昼偶思	风帘不动黄鹂语,坐见庭花日影移
寇准	春昼	坐来生远思,深渊燕初归
李白	把酒问月	古人今人若流水,共看明月皆如此
李白	长相思（一）	孤灯不明思欲绝,卷帷望月空长叹
李白	长相思（二）	日色欲尽花含烟,月明如素愁不眠
李白	春夜洛阳城闻笛	谁家玉笛暗飞声,散入春风满洛城
李白	登金陵凤凰台	吴宫花草埋幽径,晋代衣冠成古丘
		一水中分白鹭洲/总为浮云能蔽日
李白	渡荆门送别	山随平野尽,江入大荒流
		月下飞天镜,云生结海楼
李白	宫中行乐词（一）	柳色黄金嫩,梨花白雪香
李白	宫中行乐词（二）	小小生金屋,盈盈在紫微。山花插宝髻,石竹绣罗衣。
李白	关山月	长风几万里,吹度玉门关
		汉下白登道,胡窥青海湾
李白	临江王节士歌	安得倚天剑,跨海斩长鲸
李白	庐山谣寄卢侍御虚舟	登高壮观天地间,大江茫茫去不还
李白	陪族叔游洞庭湖	南湖秋水夜无烟,耐可乘流直上天
李白	清平调（二）	一枝红艳露凝香,云雨巫山枉断肠
李白	清平调（三）	名花倾国两相欢……解释春风无限恨
		常得君王带笑看……沉香亭北倚阑干
李白	上李邕	宣父犹能畏后生,丈夫未可轻年少

续表

作者	诗名	例句
李白	送友人	青山横北郭……孤蓬万里征
		白水绕东城／此地一为别
李白	听蜀僧浚弹琴	为我一挥手，如听万壑松
李白	望庐山瀑布	日照香炉生紫烟，遥看瀑布挂前川
李白	望天门山	两岸青山相对出，孤帆一片日边来
李白	夜宿山寺	危楼高百尺，手可摘星辰
李白	夜泊牛渚怀古	牛渚西江夜，青天无片云／登舟望秋月……余亦能高咏
李白	夏日山中	懒摇白羽扇，裸袒青林中
李白	玉阶怨	玉阶生白露，夜久侵罗袜
		却下水晶帘，玲珑望秋月
李白	与史郎中钦听黄鹤楼上吹笛	黄鹤楼中吹玉笛，江城五月落梅花
李白	与夏十二登岳阳楼	云间连下榻，天上接行杯
李白	怨情	但见泪痕湿，不知心恨谁
李白	月下独酌	独酌无相亲……对影成三人
		月既不解饮，影徒随我身
李白	早发白帝城	朝辞白帝彩云间……两岸猿声啼不住
		千里江陵一日还……轻舟已过万重山
李端	听筝	素手玉房前……时时误拂弦
李贺	雁门太守行	半卷红旗临易水，霜重鼓寒声不起
李清照	夏日绝句	生当作人杰，死亦为鬼雄
李群玉	人日梅花病中作	玉鳞寂寂飞斜月，素颜亭亭对夕阳
李商隐	安定城楼	迢递高城百尺楼，绿杨枝外尽汀洲
		永忆江湖归白发，欲回天地入扁舟

续表

作者	诗名	例句
李商隐	北齐	小怜玉体横陈夜，已报周师入晋阳
		巧笑知堪敌万几，倾城最在著戎衣
李商隐	春雨	远路应悲春晼晚……玉珰缄札何由达
李商隐	重过圣女祠	萼绿华来无定所，杜兰香去未移时
		玉郎会此通仙籍，忆向天阶问紫芝
李商隐	杜工部蜀中离席	雪岭未归天外使，松州犹驻殿前军
李商隐	风雨	青楼自管弦/新知遭薄俗…… 心断新丰酒，销愁斗几千
李商隐	花下醉	寻芳不觉醉流霞，倚树沉眠日已斜
		客散酒醒深夜后，更持红烛赏残花
李商隐	寄令狐郎中	嵩山秦树久离居，双鲤迢迢一纸书
李商隐	登乐游原	夕阳无限好，只是近黄昏
李商隐	良思	永怀当此节，倚立自移时 北斗兼春远……疑误有新知
李商隐	隋宫	玉玺不缘归日角，锦帆应是到天涯
		于今腐草无萤火，终古垂杨有暮鸦
李商隐	隋堤	九重谁省谏书函/春风举国裁宫锦
李商隐	无题（重帏）	重帏深下莫愁堂，卧后清宵细细长
		小姑居处本无郎……月露谁教桂叶香
李商隐	无题（锦瑟）	沧海月明珠有泪，蓝田日暖玉生烟
李商隐	无题（来是）	书被催成墨未浓……麝熏微度绣芙蓉
		蜡照半笼金翡翠……刘郎已恨蓬山远
李商隐	无题（飒飒）	金蟾啮锁烧香入……贾氏窥帘韩掾少
		玉虎牵丝汲井回……一寸相思一寸灰
李商隐	无题（为有）	为有云屏无限娇……无端嫁得金龟婿

续表

作者	诗名	例句
李商隐	无题（相见）	东风无力百花残/春蚕到死丝方尽
		蜡炬成灰泪始干/晓镜但愁云鬓改
李商隐	晚晴	深居俯夹城，春去夏犹清
李商隐	谒山	欲就麻姑买沧海，一杯春露冷如冰
李商隐	忆梅	定定住天涯，依依向物华
		寒梅最堪恨，常作去年花
李颀	送魏万之京	朝闻游子唱离歌，昨夜微霜初度河
		云山况是客中过/关城树色催寒近
林逋	山园小梅	众芳摇落独暄妍，占尽风情向小园
		疏影横斜水清浅……霜禽欲下先偷眼
林升	题临安邸	暖风熏得游人醉，直把杭州作汴州
令狐楚	从军词	胡风千里惊，汉月五更明
刘长卿	别严士元	细雨湿衣看不见，闲花落地听无声
刘长卿	长沙过贾谊宅	秋草独寻人去后，寒林空见日斜时
刘长卿	逢雪宿芙蓉山主人	柴门闻犬吠，风雪夜归人
刘长卿	饯别王十一南游	长江一帆远，落日五湖春
刘长卿	江州重别薛六柳八二员外	生涯岂料承优诏，世事空知学醉歌
		寄身且喜沧洲近/今日龙钟人共老
刘长卿	秋日登吴公台上寺远眺	野寺来人少，云峰隔水深
		夕阳依旧垒，寒磬满空林
		惆怅南朝事，长江独至今
刘长卿	送灵澈	荷笠带斜阳，青山独归远
刘长卿	送上人	莫买沃洲山，时人已知处
刘长卿	听弹琴	静听松风寒……今人多不弹

续表

作者	诗名	例句
刘长卿	新年作	老至居人下，春归在客先
刘长卿	寻南溪常山道人	过雨看松色，随山到水源
		溪花与禅意，相对亦忘言
刘长卿	自夏口至鹦鹉洲夕望岳阳寄源中丞	洞庭秋水远连天……独树临江夜泊船
刘方平	春怨	纱窗日落渐黄昏，金屋无人见泪痕
刘脊虚	阙题	远随流水香/闲门向山路
刘禹锡	酬乐天扬州初逢席上见赠	沉舟侧畔千帆过，病树前头万木春
刘禹锡	酬元九侍御赠璧竹鞭长句	多节本怀端直性，露青犹有岁寒心
刘禹锡	春词	新妆宜面下朱楼……行到中庭数花朵
刘禹锡	秋词	山明水净夜来霜，数树深红出浅黄
刘禹锡	始闻秋风	马思边草拳毛动，雕盻青云睡眼开
		天地肃清堪四望，为君扶病上高台
刘禹锡	蜀先主庙	天地英雄气，千秋尚凛然……凄凉蜀故妓，来舞魏宫前
刘禹锡	乌衣巷	旧时王谢堂前燕，飞入寻常百姓家
刘禹锡	西塞山怀古	人世几回伤往事，山形依旧枕寒流
刘禹锡	竹枝词（东边）	东边日出西边雨，道是无晴却有晴
刘禹锡	竹枝词（山桃）	山桃红花满上头，蜀江春水拍山流
柳中庸	征人怨	朝朝马策与刀环/三春白雪归青冢
柳宗元	登柳州城楼寄漳汀封连四州	城上高楼接大荒，海天愁思正茫茫
卢纶	塞下曲	月黑雁飞高……欲将轻骑逐
卢纶	送李端	故关哀草遍，离别正堪悲
		人归暮雪时/少孤为客早

续表

作者	诗名	例句
卢纶	晚次鄂州	云开远见汉阳城,犹是孤帆一日程
		舟人夜语觉潮生/三湘愁鬓逢秋色
陆游	病起书怀	位卑未敢忘忧国,事定犹须待阖棺
陆游	剑门道中遇微雨	衣上征尘杂酒痕,远游无处不消魂
陆游	临安春雨初霁	世味年来薄似纱,谁令骑马客京华
		矮纸斜行闲作草,晴窗细乳戏分茶
陆游	示儿	王师北定中原日,家祭无忘告乃翁
陆游	沈园	伤心桥下春波绿,曾是惊鸿照影来
陆游	书愤	早岁那知世事艰,中原北望气如山
陆游	游山西村	山重水复疑无路,柳暗花明又一村
罗隐	柳	自家飞絮犹无定,争解垂丝绊路人
骆宾王	咏鹅	白毛浮绿水,红掌拨清波
骆宾王	在狱咏蝉	南冠客思深/那堪玄鬓影
		来对白头吟/露重飞难进
马戴	楚江怀古	云中君不见,竟夕自悲秋
马祖常	西山	六月熏风吹别殿,半天飞鱼洒重楼
梅尧臣	鲁山山行	适与野情惬,千山高复低
梅尧臣	霜钟	今也趋早朝,残月马上闻
孟浩然	春晓	春眠不觉晓,处处闻啼鸟
		夜来风雨声,花落知多少
孟浩然	江上寄山阴崔少府国辅	山阴定远近,江上日相思
孟浩然	清明日宴梅道士房	丹炉初开火,仙桃正发花
孟浩然	送杜十四之江南	荆吴相接水为乡,君去春江正淼茫
孟浩然	宿建德江	移舟泊烟渚……野旷天低树
		日暮客愁新……江清月近人

续表

作者	诗名	例句
孟浩然	宿桐庐江寄广陵旧游	山暝听猿愁,沧江急夜流
		风鸣两岸叶,月照一孤舟
孟浩然	岁暮归南山	不才明主弃……白发催年老
孟浩然	与诸子登岘山	往来成古今/江山留胜迹
		水落鱼梁浅,天寒梦泽深
孟浩然	早寒江上有怀	迷津欲有问,平海夕漫漫
孟郊	洛桥晚望	榆柳萧疏楼阁闲,月明直见嵩山雪
裴迪	送崔九	须尽丘壑美/莫学武陵人
钱起	省试湘灵鼓瑟	曲终人不见,江上数峰青
钱起	送僧归日本	水月通禅寂,鱼龙听梵声
		惟怜一灯影,万里眼中明
钱起	赠阙下裴舍人	春城紫禁晓阴阴/长乐钟声花外尽
		献赋十年犹未遇,羞将白发对华簪
秦韬玉	贫女	拟托良媒益自伤/谁爱风流高格调
		共怜时世俭梳妆/敢将十指夸针巧
权德舆	玉台体	昨夜裙带解,今朝蟢子飞
沈佺期	独不见	卢家少妇郁金堂,海燕双栖玳瑁梁
		九月寒砧催木叶,十年征戍忆辽阳
沈佺期	杂诗	可怜闺里月,长在汉家营/ 少妇今春意……一为取龙城
宋之问	渡汉江	岭外音书绝,经冬复历春
宋之问	题大庾岭北驿	江静潮初落,林昏瘴不开
		明朝望乡处,应见陇头梅
司空曙	喜外弟卢纶见宿	愧君相访频/平生自有分
司空曙	贼平后送人北归	寒禽与衰草,处处伴愁颜

续表

作者	诗名	例句
司空曙	云阳馆与韩绅宿别	孤灯寒照雨，深竹暗浮烟
苏轼	春宵	春宵一刻值千金……秋千院落夜沉沉
苏轼	海棠	只恐夜深花睡去，故烧高烛照红妆
苏轼	和子由渑池怀旧	鸿飞那复计东西……坏壁无由见旧题
		老僧已死成新塔，坏壁无由见旧题
苏轼	惠崇春江晚景	竹外桃花三两枝，春水江暖鸭先知……正是河豚欲上时
苏轼	题西林壁	只缘身在此山中
苏轼	饮湖上初晴后雨	水光潋滟晴方好，山色空蒙雨亦奇
		欲把西湖比西子，淡妆浓抹总相宜
陶渊明	饮酒	心远地自偏／采菊东篱下
		此中有真意，欲辨已忘言
王安石	梅花	凌寒独自开……为有暗香来
王安石	元日	炮竹声中一岁除，春风送暖入屠苏
王勃	送杜少府之任蜀州	同是宦游人……天涯若比邻
		海内存知己……儿女共沾巾
王寀	浪花	一江秋水浸寒空，渔笛无端弄晚风
王昌龄	长信怨	玉颜不及寒鸦色，犹带昭阳日影来
王昌龄	春宫曲	平阳歌舞新承宠，帘外春寒赐锦袍
王昌龄	闺怨	闺中少妇不知愁，春日凝妆上翠楼
		忽见陌头杨柳色，悔教夫婿觅封侯
王绩	野望	树树皆秋色，山山唯落晖
王籍	入若耶溪	阴霞生远岫，阳景逐回流
王建	新嫁娘	三日入厨下，洗手作羹汤
		未谙姑食性，先遣小姑尝

作者	诗名	例句
王维	酬张少府	松风吹解带，山月照弹琴
王维	奉和圣制从蓬莱向兴庆阁道中留春雨中春望之作应制	云里帝城双凤阙，雨中春树万人家
王维	观猎	将军猎渭城／草枯鹰眼疾
		忽过新丰市，还归细柳营
王维	过香积寺	不知香积寺，数里入云峰 泉声咽危石，日色冷青松
王维	汉江临眺	楚塞三湘接，荆门九派流／ 江流天地外……郡邑浮前浦
王维	画	远看山有色，近听水无声
王维	积雨辋川庄作	漠漠水田飞白鹭，阴阴夏木啭黄鹂
		山中习静观朝槿，松下清斋折露葵
		野老与人争席罢，海鸥何事更相疑
王维	鹿柴	返景入深林，复照青苔上
王维	青溪	声喧乱石中，色静深松里
王维	山居秋暝	竹喧归浣女，莲动下渔舟
王维	山中	山路元无雨，空翠湿人衣
王维	送梓州李使君	山中一夜雨，树杪百重泉
		汉女输橦布，巴人讼芋田
王维	田园乐	桃红复含宿雨，柳绿更带朝烟
王维	辋川别业	雨中草色绿堪染，水上桃花红欲然
王维	渭城曲	客舍青青柳色新……西出阳关无故人
王维	相思	春来发几枝……此物最相思
王维	竹里馆	深林人不知，明月来相照

续表

作者	诗名	例句
韦应物	滁州西涧	独怜幽草涧边生,上有黄鹂深树鸣
韦应物	赋得暮雨送李胄	漠漠帆来重,冥冥鸟归迟
韦应物	赋得暮雨送李胄	浦树远含滋……沾襟比散丝
韦应物	寄李儋元锡	世事茫茫难自料……身多疾病思田里
韦应物	淮上喜会梁川故人	相逢每醉还/浮云一别后…… 何因不归去,淮上对春秋
韦应物	秋夜寄邱员外	怀君属秋夜……幽人应未眠
韦庄	台城	六朝如梦鸟空啼/无情最是台城柳
文天祥	过零丁洋	辛苦遭逢起一经,干戈寥落四周星
文天祥	过零丁洋	山河破碎风飘絮,身世沉浮雨打萍
文天祥	过零丁洋	零丁洋里叹零丁……留取丹心照汗青
温庭筠	过五丈原	天清杀气屯关右,夜半妖星照渭滨
温庭筠	过五丈原	下国卧龙空寤主,中原逐鹿不由人
温庭筠	菩萨蛮	小山重叠金明灭,鬓云欲度香腮雪
温庭筠	苏武庙	云边雁断胡天月,陇上羊归塞草烟
温庭筠	送人东游	荒戍落黄叶,浩然离故乡
温庭筠	送人东游	天涯孤棹还/何当重相见
温庭筠	瑶瑟怨	冰簟银床梦不成,碧天如水夜云轻
温庭筠	瑶瑟怨	碧天如水夜云轻/雁声远过潇湘去
无名氏	杂诗	等是有家归未得,杜鹃休向耳边啼
西鄙人	哥舒歌	北斗七星高,哥舒夜带刀
许浑	登洛阳故城	水声东去市朝变,山势北来宫殿高
许浑	登洛阳故城	鸦噪暮云归古堞,雁迷寒雨下空壕
许浑	谢亭送别	劳歌一曲解行舟,红叶青山水急流

续表

作者	诗名	例句
薛逢	宫词	锁衔金兽连环冷，水滴铜龙昼漏长
		云髻罢梳还对镜……遥窥正殿帘开处
晏殊	正月十八夜	槿户茅斋雅自便，京华风味入新年
		门相萧条扫雪天……放朝仍得日高眠
杨冠卿	美人隔秋水	中间消息两茫然，咫尺应须论万里
		多病马厩无日起，青眼高歌望吾子
杨万里	秋凉晚步	秋气堪悲未必然，轻寒正是可人天
		绿池落尽红蕖却，荷叶犹开最小钱
叶绍翁	游园不值	应怜屐齿印苍苔……一枝红杏出墙来
佚名	涉江采芙蓉	采之欲遗谁，所思在远道
虞世南	蝉	垂绥饮清露，流响出疏桐
		非是籍秋风
袁枚	题画	村落晚晴天，桃花映水鲜
元稹	离思	曾经沧海难为水，除却巫山不是云
元稹	遣悲怀（一）	自嫁黔娄百事乖／顾我无衣搜荩箧
		野蔬充膳甘长藿，落叶添薪仰古槐
元稹	遣悲怀（二）	也曾因梦送钱财／诚知此恨人人有
元稹	遣悲怀（三）	闲坐悲君亦自悲，百年都是几多时
		同穴窅冥何所望，他生缘会更难期
元稹	闻乐天授江州司马	垂死病中惊坐起，暗风吹雨入寒窗
曾几	三衢道中	小溪泛尽却山行／绿阴不减来时路
张祜	宫词	深宫二十年……双泪落君前
张祜	集灵台	昨夜上皇新授箓，太真含笑入帘来
张祜	题金陵渡	一宿行人自可愁／潮落夜江斜月里
		潮落夜江斜月里，两三星火是瓜州

续表

作者	诗名	例句
张九龄	感遇（二）	侧见双翠鸟，巢在三珠树
张九龄	感遇（二）	矫矫珍木巅，得无金丸惧
张九龄	望月怀远	海上生明月……情人怨遥夜
张泌	寄人	多情只有春庭月，犹为离人照落花
张乔	书边事	春风对青冢，白日落梁州
张旭	桃花溪	石矶西畔问渔船/桃花尽日随流水
张志和	渔歌子	西塞山前白鹭飞……斜风细雨不须归
赵嘏	长安秋望	残星几点雁横塞，长笛一声人倚楼
赵嘏	宿楚国寺有怀	寒生晚寺波摇壁，红坠疏林叶满床
朱庆馀	宫词	寂寂花时闭院门，美人相并立琼轩
朱熹	春日	无边风景一时新……万紫千红总是春
朱熹	观书有感	问渠那得清如许，为有源头活水来
祖咏	望蓟门	燕台一去客心惊，笳鼓喧喧汉将营
祖咏	望蓟门	少小虽非投笔吏，论功还欲请长缨

附表4 首尾字韵押例句

作者	诗名	例句	备注
白居易	采莲曲	逢郎欲语低头笑，碧玉搔头落水中	邻韵押
白居易	长恨歌	春寒赐浴华清池，温泉水滑洗凝脂	邻韵押
白居易	长恨歌	上穷碧落下黄泉，两处茫茫皆不见	"上、两"侧韵押，"泉、见"斜韵押
白居易	池上	不解藏踪迹，浮萍一道开	入韵押
白居易	大林寺桃花	长恨春归无觅处，不知转入此中来	斜韵押

续表

作者	诗名	例句	备注
白居易	赋得古原草送别	离离原上草，一岁一枯荣	入韵押
		野火烧不尽，春风吹又生	侧韵押
白居易	放言（二）	试玉要烧三日满，辨材须待七年期	"试、期"侧韵押，"满、辨"斜韵押
白居易	寒食野望吟	乌啼鹊噪昏乔木，清明寒食谁家哭	入韵押
白居易	后宫词	夜深前殿按歌声……斜倚熏笼坐到明	侧韵押
白居易	江楼夕望招客	灯火万家城四畔，星河一道水中央	临韵押
白居易	钱塘湖春行	几处早莺争暖树，谁家新燕啄春泥	斜韵押
		乱花渐欲迷人眼，浅草才能没马蹄	斜韵押
白居易	清明夜	好风胧月清明夜，碧砌红轩刺史家	侧韵押
白居易	琵琶行	千呼万唤始出来，犹抱琵琶半遮面	侧韵押
白居易	望月有感	时难年荒世业空，弟兄羁旅各西东	斜韵押
		共看明月应垂泪，一夜乡心五处同	斜韵押
白居易	雪夜小饮赠梦得	同为懒慢园林客，共对萧条雨雪天	斜韵押
白居易	遗爱寺	时时闻鸟语，处处是泉声	侧韵押
岑参	寄左省杜拾遗	联步趋丹陛，分曹限紫微	斜韵押
		圣朝无阙事，自觉谏书稀	斜韵押
常建	题破山寺后禅院	禅房花木深 / 山光悦鸟性	邻韵押
陈陶	陇西行	五千貂锦丧胡尘 / 可怜无定河边骨	入韵押
崔颢	长干行（二）	家临九江水，来去九江侧	斜韵押
崔颢	黄鹤楼	昔人已乘黄鹤去，此地空余黄鹤楼	入韵押
崔颢	行经华阴	武帝祠前云欲散，仙人掌上雨初晴	斜韵押
		驿路西连汉畤平 / 借问路旁名利客	本韵押
崔郊	赠去婢	公子王孙逐后尘……从此萧郎为路人	邻韵押

231

续表

作者	诗名	例句	备注
崔曙	九日登望仙台呈刘明府	关门令尹谁能识,河上仙翁去不回	入韵押
		且欲近寻彭泽宰,陶然共醉菊花杯	侧韵押
崔涂	春夕	胡蝶梦中家万里,子规枝上月三更	本韵押
		胡蝶梦中家万里……故园书动经年绝	侧韵押
崔涂	孤雁	几行归塞尽,念尔独何之	侧韵押
		未必逢矰缴,孤飞自可疑	斜韵押
崔涂	巴山道中除夜书怀	渐与骨肉远,转于童仆亲	侧韵押
戴叔伦	江乡故人偶集客舍	还作江南会,翻疑梦里逢	邻韵押
		风枝惊暗鹊,露草泣寒虫	本韵押
杜甫	初冬	垂老戎衣窄,归林寒色深	邻韵押
杜甫	登高	无边落木萧萧下,不尽长江滚滚来	入韵押
		万里悲秋常作客,百年多病独登台	本韵押
杜甫	登楼	北极朝廷终不改,西山寇盗莫相侵	入韵押
杜甫	渡荆门离别	渡远荆门外,来从楚国游	斜韵押
杜甫	观公孙大娘弟子舞剑器行	绛唇珠袖两寂寞,晚有弟子传芬芳	斜韵押
杜甫	阁夜	岁暮阴阳催短景……夷歌数处起渔樵	斜韵押
		五更鼓角声悲壮……卧龙跃马终黄土	本韵押
杜甫	江南逢李龟年	岐王宅里寻常见,崔九堂前几度闻	邻韵押
杜甫	江上值水如海势聊短述	为人性僻耽佳句,语不惊人死不休	斜韵押
杜甫	客至	舍南舍北皆春水,但见群鸥日日来	斜韵押
		盘飧市远无兼味,樽酒家贫只旧醅	斜韵押

作者	诗名	例句	备注
杜甫	旅夜书怀	细草微风岸，危樯独夜舟	斜韵押
		星垂平野阔……名岂文章著	邻韵押
杜甫	偶题	文章千古事，得失寸心知	侧韵押
杜甫	宿府	中天月色好谁看/风尘荏苒音书绝	本韵押
杜甫	蜀相	丞相祠堂何处寻，锦官城外柏森森	侧韵押
		映阶碧草自春色，隔叶黄鹂空好音	邻韵押
杜甫	望岳	会当凌绝顶，一览众山小	入韵押
杜甫	闻官军收河南河北	漫卷诗书喜欲狂……便下襄阳向洛阳	本韵押
杜甫	小寒食舟中作	娟娟戏蝶过闲幔，片片轻鸥下急湍	互为临、旁、斜韵押
杜甫	野望	西山白雪三城戍……海内风尘诸弟隔	斜韵押
		跨马出郊时极目，不堪人事日萧条	入韵押
杜甫	咏怀古迹（一）	五溪衣服共云山……暮年诗赋动江关	侧韵押
杜甫	咏怀古迹（二）	怅望千秋一洒泪，萧条异代不同时	侧韵押
		怅望千秋一洒泪……江山故宅空文藻	斜韵押
杜甫	咏怀古迹（三）	群山万壑赴荆门，生长明妃尚有村	邻韵押
		画图省识春风面，环珮空归夜月魂	斜韵押
杜甫	咏怀古迹（四）	翠华想像空山里……岁时伏腊走村翁	邻韵押
		古庙杉松巢水鹤……武侯祠屋常邻近	本韵押
杜甫	与任城许主簿游南池	晚凉看洗马，森木乱鸣蝉	斜韵押
杜甫	月夜	闺中只独看……未解忆长安	斜韵押
		何时倚虚幌，双照泪痕干	侧韵押

续表

作者	诗名	例句	备注
杜甫	赠李白	未就丹砂愧葛洪……飞扬跋扈为谁雄	侧韵押
		痛饮狂歌空度日，飞扬跋扈为谁雄	"痛、雄"侧韵押，"日、飞"入韵押
杜甫	至德二载，甫自京金光门出，间道归凤翔。乾元初，从左拾遗移华州掾，与亲故别，因出此门，有悲往事	此道昔归顺，西郊胡正繁	斜韵押
		近得归京邑，移官岂至尊	斜韵押
		无才日衰老，驻马望千门	侧韵押
杜甫	自京赴奉先县咏怀五百字	朱门酒肉臭，路有冻死骨	"朱、路"侧韵押，"路、骨"入韵押
杜牧	赤壁	东风不与周郎便，铜雀春深锁二乔	本韵押
杜牧	过华清池	一骑红尘妃子笑，无人知是荔枝来	入韵押
杜牧	将赴吴兴登乐游原一绝	清时有味是无能	邻韵押
		欲把一麾江海去	入韵押
杜牧	旅宿	旅馆无良伴，凝情自悄然	斜韵押
		寒灯思旧事，断雁警愁眠	侧韵押
		远梦归侵晓，家书到隔年	斜韵押
杜牧	清明	路上行人欲断魂……牧童遥指杏花村	入韵押
杜牧	秋浦途中	萧萧山路穷秋雨，淅淅溪风一岸蒲	侧韵押
杜牧	秋夕	银烛秋光冷画屏，轻罗小扇扑流萤	邻韵押
杜牧	泊秦淮	烟笼寒水月笼沙，夜泊秦淮近酒家	侧韵押
杜牧	送李群玉赴举	玉百花红三百首，五陵谁唱与春风	入韵押
杜牧	题齐安城楼	不用凭栏苦回首，故乡七十五长亭	入韵押

续表

作者	诗名	例句	备注
杜牧	赠别（一）	春风十里扬州路，卷上珠帘总不如	斜韵押
杜审言	和晋陵陆丞早春游望	云霞出海曙，梅柳渡江春	邻韵押
杜荀鹤	春宫怨	早被婵娟误，欲妆临镜慵	入韵押
		风暖鸟声碎，日高花影重	邻韵押
高蟾	金陵晚望	世间无限丹青手，一片伤心画不成	入韵押
高启	梅花	雪满山中高士卧，月明林下美人来	入韵押
		自去何郎无好咏，东风愁寂几回来	斜韵押
高适	别董大	千里黄云白日曛……天下谁人不识君	本韵押
		北风吹雁雪纷纷／莫愁前路无知己	入韵押
高适	送李少府贬峡中王少府贬长沙	巫峡啼猿数行泪，衡阳归雁几封书	邻韵押
		圣代即今多雨露，暂时分手莫踌躇	斜韵押
顾侃	宫词	月殿影开闻夜漏，水晶帘卷近秋河	入韵押
范仲淹	观凤楼	碧寺烟中静，红桥柳际明	侧韵押
范仲淹	郡斋即事	半雨黄花秋赏健，一江明月夜归迟	"半、健"邻韵押，"一、迟"入韵押
韩翃	同题仙游观	仙台初见五城楼……山色遥连秦树晚	邻韵押
		疏松影落空坛静……何用别寻方外去	侧韵押
韩偓	已凉	碧阑干外绣帘垂	入韵押
		已凉天气未寒时	侧韵押
韩愈	早春呈水部张十八员外	最是一年春好处，绝胜烟柳满皇都	斜韵押
汉乐府	长歌行	少壮不努力，老大徒伤悲	斜韵押
贺知章	回乡偶书	儿童相见不相识，笑问客从何处来	斜韵押

续表

作者	诗名	例句	备注
贺知章	咏柳	不知细叶谁裁出	入韵押
黄巢	不第后赋菊	冲天香阵透长安，满城尽带黄金甲	侧韵押
皇甫冉	春思	家住层城临汉苑，心随明月到胡天	斜韵押
黄庭坚	登快阁	澄江一道月分明	邻韵押
黄庭坚	登快阁	青眼聊因美酒横	邻韵押
黄庭坚	登快阁	万里归船弄长笛，此心吾与白鸥盟	入韵押
黄庭坚	寄黄几复	持家但有四立壁，治病不蕲三折肱	本韵押
贾岛	题李凝幽居	闲居少邻并，草径入荒园	邻韵押
贾岛	题李凝幽居	草径入荒园/鸟宿池边树	邻韵押
贾岛	寻隐者不遇	松下问童子……只在此山中	邻韵押
贾至	早朝大明宫	共沐恩波凤池上，朝朝染翰侍君王	侧韵押
寇准	春日登楼怀旧	野水无人渡，孤舟尽日横	侧韵押
李白	长相思（一）	天长路远魂飞苦，梦魂不到关山难	邻韵押
李白	长相思（二）	赵瑟初停凤凰柱，蜀琴欲奏鸳鸯弦	入韵押
李白	春思	当君怀归日，是妾断肠时	入韵押
李白	关山月	长风几万里，吹度玉门关	侧韵押
李白	关山月	汉下白登道，胡窥青海湾	斜韵押
李白	劳劳亭	春风知别苦，不遣柳条青	入韵押
李白	将进酒	天生我材必有用，千金散尽还复来	本韵押
李白	清平调（一）	云想衣裳花想容，春风拂槛露华浓	邻韵押
李白	秋登宣城谢朓北楼	两水夹明镜，双桥落彩虹	斜韵押
李白	秋登宣城谢朓北楼	人烟寒橘柚，秋色老梧桐	侧韵押
李白	送友人	青山横北郭，白水绕东城	邻韵押
李白	塞下曲	愿将腰下剑，直为斩楼兰	斜韵押

作者	诗名	例句	备注
李白	行路难	闲来垂钓碧溪上，忽复乘舟梦日边	邻韵押
		长风破浪会有时，直挂云帆济沧海	入韵押
李白	听蜀僧浚弹琴	蜀僧抱绿绮，西下峨眉峰	斜韵押
		如听万壑松……余响入霜钟	本韵押
李白	望庐山瀑布	飞流直下三千尺，疑似银河下九天	入韵押
李白	望天门山	两岸青山相对出，孤帆一片日边来	入韵押
李白	闻王昌龄左迁龙标遥有此寄	我寄愁心与明月，随君直到夜郎西	"我、月"入韵押，"随、西"邻韵押
李白	夏日山中	裸袒青林中/脱巾挂石壁	入韵押
李白	夜泊牛渚怀古	登舟望明月……明朝挂帆席	邻韵押
		空忆谢将军……枫叶落纷纷	本韵押
李白	与史郎中钦听黄鹤楼上吹笛	一为迁客去长沙，西望长安不见家	入韵押
		黄鹤楼中吹玉笛，江城五月落梅花	邻韵押
李白	与夏十二登岳阳楼	雁引愁心去，山衔好月来	侧韵押
		醉后凉风起，吹人舞袖回	侧韵押
李白	怨情	但见泪痕湿，不知心恨谁	入韵押
李白	月下独酌	醒时同交欢，醉后各分散	侧韵押
李白	早发白帝城	朝辞白帝彩云间，千里江陵一日还	邻韵押
李白	赠孟浩然	风流天下闻/红颜弃轩冕	本韵押
		醉月频中圣，迷花不事君	斜韵押
李白	赠汪伦	忽闻岸上踏歌声……不如汪伦送我情	邻韵押
李端	听筝	鸣筝金粟柱，素手玉房前	侧韵押
		素手玉房前/欲得周郎顾	本韵押

续表

作者	诗名	例句	备注
李贺	秦王饮酒	龙头泻酒邀酒星……洞庭雨脚来吹笙	"龙、洞"斜韵押，"星、笙"邻韵押
李群玉	人日梅花病中作	半落半开临野岸，团情团思醉韶光	侧韵押
		玉麟寂寂飞斜月，素颜亭亭对夕阳	入韵押
李颀	送魏万之京	云山况是客中过／关城树色催寒近	侧韵押
		御苑砧声向晚多／莫见长安行乐处	本韵押
李商隐	北齐	巧笑知堪敌万几，倾城最在著戎衣	侧韵押
李商隐	北青萝	寒云路几层……闲倚一枝藤	邻韵押
		独敲初夜磬，闲倚一枝藤	斜韵押
李商隐	碧城	星沉海底当窗见，雨过河源隔座看	斜韵押
李商隐	蝉	徒劳恨费声／五更疏欲断	侧韵押
		烦君最相警，我亦举家清	侧韵押
李商隐	重过圣女祠	一春梦雨常飘瓦，尽日灵风不满旗	入韵押
李商隐	筹笔驿	徒令上将挥神笔，终见降王走传车	邻韵押
李商隐	春雨	残霄犹得梦依稀……万里云罗一雁飞	斜韵押
李商隐	端居	阶下青苔与红树，雨中寥落月中愁	侧韵押
李商隐	登乐游原	夕阳无限好，只是近黄昏	入韵押
李商隐	杜工部蜀中离席	人生何处不离群？世路干戈惜暂分	邻韵押
李商隐	风雨	凄凉宝剑篇，羁泊欲穷年	邻韵押
		黄叶仍风雨……新知遭薄俗	入韵押
李商隐	落花	高阁客竟去，小园花乱飞	斜韵押
		迢递送余辉／断肠未忍扫	斜韵押
李商隐	宿骆氏亭寄怀崔雍崔衮	秋阴不散霜飞晚，留得枯荷听雨声	本韵押

续表

作者	诗名	例句	备注
李商隐	隋宫	地下若逢陈后主，岂宜重问后庭花	斜韵押
李商隐	晚晴	并添高阁迥，微注小窗明	"并、迥"邻韵押，"迥、明"斜韵押
李商隐	无题（重帷）	直道相思了无益，未妨惆怅是清狂	入韵押
李商隐	无题（凤尾）	扇裁月魄羞难掩……曾是寂寥金烬暗	斜韵押
		断无消息石榴红 / 斑骓只系垂杨岸	斜韵押
李商隐	无题（锦瑟）	庄生晓梦迷蝴蝶，望帝春心托杜鹃	侧韵押
		此情可待成追忆，只是当时已惘然	入韵押
李商隐	无题（来是）	梦为远别啼难唤，书被催成墨未浓	斜韵押
李商隐	无题（飒飒）	芙蓉塘外有惊雷……玉虎牵丝汲井回	入韵押
李商隐	无题（为有）	无端嫁得金龟婿，辜负香衾事早朝	本韵押
李商隐	无题（相见）	东风无力百花残……蓬莱此去无多路	本韵押
		春蚕到死丝方尽	侧韵押
李商隐	无题（昨夜）	身无彩凤双飞翼……分曹射覆蜡灯红	邻韵押
李商隐	咏史	三百年间同晓梦，钟山何处有龙盘	斜韵押
林逋	山园小梅	占尽风情向小园……暗香浮动月黄昏	邻韵押
		疏影横斜水清浅……霜禽欲下先偷眼	邻韵押
林升	题临安邸	山外青山楼外楼……暖风吹的游人醉	斜韵押
		西湖歌舞几时休……直把杭州作汴州	入韵押
刘长卿	别严士元	日斜江上孤帆影，草绿湖南万里情	侧韵押
刘长卿	长沙过贾谊宅	万古惟留楚客悲……寒林空见日斜时	斜韵押
		汉文有道恩犹薄……怜君何事到天涯	斜韵押
刘长卿	逢雪宿芙蓉山主人	日暮苍山远，天寒白屋贫	斜韵押

续表

作者	诗名	例句	备注
刘长卿	江州重别薛六柳八二员外	江上月明胡雁过，淮南木落楚山多	侧韵押
刘长卿	秋日登吴公台上寺远眺	古台摇落后，秋日望乡心	侧韵押
刘长卿	送李中丞归汉阳别业	独立三边静，轻生一剑知	侧韵押
刘长卿	送上人	孤云将野鹤，岂向人间住	侧韵押
刘长卿	听弹琴	泠泠七弦上，静听松风寒	斜韵押
刘长卿	自夏口至鹦鹉洲夕望岳阳寄源中丞	汉口夕阳斜渡鸟，洞庭秋水远连天	斜韵押
		孤城背岭寒吹角，独树临江夜泊船	入韵押
刘方平	春怨	寂寞空庭春欲晚，梨花满地不开门	入韵押
刘眘虚	阙题	道由白云尽，春与青溪长	侧韵押
		远随流水香／闲门向山路	侧韵押
刘禹锡	和乐天春词	行到中庭数花朵，蜻蜓飞上玉搔头	邻韵押
刘禹锡	赏牡丹	庭前芍药妖无格，池上芙蕖净少情	临韵押
刘禹锡	蜀先主庙	天下英雄气，千秋尚凛然	本韵押
刘禹锡	送李群玉赴举	玉百花红三百首，五陵谁唱与春风	入韵押
刘禹锡	乌衣巷	朱雀桥边野草花，乌衣巷口夕阳斜	本韵押
刘禹锡	西塞山怀古	千寻铁锁沉江底，一片降幡出石头	入韵押
		人世几回伤往事……今逢四海为家日	入韵押
刘禹锡	杨柳枝词	请君莫奏前朝曲，听唱新翻杨柳枝	斜韵押
柳宗元	登柳州城楼寄漳汀封连四州	城上高楼接大荒……惊风乱飐芙蓉水……岭树重遮千里目	正→侧韵押
		惊风乱飐芙蓉水，密雨斜侵薜荔墙	入韵押

作者	诗名	例句	备注
柳宗元	江雪	千山鸟飞绝，万径人踪灭	斜韵押
		孤舟蓑笠翁，独钓寒江雪	入韵押
卢纶	塞下曲（一）	独立扬新令，千营共一呼	入韵押
卢纶	塞下曲（四）	醉和金甲舞，雷鼓动山川	斜韵押
卢纶	晚次鄂州	估客昼眠知浪静，舟人夜语觉潮生	侧韵押
陆游	游山西村	箫鼓追随春社近，衣冠简朴古风存	斜韵押
罗隐	蜂	不论平地与山尖，无限风光尽被占	入韵押
马戴	灞上秋居	晚见雁行频……寒灯独夜人	斜韵押
马戴	楚江怀古	露气寒光集，微阳下楚丘	入韵押
		广泽生明月，苍山夹乱流	侧韵押
马祖常	西山	六月熏风吹别殿，半天飞鱼撒重楼	邻韵押
梅尧臣	鲁山山行	适与野情惬，千山高复低	入韵押
		好峰随处改，幽径独行迷	斜韵押
梅尧臣	霜钟	远寺撞白云……残月马上闻	斜韵押
孟浩然	春晓	夜来风雨声，花落知多少	侧韵押
孟浩然	过故人庄	故人具鸡黍……绿树村边合	入韵押
		开轩面场圃……待到重阳日	侧韵押
孟浩然	江上寄山阴崔少府国辅	草木本无意，荣枯自有时	侧韵押
孟浩然	留别王侍御维	寂寂竟何待，朝朝空自归	斜韵押
		惜与故人违……知音世所稀	入韵押
孟浩然	秦中感秋寄远上人	黄金燃桂尽，壮志逐年衰	侧韵押
孟浩然	清明日宴梅道士房	丹炉初开火，仙桃正发花	邻韵押

续表

作者	诗名	例句	备注
孟浩然	送朱大入秦	分手脱相赠，平生一片心	斜韵押
孟浩然	岁暮归南山	不才明主弃，多病故人疏	入韵押
孟浩然	岁暮归南山	青阳逼岁除/永怀愁不寐	斜韵押
孟浩然	宿建德江	移舟泊烟渚，日暮客愁新	入韵押
孟浩然	宿业师山房期丁大不至	松月生夜凉，风泉满清听	邻韵押
孟浩然	夜归鹿门山歌	鹿门月照开烟树，忽到庞公栖隐处	邻韵押
孟浩然	与诸子登岘山	往来成古今/江山留胜迹	侧韵押
孟浩然	与诸子登岘山	水落鱼梁浅，天寒梦泽深	侧韵押
孟郊	游子吟	慈母手中线，游子身上衣	邻韵押
孟郊	登科后	春风得意马蹄疾，一日看尽长安花	本韵押
裴迪	送崔九	归山深浅去，须尽丘壑美	"归、美"斜韵押，"去、须"斜韵押
钱起	送僧归日本	去世法舟轻……鱼龙听梵声	侧韵押
钱起	送僧归日本	惟怜一灯影，万里眼中明	侧韵押
钱起	赠阙下裴舍人	长乐钟声花外尽……阳和不散穷途恨	"长、阳"本韵押，"尽、恨"斜韵押
沈佺期	古意	白狼河北音书断，丹凤城南秋夜长	侧韵押
司空曙	喜外弟卢纶见宿	静夜四无邻……灯下白头人	斜韵押
司空曙	喜外弟卢纶见宿	荒居旧业贫……况是蔡家亲	侧韵押
司空曙	贼平后送人北归	寒禽与衰草，处处伴愁颜	邻韵押
宋之问	渡汉江	岭外音书绝，经冬复历春	斜韵押
宋之问	渡汉江	近乡情更怯，不敢问来人	斜韵押

续表

作者	诗名	例句	备注
宋之问	题大庚岭北驿	阳月南飞雁,传闻至此回	斜韵押
		明朝望乡处,应见龙海头	邻韵押
苏轼	海棠	东风袅袅泛崇光,香雾空蒙月转廊	本韵押
		只恐夜深花睡去,故烧高烛照红妆	邻韵押
苏轼	和董传留别	粗缯大布裹生涯,腹有诗书气自华	入韵押
		强随举子踏槐花／囊空不办寻春马	"强、囊"本韵押,"花、马"侧韵押
苏轼	和子由渑池怀旧	泥上偶然留指爪,鸿飞那复计东西	本韵押
		泥上偶然留指爪……老僧已死成新塔	邻韵押
苏轼	饮湖上初晴后雨	水光潋滟晴方好,山色空蒙雨亦奇	侧韵押
		欲把西湖比西子,淡妆浓抹总相宜	侧韵押
苏轼	水调歌头	但愿人长久,千里共婵娟	斜韵押
苏轼	题西林壁	不识庐山真面目	邻韵押
陶渊明	饮酒	山气日夕佳,飞鸟相与还	本韵押
王安石	泊船瓜州	春风又绿江南岸,明月何时照我还	斜韵押
王安石	书湖阴先生壁	一水护田将绿绕,两山排闼送青来	入韵押
王勃	送杜少府之任蜀州	与君离别意……海内存知己	侧韵押
王昌龄	采莲曲(一)	来时浦口花迎入,采罢江头月送归	侧韵押
王昌龄	采莲曲(二)	荷叶罗裙一色裁,芙蓉向脸两边开	侧韵押
王昌龄	出塞	秦时明月汉时关,万里长征人未还	斜韵押
		但使龙城飞将在,不教胡马度阴山	斜韵押
王昌龄	闺怨	闺中少妇不知愁……悔教夫婿觅封侯	斜韵押

续表

作者	诗名	例句	备注
王翰	凉州词	葡萄美酒夜光杯……古来征战几人回	侧韵押
		醉卧沙场君莫笑，古来征战几人回	斜韵押
王籍	入若耶溪	阴霞生远岫，阳景逐回流	侧韵押
王建	新嫁娘	洗手作羹汤 / 未谙姑食性	斜韵押
王之涣	出塞	黄河远上白云间……羌笛何须怨杨柳	本韵押
王维	春中田园作	归燕识故巢，旧人看新历	入韵押
王维	酬郭给事	禁里疏钟官舍晚……晨摇玉佩趋金殿	斜韵押
		强欲从君无那老，将因卧病解朝衣	本韵押
王维	酬张少府	万事不关心……山月照弹琴	斜韵押
		空山返旧林 / 松风吹解带	邻韵押
王维	过香积寺	泉声咽危石，日色凌青松	邻韵押
王维	汉江临眺	楚塞三湘接……郡邑浮前浦	邻韵押
		江流天地外……襄阳好风日	邻韵押
王维	画	近听水无声 / 春去花还在	斜韵押
王维	和贾舍人早朝大明宫之作	九天阊阖开宫殿，万国衣冠拜冕旒	侧韵押
王维	积雨辋川庄作	积雨空林烟火迟，蒸藜炊黍饷东菑	入韵押
		野老与人争席罢，海鸥何事更相疑	"野、罢"侧韵押，"海、疑"斜韵押
王维	鹿柴	但闻人语响 / 返景入深林	斜韵押
王维	秋夜曲	桂魄初生秋露微	斜韵押
王维	山居秋暝	空山新雨后，天气晚来秋	侧韵押
		明月松间照，清泉石上流	本韵押

续表

作者	诗名	例句	备注
王维	使至塞上	征蓬出汉塞，归雁入胡天	斜韵押
		大漠孤烟直……萧关逢候骑	入韵押
王维	送梓州李使君	万壑树参天，千山响杜鹃	斜韵押
		山中一夜雨，树杪百重泉	邻韵押
王维	送沈子归江东	惟有相思似春色，江南江北送君归	邻韵押
王维	辋川闲居赠裴秀才迪	寒山转苍翠，秋水日潺湲	邻韵押
		渡头余落日，墟里上孤烟	斜韵押
王维	渭城曲	渭城朝雨浥轻尘……西出阳关无故人	斜韵押
王维	相思	此物最相思	侧韵押
王维	杂诗	来日依窗前，寒梅著花未	临韵押
王维	终南别业	兴来每独往，胜事空自如	斜韵押
		胜事空自如/行到水穷处	邻韵押
韦应物	赋得暮雨送李胄	楚江微雨里，建业暮钟时	侧韵押
		海门深不见……相送情无限	斜韵押
韦应物	淮上喜会梁川故人	江汉曾为客，相逢每醉还	斜韵押
		浮云一别后，流水十年间	侧韵押
韦应物	寄李儋元锡	春愁黯黯独成眠/身多疾病思田里	本韵押
		邑有流亡愧俸钱……西楼望月几回圆	入韵押
韦庄	忆昔	银烛树前长似昼，露桃花里不知秋	侧韵押
韦庄	章台夜思	芳草已云暮，故人殊未来	本韵押
		乡书不可寄，秋雁又南回	斜韵押
温庭筠	利州南渡	数丛沙草群鸥散，万顷江田一鹭飞	斜韵押
		谁解乘舟学范蠡，五湖烟水独忘机	斜韵押

续表

作者	诗名	例句	备注
温庭筠	送人东游	高风汉阳渡，初日郢门关	侧韵押
		何当重相见，樽酒慰离颜	侧韵押
温庭筠	苏武庙	苏武魂销汉使前，古祠高树两茫然	侧韵押
		陇上羊归塞草烟……空向秋波哭逝川	斜韵押
无名氏	杂诗	等是有家归未得，杜鹃休向耳边啼	入韵押
许浑	秋日赴阙题潼关驿楼	帝乡明日到，犹自梦渔樵	斜韵押
许浑	谢亭送别	日暮酒醒人已远，满天风雨下西楼	邻韵押
薛逢	宫词	十二楼中尽晓妆，望仙楼上望君王	侧韵押
		遥窥正殿帘开处，袍袴宫人扫御床	邻韵押
晏殊	正月十八夜	何妨静习间中趣，欲问林僧结净缘	入韵押
杨万里	小池	小荷才露尖尖角，早有蜻蜓立上头	邻韵押
叶绍翁	游园不值	一枝红杏出墙来	入韵押
佚名	涉江采芙蓉	还顾望旧乡，长路漫浩浩	本韵押
元好问	横波亭	万里风涛接瀛海，千年豪杰壮山丘	斜韵押
		倚剑长歌一杯酒，浮云西北是神州	侧韵押
袁枚	所见	意欲捕鸣蝉，忽然闭口立	邻韵押
元稹	离思	除却巫山不是云 / 取次花丛懒回顾	斜韵押
元稹	遣悲怀（一）	自嫁黔娄百事乖……泥他沽酒拔金钗	斜韵押
		野蔬充膳甘长藿，落叶添薪仰古槐	本韵押
元稹	遣悲怀（二）	今朝都到眼前来……针线犹存未忍开	本韵押
元稹	遣悲怀（三）	惟将终夜长开眼，报答平生未展眉	本韵押
元稹	闻乐天授江州司马	此夕闻君谪九江 / 垂死病中惊坐起	侧韵押
张祜	题金陵渡	一宿行人自可愁 / 潮落夜江斜月里	入韵押

续表

作者	诗名	例句	备注
张祜	赠内人	媚眼惟看宿鹭窠……剔开红焰救飞蛾	入韵押
张籍	没蕃故人	蕃汉断消息，死生长别离	入韵押
		无人收废帐……欲祭疑君在	入韵押
张九龄	感遇（一）	兰叶春葳蕤，桂华秋皎洁	斜韵押
		欣欣此生意，自尔为佳节	本韵押
张九龄	望月怀远	情人怨遥夜，竟夕起相思	侧韵押
赵嘏	江楼感旧	同来望月人何在，风景依旧似去年	本韵押
赵嘏	曲江春望怀江南故人	杜若洲边人未归，水寒烟暖想柴扉	斜韵押
朱庆馀	宫中词	寂寂花时闭院门，美人相并立琼轩	入韵押
朱熹	春日	等闲识得东风面，万紫千红总是春	斜韵押
朱熹	观书有感	半亩方塘一鉴开，天光云影共徘徊	斜韵押

* 根据不同情况，结合《佩文诗韵》《词林正韵》《中原音韵》判别韵押方式。

附表5　首尾字纽韵押例句

作者	诗名	例句	备注
白居易	奉和令公绿野堂种花	绿野堂开占物华，路人指道令公家	纽入韵押
白居易	琵琶行	别有幽愁暗恨生，此处无声胜有声	纽本韵押
白居易	钱塘湖春行	水面初平云脚低……谁家新燕啄春泥	纽侧韵押
白居易	问刘十九	绿蚁新醅酒，红泥小火炉	纽入韵押
陈叔宝	玉树后庭花	映户凝娇乍不进，出帷含态笑相迎	纽侧韵押
杜甫	春夜喜雨	当春乃发生……润物细无声	纽本韵押
杜甫	登楼	锦江春色来天地，玉垒浮云变古今	纽侧韵押
杜甫	登岳阳楼	今上岳阳楼……凭轩涕泗流	纽本韵押

续表

作者	诗名	例句	备注
杜甫	题壁上韦偃画马歌	时危安得真致此，与人同生亦同死	纽侧韵押
杜甫	野望	唯将迟暮供多病，未有涓埃答圣朝	纽斜韵押
杜甫	咏怀古迹（二）	风流儒雅亦吾师……萧条异代不同时……云雨荒台岂梦思	纽本韵押
杜甫	咏怀古迹（五）	指挥若定失萧曹……志决身歼军务劳	纽侧韵押
杜甫	至德二载，甫自京金光门出，间道归凤翔。乾元初，从左拾遗移华州掾，与亲故别，因出此门，有悲往事	近得归京邑，移官岂至尊	纽入韵押
杜牧	金谷园	繁华事散逐香尘，流水无情草自春	纽本韵押
高适	送李少府贬峡中王少府贬长沙	衡阳归雁几封书……白帝城边古木疏	纽本韵押
龚自珍	己亥杂诗	化作春泥更护花	纽侧韵押
顾况	宫词	风送宫嫔笑语和……水晶帘卷近秋河	纽本韵押
韩翃	同题仙游观	砧声近报汉宫秋……人间亦自有丹丘	纽本韵押
黄庭坚	登快阁	澄江一道月分明……此心吾与白鸥盟	纽本韵押
贾岛	寻隐者不遇	松下问童子……只在此山中	纽入韵押
贾至	早朝大明宫	银烛朝天紫陌长，禁城春色晓苍苍	纽本韵押
李白	送孟浩然之广陵	故人西辞黄鹤楼……孤帆远影碧空尽	纽侧韵押
李白	送孟浩然之广陵	故人西辞黄鹤楼……唯见长江天际流	纽本韵押
李白	宣州谢朓楼饯别校书叔云	抽刀断水水更流，举杯消愁愁更愁	纽本韵押
李白	怨情	美人卷珠帘，深坐蹙蛾眉	纽侧韵押

续表

作者	诗名	例句	备注
李商隐	蝉	一树碧无情……我亦举家清	纽本韵押
李商隐	筹笔驿	管乐有才真不忝,关张无命欲如何	纽斜韵押
李商隐	风雨	旧好隔良缘/心断新丰酒	纽侧韵押
李商隐	花下醉	寻芳不觉醉流霞,倚树沉眠日已斜	纽正韵押
李商隐	凉思	倚立自移时……疑误有新知	纽本韵押
李商隐	隋宫	欲取芜城作帝家/玉玺不缘归日角	纽本韵押
		锦帆应是到天涯……终古垂杨有暮鸦	纽本韵押
李商隐	无题（凤尾）	凤尾香罗薄几重,碧文圆顶夜深缝	纽斜韵押
李商隐	无题（来是）	来是空言去绝踪,月斜楼上五更钟	纽本韵押
李商隐	无题（飒飒）	飒飒东风细雨来,芙蓉塘外有惊雷	纽本韵押
		玉虎牵丝汲井回……一寸相思一寸灰	纽本韵押
李商隐	瑶池	八骏日行三万里,穆王何事不重来	纽斜韵押
李益	江南曲	朝朝误妾期/早知潮有信	纽斜韵押
林逋	山园小梅	众芳摇落独暄妍,占尽风情向小园	纽邻韵押
		暗香浮动月黄昏……粉蝶如知合断魂	纽本韵押
刘长卿	别严士元	水国春寒阴复晴……草绿湖南万里情	纽本韵押
		闲花落地听无声……青袍今已误儒生	纽本韵押
刘长卿	长沙过贾谊宅	寒林空见日斜时/汉文有道恩犹薄	纽侧韵押
刘长卿	送李中丞归汉阳别业	曾驱十万师……老去恋明时	纽本韵押
		轻生一剑知……日暮欲何之	纽本韵押
刘方平	春怨	纱窗日落渐黄昏,金屋无人见泪痕	纽本韵押
卢纶	晚次鄂州	云开远见汉阳城,犹是孤帆一日程	纽本韵押
		舟人夜语觉潮生……更堪江上鼓鼙声	纽本韵押
卢纶	塞下曲（一）	鹫翎金仆姑,燕尾绣蝥弧	纽本韵押

249

作者	诗名	例句	备注
陆游	临安春雨初霁	谁令骑马客京华……深巷明朝卖杏花	纽本韵押
陆游	剑门道中遇微雨	衣上征尘杂酒痕，远游无处不消魂	纽本韵押
孟浩然	留别王侍御维	惜与故人违……知音世所稀	纽入韵押
孟浩然	留别王侍御维	知音世所稀/只应守寂寞	纽入韵押
孟浩然	秦中感秋寄远上人	东林怀我师……壮志逐年衰	纽本韵押
孟浩然	清明日宴梅道士房	开轩览物华……仙桃正发花	纽本韵押
孟浩然	岁暮归南山	北阙休上书……多病故人疏	纽本韵押
孟浩然	与诸子登岘山	往来成古今……读罢泪沾襟	纽本韵押
孟郊	洛桥晚望	天津桥下冰初结，洛阳陌上人行绝	纽本韵押
沈佺期	独不见	白狼河北音书断，丹凤城南秋夜长	纽侧韵押
司空曙	贼平后送人北归	世乱同南去，时清独北还	纽斜韵押
苏轼	春江晚景	竹外桃花三两枝，春江水暖鸭先知	纽本韵押
王籍	入若耶溪	鸟鸣山更幽……长年悲倦游	纽本韵押
王之涣	登鹳雀楼	黄河入海流……更上一层楼	纽本韵押
王维	酬张少府	晚年惟好静，万事不关心	纽侧韵押
王维	奉和圣制从蓬莱向兴庆阁道中留春雨中望之作应制	渭水自萦秦塞曲……为乘阳气行时令	纽斜韵押
王维	奉和圣制从蓬莱向兴庆阁道中留春雨中望之作应制	阁道回看上苑花……不是宸游玩物华	纽本韵押
王维	秋夜曲	桂魄初生秋露微……心怯空房不忍归	纽斜韵押
王维	山居秋暝	清泉石上流……王孙自可留	纽本韵押
王维	终南别业	兴来每独往……行到水穷处	纽斜韵押
韦应物	赋得暮雨送李胄	建业暮钟时……沾襟比散丝	纽本韵押

作者	诗名	例句	备注
韦庄	台城	六朝如梦鸟空啼 / 无情最是台城柳	纽入韵押
薛逢	宫词	水滴铜龙昼漏长……袍袴宫人扫御床	纽本韵押
张九龄	感遇（一）	桂华秋皎洁，自尔为佳节	纽本韵押
张九龄	望月怀远	天涯共此时……竟夕起相思	纽本韵押
张志和	渔歌子	西塞山前白鹭飞，桃花流水鳜鱼肥	纽本韵押

参考文献

[1] 艾宾浩斯著、常春藤国际教育联盟译：《记忆力心理学》，北京紫云文心图书有限公司，2017。

[2] 奥利弗著、倪志娟译：《诗歌手册》，北京联合出版社，2020。

[3] 班固：《汉书》。

[4] 本社：《诗韵新编》，上海古籍出版社，2021。

[5] 遍照金刚撰、盧盛江校笺：《文镜秘府论校笺》，中华书局，2019。

[6] 伯特撰、袁永苹译：《别去读诗》，北京联合出版公司。

[7] 常璩：《华阳国志》。

[8] 车万育：《声律启蒙》。

[9] 陈第：《毛诗古音考》。

[10] 程季平：《唐诗三百首注》，北京燕山出版社，2018。

[11] 仇兆鳌：《杜诗详注》。

[12] 达尔文著、钱逊译：《物种起源》，江苏人民出版社，2011。

[13] 大岛正二著、柳悦译：《唐人如何吟诗》，江苏人民出版社，2020。

[14] 董乃斌：《李商隐传》，中国古籍出版社，2012。

[15] 杜文澜：《憩园词话》。

[16] 房玄龄撰、尹小林校：《晋书》，中华古籍国学宝典文库，2021。

[17] 冯胜利：《汉语的韵律、词法与句法》，北京大学出版社，2009。

[18] 干宝：《搜神记》。

[19] 葛景春：《李白传》，天地出版社，2020。

[20] 顾随：《中国古典诗词感发》，北京大学出版社，2012。

[21] 顾随著、陈均整理：《苏辛词说》，北京大学出版社，2015。

[22] 顾随著、叶嘉莹编：《顾随讲坛实录》，北京大学出版社，2014。

[23] 何伟棠：《永明体到近体》，广东高等教育出版社，1994。

[24] 蘅塘退士：《唐诗三百首》。

[25] 洪业：《杜甫》，上海古籍出版社，2014。

[26] 洪远：《容斋随笔》。

[27] 胡可先：《杜牧诗选》，中华书局，2018。

[28] 华兹华斯：《〈抒情歌谣集〉1800年版序言》，载伍蠡甫主编《西方文论选》（下），上海译文出版社，1979。

[29] 黄玉强：《超级记忆、快速阅读与思维导图训练手册》，中国纺织出版社公司，2019。

[30] 惠洪：《冷斋夜话》。

[31] 江弱水：《诗的八堂课》，商务印书馆，2017。

[32] 金圣叹：《选批杜诗》，北京联合出版社，2018。

[33] 金圣叹：《选批唐诗》，北京联合出版社，2018。

[34] 库赫著、王斐译：《为什么我们会上瘾》，中国人民大学出版社，2017。

[35] 李调元：《雨村词话》。

[36] 李近朱：《交响音乐史话》，宁夏人民出版社，1998。

[37] 李静：《现代汉语的轻重音研究》，硕士学位论文，上海师范大学，2008。

[38] 李攀龙：《唐诗选》，日本东京董志堂藏。

[39] 林鸿：《普通话语音与发声》，浙江大学出版社，2005。

[40] 刘铁冷著、刘鹏整理：《作诗百法》，文化艺术出版社，2018。

[41] 刘熙载：《诗概》，电子书，北京社馆直通车科技有限公司。

[42] 刘勰：《文心雕龙》。

[43] 刘昫：《旧唐书》。

[44] 刘学凯：《李商隐诗选评》，中国古籍出版社，2018。

[45] 刘义庆撰、朱碧莲译注：《世说新语》，中华书局，2017。

[46] 刘永济：《唐人绝句精华》，人民文学出版社，1981。

[47] 吕叔湘：《现代汉语单双音节问题探讨》，《中国语文》1963年第1期。

[48] 蒙洛迪诺著、赵崧惠译：《潜意识：控制你行为的秘密》，中国青年出版社，2013。

[49] 孟昭连：《中国鸣虫》，百花文艺出版社，2018。

[50] 摩尔著、林梅译：《国王　武士　祭司　诗人》，电子工业出版社，2018。

[51] 莫斯著、张佳安译：《糖盐脂》，中信出版社，2015。

[52] 缪钺：《杜牧传》，人民文学出版社，1977。

[53] 欧阳修：《新唐书》。

[54] 青木正儿著、隋树森译：《中国文学概说》，重庆出版社，1982。

[55] 瞿蜕园：《学诗浅说》，当代中国出版社，2016。

[56] 人民网：《历史的今天——清政府废除科举制度》，2016年9月2日。

[57] 任昉：《述异记》。

[58] 商务国际辞书编辑部：《现代汉语词典》，商务印书馆，2023。

[59] 沈德潜：《唐诗别裁论》，上海古籍出版社，2013。

[60] 沈括：《梦溪笔谈》。

[61] 沈善增：《还吾庄子》，学林出版社，2021。

[62] 沈约：《宋书》。

[63] 施蛰存：《唐诗百话》，华东大学出版社，2017。

[64] 苏轼：《东坡志林》。

[65] 汤文璐：《诗韵合璧》。

[66] 唐作藩：《汉语音韵学常识》，商务印书馆，2018

[67] 唐作藩：《学点音韵学》，商务印书馆，2018。

[68] 王国维著、周兴泰注：《人间词话》，中国华侨出版社，2015。

[69] 王贺：《白居易诗》，中华书局，2013。

[70] 王景略：《唐诗三百首全解》，中国华侨出版社，2013。

[71] 王凯贤：《清朝探花诗选》，昆仑出版社，2007。

[72] 王力：《汉语诗律学》，中华书局，2021。

[73] 王力：《汉语史稿》，中华书局，2015。

[74] 王力：《龙虫并雕斋文集》，中华书局，1980。

[75] 王力：《诗词格律概要》，北京出版社，2002。

[76] 王念孙：《广雅疏证》。

[77] 王世贞：《艺苑卮言》。

[78] 王希杰：《汉语修辞学》，商务印书馆，2004。

[79] 王秀梅：《诗经译注》，中华书局，2016。

[80] 王志彬：《文心雕龙译注》，中华书局，2017.

[81] 王佐良：《英国诗史》，译林出版社，1997。

[82] 魏庆之：《诗人玉屑》。

[83] 魏收：《魏书》。

[84] 吴乔：《围炉诗话》。

[85] 吴小如等：《汉魏六朝诗鉴赏辞典》，上海辞书出版社，2015。

[86] 锡德尼著、钱学稀译：《为诗辩护》，人民文学出版社，1964。

[87] 谢有顺：《唐诗三百首注》，中信出版社，2020。

[88] 谢远怀：《填词浅说》。

[89] 谢榛：《四溟诗话》。

[90] 辛文房：《唐才子传》。

[91] 徐恒：《播音发声学》，北京广播学院出版社，1985。

[92] 严羽：《沧浪诗话》。

[93] 杨丽丽：《假装心理学》，同心出版社，2013。

[94] 杨鹏：《认识中国植物·华东分册》，广东科技出版社，2018。

[95] 杨慎：《升庵诗话》。

[96] 杨万里：《诚斋诗话》。

[97] 叶嘉莹：《情深辞婉诗成迷》，中国致公出版社，2021。

[98] 叶嘉莹：《人间词话七讲》，北京大学出版社，2014。

[99] 叶嘉莹：《唐诗应该这样读》，中华书局，2019。

[100] 叶嘉莹：《叶嘉莹说陶渊明饮酒及拟古诗》，中华书局，2018。

[101] 张华：《博物志》。

[102] 张相：《诗词曲语辞汇释》，中华书局，1953。

[103] 赵昌平：《唐诗三百首全解》，复旦大学出版社，2015。

[104] 赵金铭等：《现代汉语学习指导》，商务印书馆，2015。

[105] 赵京战：《中华新韵（十四韵）》，中华书局，2011。

[106] 赵元任：《汉语口语语法》，商务印书馆，2010。

[107] 中华书局编辑部：《学生必背古诗文208篇》，中华书局，2020。

[108] 周春：《杜诗双声叠韵谱扩略》。

[109] 周公旦：《周礼》。

[110] 周健：《汉字》，上海外语出版社，2009。

[111] 周啸天：《诗词写作十谈》，四川人民出版社，2019。

[112] 周啸天等：《唐诗鉴赏辞典》，商务印书馆，2012。

[113] 朱光潜：《诗论》，北京出版社，2016。

[114] 朱光潜:《朱光潜全集》,安徽教育出版社,1987。
[115] 朱自清:《论雅俗共赏》,光明日报出版社,2002。